U0098815

滄海叢刊

古代文學精華

郭 丹著

東大圖書公司印行

判斷力。我們從他的著述中，不難發現他是經過嚴格訓練培養出來的學者。今人研究古代文學，有兩條可行的途徑：一是有新資料的出土，前人未曾發現、未曾研究過；一是新研究方法的運用，才能有新見解、新結論。而郭丹先生的十七篇論述中，所用的文獻資料是舊有的，並不是新出土的資料，但他每篇都有新見解，便是使用新研究方法所致。

例如〈「詩經」中的圖騰崇拜〉，便運用民族學、民俗學的研究法，從歌謠中反映原始民族對圖騰的崇拜，比起就文學研究文學，研究的領域已拓展，且趣味性高，可讀性就提高了。又如〈「離騷」審美特徵三題〉，能從美學的角度來看《離騷》，確立儒家美學是以真與善的結合為美，不以寫實為唯一的文學途徑，而開創了象徵、浪漫文學的道路，點出屈原在《離騷》上的成就。在此僅略舉一二例，以見郭丹先生分析的審慎，著筆處，可以看出他銳利的見解。

三

其次，我說他是個謙和的學者，我認識郭丹先生，是因唐代學會開學術會議的機緣。民國八十一年（一九九二年）十月二十四日至二十六日，由國立臺灣師範大學和唐代學會所合辦的「第二屆國際唐代學術研討會」，在臺北召開，由於他也研究唐代文學，我們邀請他與會，他和陳定玉教授合撰〈天際白雲自舒卷——李白五律藝術論〉一文，參加唐代學會學術研討會，在會中與他交往，我發現他為人謙和，是一位謙謙君子的新秀。

四

回憶四、五十年前，在家鄉閩西——龍巖讀小學、中學時，在最高亭下，在虎嶺松濤的仰山書院下讀書，跟郭丹先生談起家鄉事，才發覺他也是在這種淳樸、辛勤的環境中成長。因此使我想起兩年前向高中國文科資賦優異營的同學講話時，所說的一句話：「只要有一棵菩提樹，便能得道；只要有一盞讀書燈，便能照亮前程。」如今，一般人休閒的時間，都在看電視，如果能撥一些時間來讀書，我想這種生活會更充實的。在此，看郭丹先生的著作，他所讀的是古代的文學典籍，同時也可以引證一個學者的成長，是要經過辛勤的苦讀才能有一些成就。由於他的書出版，我也樂意為他寫序。

邱燮友　於香港荃灣珠海書院

民國八十三年二月元宵節前夕

古代文學精華

目次

《詩經》中的圖騰崇拜

序言

圖騰崇拜是母系氏族社會的產物，無論從文獻記載，考古發現，歷史記載以及民族學資料來看，中國原始社會的圖騰崇拜是大量存在的。不但存在，圖騰崇拜作為一種原始宗教信仰和抽象觀念，已深深積澱在先民的頭腦中，成為一種原型意象影響到古代文學藝術的發生和發展。《詩經》的時代距離母系氏族時代已相當遙遠，然細讀《詩經》，仍然可以發現其中的圖騰崇拜這一遠古時期人類精神的碎片與心理殘跡。探尋《詩經》中的圖騰原型意象，對於藝術發生學的研究，或許可以提供某些借鑒和思考。為此，本文擬從三個方面來論述遠古圖騰崇拜與《詩經》中的原始意象的關係，以就教於大方之家。

一、潛在記憶的痕跡：史詩、祭祀詩與圖騰崇拜原型

在氏族社會時期，各氏族部落都信仰圖騰。氏族社會的人們相信，各氏族分別源出於各種特定的物類，這些物類大多數爲動物（如某種鳥獸、魚類等），其次爲植物和其他物種，因此把這個物種作爲本氏族的圖騰物。圖騰信仰認爲人與這種圖騰物之間有一種特殊的血緣關係，當時的人們正處於母系氏族社會，子女知其母不知其父，也不清楚男女性結合與生育的因果關係。人類在追溯自己的來源時，只知道自己的母親、祖母，而不知有父，因此把各自的圖騰物作爲祖先神來敬奉。每個氏族既然都起源於某種圖騰，並爲該圖騰所繁衍，於是這種圖騰就成爲該氏族的祖先神、保護神，也成爲該氏族的徽號和象徵。圖騰是一種神聖的、與己有親密關係的崇拜對象，人們對它除了崇敬，更有一種神祕感，於是創造出許多有關圖騰的故事，以及具有圖騰崇拜色彩的感生神話。在《詩經》中，圖騰物或圖騰崇拜，作爲「人的祖先的往事遺傳下來的潛在記憶痕跡」（舒爾茨《現代心理學史》）的原型意象，首先存留在那些歌唱氏族起源、始祖誕生的具有民族史詩性質的詩歌和對先祖的祭祀詩歌之中。

有人認爲，「直到殷商之時，母系氏族文化尚是十分主要的文化形態。」[1]所以，作爲母系

[1] 史雙元、鄭朝暉〈中國古神話特質〉，《南京師大學報》，一九八九年，第四期。

氏族文化的產物——圖騰崇拜，在商族人的祭祀詩中，有鮮明的痕跡。〈商頌・玄鳥〉云：「天命玄鳥，降而生商。」這是衆所周知的殷商民族祖先契誕生的神話，證明商族人以玄鳥爲其圖騰。《毛傳》：「玄鳥，鳦也，春分玄鳥降，湯之先祖有娀氏女簡狄配高辛氏帝，帝率與之祈於郊禖而生契，故本其爲天所命以玄鳥至而生焉。」《鄭箋》：「天使鳦下而生商者，謂鳦遺卵，娀氏之女簡狄吞之而生契。」春分時節，燕子（卽玄鳥）飛來，湯之先祖卽有娀氏之女簡狄，祈於郊禖，吞玄鳥蛋而生了契。關於簡狄生契的同類記載，又可見於《禮記・月令》、《山海經・大荒東經》、《楚辭・天問》、《呂氏春秋・音初篇》、《史記・殷本紀》等古代文獻之中。《禮記》乃戰國至秦漢年間書，《山海經》的成書，最早不過戰國初年，〈商頌〉乃商人之詩，所以從時間上說，〈商頌・玄鳥〉應是最早的記載。鳥圖騰是古代東夷族（東方集團）的主要圖騰形式，其覆蓋區非常廣闊，從遼東半島到南海，中國全部海岸地區的主要圖騰形式幾乎都是鳥圖騰，從帝俊（卽帝嚳、高辛氏）到舜，從少昊、后羿、蚩尤到商契，都是以鳥爲圖騰的部落氏族。遠古氏族對本族圖騰都有一套祭祀儀式，每個氏族都定期或經常祭祀自己的圖騰。在遠古氏族人們的觀念中，圖騰與祖先或先妣往往是同一的東西。久而久之，圖騰崇拜與祖先崇拜便深然一體難以區分。古人祭祀的目的是請求祖先與圖騰的庇祐，遠古氏族堅信「氏族的圖騰變爲本氏族的特殊保護者」（蘇・柯斯文《原始文化》，頁一七一），所以在祭祀祖先的頌歌之中，從歌頌先祖而推及圖騰，對圖騰進行摹敍或贊頌，成爲一項重要的內容。在這裏，藝術與宗教儀式已混同一體了。因為「藝術與儀式同享的衝動，是想通過再現，通過創造或豐富所希望的實物或行動來說出、表現出強烈的內心感情或願望。」❷〈玄鳥〉是祫祭先祖之詩，商族人從圖騰觀念出發，首言契祖之感生，再言成湯之立國，次言高宗中興，最後又回應到商承天意，福祿無窮。這正是遠古圖騰祭祀遺風在〈玄鳥〉一詩中的投影。

〈商頌〉中的〈長發〉，是商族人大禘祖先之詩，開篇先言契之功績，接言契之誕生：「有娀方將，帝立子生商。」有娀氏長女簡狄，正當少壯之年，上帝立她為帝嚳之妃，吞燕卵而生契。商族人無論祭祀哪一位先祖，總不會忘記他們的圖騰，因為正是在圖騰的保護下，後昆才有如此烜赫的功業。契乃本之天意，為天所啓，天之驕子，如此靈異而且賢能，其後世世相傳，商族日益強盛，所以，如何叫人忘記那冥冥之中而又赫赫輝煌的圖騰神呢？

〈商頌〉中的〈殷武〉，是祭祀高宗武丁之詩。其中稱頌商湯說：「昔有成湯，自彼氐、羌，莫敢不來享，莫敢不來王，曰商是常。」據《史記・殷本紀》載：「帝武丁祭成湯，明日有飛雉登鼎而呴，武丁懼。祖己曰：王勿憂，先修政事。……武丁修政行德，天下咸驩，殷道復興。帝武丁崩，子帝祖庚立。祖己嘉武丁之以祥雉為德，立其廟為高宗。」此可看作上引詩之本事。

---

❷〔英〕赫麗生〈古代的藝術與儀式〉，轉引自葉舒憲編《神話——原型批評》，頁七九。

所謂「飛雉登鼎而呴」，此「飛雉」亦恐爲圖騰玄鳥之衍變❸。可見，商族人歌頌武丁，也與其圖騰有千絲萬縷的聯繫。

〈商頌〉五篇，均爲祭祀之詩。所祭之祖，以契、成湯、高宗爲主。「〈那〉詩專言樂聲，至〈烈祖〉則及於酒饌焉。」（姚際恒《詩經通論》）其餘三首則以頌敍先祖功德爲主。我疑此五詩本爲一有機整體，乃是一組詩，表現了圖騰祭祀儀式的整個過程，而貫串其中的圖騰物，便是祭民觀念中潛在的祖先神祇的原型。

作爲圖騰崇拜的原型在祭祀詩和史詩中的存在是相當普遍的。因爲「只要創出這些神來的那個民族還存在時，這些神就始終在人們的觀念中存在著」（恩格斯《費爾巴哈與德國古典哲學的終結》）。周民族史詩〈生民〉也是如此。〈大雅·生民〉是周人歌頌其始祖后稷的史詩。詩的首章敍述姜嫄孕育后稷之神異：

> 厥初生民，時維姜嫄。生民如何，克禋克祀，以弗無子。履帝武敏，歆，攸介攸止。載震載夙，載生載育，時維后稷。

《史記·周本紀》、《太平御覽》引〈元命苞〉以及〈生民〉、《孔疏》引〈河圖〉，都作姜嫄

❸《中州學刊》，一九九〇年，第一期載鄭杰祥〈玄鳥新論〉一文認爲：古代商族最早應是以雄鷄爲本族崇拜的圖騰。所論甚詳，可參看。又，《淮南子·墜形訓》：「有娀在不周之北，長女簡狄，少女建疪。」或認爲簡狄可能卽鳥之化身，「狄」同「翟」；翟，一種長尾野鳥，則「雉」是也。參見王小盾著《原始信仰和中國古神》，頁四七，上海古籍出版社。

「履大人跡而生稷」。於此，孫作雲認爲是姜嫄踩著大熊的足跡而生了后稷，因而認爲周族原是以熊爲本族的圖騰（《詩經與周代社會研究》）。丁山先生認爲姜嫄應爲「名姜，姓嫄」，姜嫄卽嫄姜，也就是「羱羊」。羱羊者，墳羊也，卽「土之怪曰羵羊」，具有生殖神格（丁山《中國古代宗教與神話考》，頁八）。但從文化系統看，殷周兩族之起源似應皆以鳥爲其原生態圖騰。《國語・周語上》：「周之興也，鸑鷟(韋注引三君云：鸑鷟，鳳之別名也。)鳴於岐山。」又《墨子・非攻下》言周武王將伐紂，「赤鳥銜珪，降周之岐社。」可證周民族與鳥圖騰之關係。《山海經・大荒東經》說：「有五彩之鳥，相向棄沙(媻娑)，惟帝俊下友。帝下兩壇，采鳥是司。」五彩之鳥，蓋鸞鳳之屬也。此爲帝俊（卽帝嚳）以鳥爲圖騰之證據。傳說帝嚳有四妻四子：姜嫄生棄（卽后稷），是周族祖先；簡狄生契，是商族祖先；慶都生堯；常儀生摯，摯卽少昊(據《世本》，袁珂《古神話選譯》，頁二〇四引）。其中棄、契、摯三支，皆以鳥爲圖騰。圖騰是始祖神，也是氏族之保護神。據〈生民〉、《毛傳》、《鄭箋》：玄鳥至之日，姜嫄乃隨高辛氏帝嚳祀郊禖之時，履上帝大神拇指之跡而感生后稷。〈生民〉言后稷之靈異，說「誕置之寒冰，鳥覆翼之。鳥乃去矣，后稷呱矣。」《毛傳》：「大鳥來，一翼覆之，一翼籍之。」「於是知有天異，往取之矣。后稷呱呱然而泣。」《孔疏》：「既知有神，人往收取，鳥乃飛去矣。后稷遂呱呱然而泣矣。此其有神靈之驗也。」后稷初生，乃團圞一個肉胞，置之隘巷、置之平林雖不死，但只是得神鳥之「覆翼」，才破胞而出，哭聲震天。所以后稷之生，乃得鳥圖騰神之護祐。方玉潤謂此詩乃周人

「特推原其故耳」（《詩經原始》）。「推原其故」，使我們看到「經過許多世代的反覆經驗的結果所累積起來的剩餘物」（舒爾茨《現代心理學史》）——遙遠的周族先人原始時期的圖騰原型。正因爲如此，〈生民〉首章顯得靈異、神秘而且瑰麗，把讀者帶入一個美妙的神話境界之中。「推原其故」在頌美先祖先妣時似是不可少的。〈魯頌・閟宮〉之首章，亦歌頌姜嫄后稷之德：「閟宮有侐，實實枚枚。赫赫姜嫄，其德不回。」《藝文類聚》八十八引〈春秋元命苞〉云：「姜嫄游閟宮，其地扶桑，履大人跡生稷。」如此，則說明姜嫄、閟宮，是同一軌跡上的兩個座標點。魯人頌美姜嫄，不但有強烈的圖騰意識，而且洋溢著一種發自集體無意識之中的優越感。

古代中國並非只有一個統一的圖騰。商周人以鳥爲圖騰，嬴姓秦人亦以鳥爲圖騰。原始時期的夏人以蛇（卽龍）爲圖騰。「人首蛇身」的伏羲、女媧，正是其圖騰物的人格化。炎帝族以魚爲圖騰，黃帝稱有熊氏，太昊、少昊爲風姓，古代風、鳳相通，當以鳳鳥爲圖騰。一方面，氏族發展，圖騰隨著增生，原生態圖騰會分化出次生態圖騰、家族圖騰和個人圖騰，所以，一個氏族的圖騰又並非單一的。另一方面，就中華民族的發展來說，遠古華夏各氏族各部落經過不斷兼併、融合，其圖騰也不斷演變融合，最後形成了以「龍」「鳳」這一對抽象物爲主的圖騰標記。所以我們看〈小雅・斯干〉裏說：「大人占之：維熊維羆，男子之祥；維虺維蛇，女子之祥。」意爲夢見熊羆是生男的預兆，夢見虺蛇是生女的預兆。〈小雅・無羊〉說：「牧人乃夢，衆維魚矣，旐維旟矣。」占夢的結果說，夢見水中魚多，乃是豐收有餘的象徵；夢見畫有龜蛇和鳥類的旗子，是人丁興旺的先兆。這兩首詩所寫的夢象，都與子女生育、人丁興旺、豐收有餘有關，而熊羆、虺蛇、大魚、鳥旗，或許正是原始圖騰在夢中的兆示。再如〈小雅・正月〉說：「瞻烏爰止，於誰之屋。」烏是周王朝受命於天的象徵。傳說周朝將興時，有一隻遍體通紅的「大赤烏」口銜穀種降臨在周王宮屋上，現在這隻大赤烏要飛到別的屋上，可見周室要滅亡了（參見楊合鳴、李中華《詩經主題辨析》下編）。大赤烏，亦即鳥圖騰之變形。至於「龍鳳」之原型，則更多見。〈魯頌・閟宮〉有「龍旂承祀，六轡耳耳」；〈周頌・載見〉有「龍旂陽陽，和鈴央央」。〈大雅・卷阿〉寫周召康公戒成王求賢用賢，就直接以「鳳凰」比吉士了。

二、巫術交感原理的再現：《詩經》戀歌新解

《詩經》中有許多反映民俗禮俗的詩篇，帶有濃厚的圖騰崇拜色彩與氣氛。孫作雲先生在《詩經戀歌發微》中列舉了二十三首詩，認爲與上古時期暮春三月男女會合，祭祀高禖祓禊求子的風俗有關。所論不差（見《詩經與周代社會研究》）。高禖神是管理結婚生子之女神，實即各部落所認爲的最初的女祖。聞一多認爲，古代各民族所記的高禖全是各民族的先妣（《神話與詩》，頁九八，古籍出版社）。如前所述，春分時節，燕子飛來，湯之先祖即有娀氏之女簡狄祈

於郊禖生了契。郊禖即高禖，是求子之祭，而簡狄又是呑玄鳥蛋生的契。原始人的圖騰信仰與圖騰崇拜，本來就特別重在血統信仰上，體現在生殖禮教上。所以上古時期人們祭祀高禖神本帶有非常濃厚的圖騰意識與圖騰崇拜色彩。

我們知道，在上古原始民族的心目中，圖騰與祖先是同一的東西。隨著時代的推移，圖騰神紛紛向祖先神演化，圖騰物逐漸演變成祖先的抽象物，因此祭祀圖騰與祭祀遠祖，往往是二而一的事情。祭祀祖先的目的，不外是求得先祖神靈保護，以祈子嗣不絕，人丁旺盛。祭女祖的高禖之祭，也有同樣的功能，更何況夏、商、周人對其女祖的認識，又是從圖騰觀念上得來的。由此亦可以再次說明高禖之祭與圖騰崇拜之關係。

祭高禖往往有盛大的儀式。《禮記・月令》云：「玄鳥至，至之日，以大牢祠於高禖。天子親往，后妃帥九嬪御，乃禮天子所御，帶以弓韣，授以弓矢，於高禖之前。」天子親往，后妃羣從，祭以太牢，可以想見其隆重。我們從孫氏所舉二十三首戀歌之中也可以看出，三月上巳節的祭祀高禖、祓禊求子的祭儀，不但規模盛大，且具備宏大的神廟歡會性質。這從詩歌的內容、氣氛及男女情戀歡合的讔語諱詞上，都可得到證明（下面將就詩詳論）。這裏有一個問題令人深思，即爲什麼這種歡會風俗都是在春季三月？再者，從《詩經》中的其他情歌中我們知道，「詩三百」的時代，禮教的束縛已經形成，男女婚戀已受到家庭、父母、宗族等種種干涉而越來越不自由。自由戀愛，就是「淫奔」，是「大無信也，不知命也」（〈鄘風・蝃蝀〉）。「娶妻如之何，非媒不得。」（〈豳風・伐柯〉）但爲什麼二、三月間又有一個開放自由的短暫時間呢？《周禮・地官・媒氏》有明確的記載：「媒氏掌萬民之判。……中春之月，令會男女，於是時也，奔者不禁。若無故而不用命者罰之；司男女之無夫家者而會之。」不但自由開放，甚至用行政命令手段讓男女自由歡合。此何故耶？

追溯其源，此乃原始人從巫術交感原理出發，從人間男女交合促進萬物繁殖，使農作物與人類子息共榮觀念的遺跡的體現。英國人類學家弗雷澤提出：原始人認爲，人與自然之間是交相感應的，農作物的生產與人類的生產都遵循着同一個原則，因此可以通過「模仿巫術」以「相似律」來相互促進，故而人間的男女交合可以促進萬物繁殖，因此「人們常常在同一時間內用同一行動把植物再生的戲劇表演同眞實的或戲劇性的兩性交媾結合在一起，以便促進農產品的多產、動物和人類的繁衍。」（弗雷澤《金枝》）這種「在儀式上放任性，並不只是縱欲，乃是表現對於人與自然界底繁殖力量的虔敬態度：這種繁殖力量，是社會與文化底生存所繫，所以要被宗教所注意」（馬林諾夫斯基《巫術科學宗教與神話》，頁三四，上海文藝出版社）。圖騰成員在大規模的祭祀儀式中（尤其是祭祀先祖與圖騰神時），常有大規模的男女歡會，也就是祭祀與性愛相結合。古巴比倫每年春分舉行新年慶典之際，部落男女集合於野，一方面是保證人類社會的生殖綿延和大地回春、萬物復甦的集體性交，另一方面是象徵參加慶典者死而復活的成年入社禮（參見葉舒憲《探索非理性的世界》）。有資料說明，世界許多地區祀奉農神的祭典中，添上了用男女交合來象徵萬物生育的花樣。弗洛依德曾舉過近代的例子：「在爪哇的某些地方，當稻米即將開花時，農夫們帶着妻子在夜間到達他們的田園，藉着發生性關係期望勾起稻米的效法以增加生產。」（《圖騰與禁忌》，頁五，中國民間文藝出版社）陽春三月，是一年之中開始從事農業生產勞動的時間，此刻，正是草木爭榮，動物交尾的時節，這時「令會男女」，正好以人類的兩性交合感應自然萬物。中國古代本有這種風俗。聞一多先生在〈高唐神女傳說之分析〉中說：「《春秋》莊公二十三年『公如齊觀社』，三傳皆以為非禮，而《穀梁》解釋非禮之故『是以為尸女也』。郭（沫若）先生據《說文》：『尸，陳也，象臥之形。』說尸女即通淫之意，這也極是。」（《神話與詩》，頁九七）可見祭高禖神時是有大規模的羣體「通淫」的。聞先生又說：「齊國祀高禖有『尸女』的儀式，〈月令〉所載高禖的祀典也有『天子親往，后妃帥九嬪御』一節，而在民間，則《周禮・媒氏》『仲春之月，令會男女』，與夫〈桑中〉〈溱洧〉等詩所昭示的風俗：也都是祀高禖的故事。這些事實可以證明高禖這祀典，確乎是十足的代表著那以生殖機能為宗教的原始時代的一種禮俗。」（同上，頁一〇六）〈召南・采蘋〉末章說：「於以奠之？宗室牖下。誰其尸之？有齊季女。」所寫也是仲春社禮的情景，末兩句告訴我們，該社禮祭祀時，由一個青春美麗的少女充當主祭者——「尸」，實行神前交媾。詩中充滿了人神相娛的意味。所以《白虎通義・嫁娶篇》中說：「嫁娶必以春日何？春者，天地交通，萬物始生，陰陽交接之時也。」可知原始時期的巫術交感觀念，已成為一種集體無意識而變為歷史積澱物。所以，這種三月的祭祀就有了多種功能：既是祭奠先祖、崇敬圖騰，又可祈求子息；令會男女，既有繁育子息的實際功用，又可以此「激動」自然界，「激動天地日雨等長養之力」，使人類與萬物一同繁衍增殖。這種風俗，一直保持到春秋時期。《詩經》中祭祀高禖、祓禊求子的戀歌，雖產生於不同的時地，但綜合起來看，生動地展現出這種祭祀與性愛相結合的歡會節俗的全過程。

古人祭高禖神、祭生殖神與祭社稷神常在同一場所。〈魯頌・閟宮〉《毛傳》釋「閟宮」曰：「先妣姜嫄之廟。……孟仲子曰：是禖宮也。」聞一多指出：禖宮卽高禖之宮；閟宮是高禖之宮，又是姜嫄的廟；閟、密同，卽指（男女）行秘密之事（同上，頁九八）。再如〈陳風・衡門〉之「衡門」，卽「橫門」，「當是陳國都城東西頭之門」，是男女幽會之所。聞氏並指出，「古代作爲男女幽會之所的高禖，其所在地，必依山傍水，因爲那是行秘密之事的地方。」（同上，頁一三一）孫作雲認爲：〈鄘風・桑中〉「期我乎桑中，要我乎上宮」之「桑中」，卽《墨子・明鬼下》所說之「桑林之社」，「上宮」卽指「社」或高禖廟；〈周南・汝墳〉之「王宮」，卽〈桑中〉之「上宮」，「汝水旁之大廟、禖宮」，亦卽《墨子・明鬼下》所說「男女所屬而觀」之所（《詩經與周代社會研究》，頁三〇五）。再看〈桑中〉《正義》所說：「與我期往於桑中之野，要見我於上宮之地」，「而期於幽遠之處而與之行淫」。上舉數說，足以證明宗廟祭祀、祭高禖神時與男女性愛關係之密切。

這種帶有象徵意義的神廟歡會，規模是盛大的，氣氛是熱烈的。「溱與洧，方渙渙兮」，

「士與女，殷其盛矣」（〈鄭風．溱洧〉）；「齊子歸止，其從如雲」（〈齊風．敝笱〉），男女雜沓，極樂狂歡。男女歡快地戲謔逗趣：「維士與女，伊其相謔」（〈鄭風．溱洧〉），「善戲謔兮，不爲虐兮」（〈衞風．淇奧〉），「子不我思，豈無他人？狂童之狂也且！」（〈鄭風．褰裳〉）此時，有男女之間焦急的等待：「人涉卬否，卬須我友」（〈邶風．匏有苦葉〉），「不見子都，乃見狂且」（〈鄭風．山有扶蘇〉）；有互相間的暗示、挑逗：「籊籊竹竿，以釣於淇」（〈衞風．竹竿〉），「敝笱在梁，其魚魴鰥」（〈齊風．敝笱〉），「維鵜在梁，不濡其翼」（〈曹風．候人〉），「九罭之魚，鱒魴」（〈豳風．九罭〉）。當這些讔語暗示仍不能盡情表達內心的迫切欲求時，便直接大膽地表現出熱烈的性企求：「彼狡童兮，不與我言兮」，「使我不能餐兮」，「使我不能息兮」（〈鄭風．狡童〉）；「未見君子，惄如調饑」（〈周南．汝墳〉）；「泌之洋洋，可以樂饑」（〈陳風．衡門〉）；「彼其之子，不遂其媾」；「婉兮孌兮，季女斯饑」（〈曹風．候人〉）。（聞一多已指出，所謂「調饑」、「朝隮」、「饑」、「食」、「不能餐」等，均指性欲求、性行爲之讔語。）

經過上一階段的相謔、逗趣與交流之後，神廟歡合的氣氛進入高潮。男女之間互相饋贈，相邀以至野外歡合。「士與女，方秉蘭兮」；「伊其將謔，贈之以勺藥」（〈鄭風．溱洧〉）；「期我乎桑中，要我乎上宮」（〈鄘風．桑中〉）。桑中、上宮，即「所期之地」（《毛傳》），「於此之時，有士與女方適野田，執芳香之蘭草兮，既感春氣，托采香草，期於田野共爲淫泆。……維士與女，因卽其相與戲謔，行夫婦之事」。（〈鄭風・溱洧〉《正義》）此時，「薈兮蔚兮，南山朝隮」（〈曹風・候人〉），「魴魚赬尾，王室如燬」（〈周南・汝墳〉）。按聞一多所釋，「薈兮」兩句，卽「朝隮於西，崇朝其雨」（〈鄘風・蝃蝀〉），亦卽「朝雲朝雨」，乃謂行夫婦之事。「如燬」，爲「性的衝動像火一樣激烈」。孫作雲也說：「據生物學說，有一些魚在春天交尾時期，尾巴發紅，以招引異性。」結合聞孫二氏所論，可以說這兩句詩，卽是男女歡合神前交媾的直接描述了。

古人春天祭高禖、祓禊求子與神廟歡合之風俗，在我國一些少數民族之中仍然流行，如雲南大理白族地區舉行的「繞山林」的風俗，卽是一種原始宗教習俗的表現。還應該注意到的是，上述那些戀歌之中，時間在二三月——「旣感春氣」，地點除了點明在祭祀場所外，還有「期於田野」，手中「托采香草」，互贈之物，也多是「蘭」、「勺藥」、「芄蘭」、「彤管」、「荑」等植物。這些與原始巫術交感原理之「激動」自然界使之生長繁殖皆相吻合。所以這一類戀歌，與圖騰崇拜有極密切的淵源關係。

三、意象與象徵：比興中的圖騰崇拜原型

文學原型是一種具有約定俗成的語義和聯想羣的意象。從逆反方向來說，從語義和意象羣之中，可以探尋存在其中的文學原型。已有衆多的資料表明，許多史前藝術形象都是基於動物崇拜

或祖先崇拜的圖騰形象❹。圖騰崇拜作爲一種原始觀念，存在於先民的原始意識之中，它不僅成爲一種崇拜物，也成爲一種思維方式與內心意念的載體。即人們信仰圖騰，認爲圖騰是一種神怪的、與己有親密關係的崇拜對象，因此不但構思出許多有關圖騰的故事，而且也用圖騰的意象與象徵意義作爲故事或歌詠的表現媒介與手段。據此，我們可以在《詩經》的比興意象之中，發現深藏在意象深層中的圖騰崇拜原型。先民在祭禱先祖、歌唱生育繁殖等內容時，常自覺的將自己的氏族圖騰加以聯繫，使圖騰物具備某種象徵意義。「一個象徵可以作爲主導意象在特定的作品中形成；它可以由別的詩人按照個性化的獨特方式重覆使用。」❺隨着時間的流逝，在從一個詩人到另一個詩人的過程中，從這一類詩到另一類詩的過程中，只要所歌詠的母題相同，這種圖騰的象徵意義一邊被反覆運用，一邊又在新的上下文中激發出新的生命力，從而發展了文學生命。

如前所述，鳥圖騰信仰在遠古時期的覆蓋區域非常廣。鳥圖騰物既然作爲祖先的象徵、氏族的保護神和部族氏族人的精神力量，在先民的頭腦中留下了非常深刻的印象，當他們歌頌祖先或與祖先有關的內容時，便自然而然的與觀念中的圖騰聯繫起來，而用鳥的形象作爲起興的物象。《呂氏春秋．音初篇》云：「有娀氏有二佚女，爲之九成之臺，飲食必以鼓。帝令燕往視之，鳴若謚隘。二女愛而爭捕之，覆以玉筐。少選，發而視之，燕遺二卵。北飛，遂不返。二女作歌，一終

❹ 參看朱狄《原始文化研究》，頁三二七，三聯書店，一九八八年版。
❺ 葉舒憲《探索非理性的世界》，頁二〇三，四川人民出版社。

曰：『燕燕往飛！』實始作為北音。」這一則記載，可以作為「天命玄鳥，降而生商」的注腳。「燕燕往飛」作為一首原始詩歌，其以「燕燕」作為歌唱對象，既是對圖騰神燕（玄鳥）的贊美，又是對圖騰神充滿希望的呼喚。原始人思維方式的一個重要特徵，就是不對事物進行由表及裏的分析，而是「從單純的共在關係中直接發現因果。」（卡西爾《象徵形式哲學》卷二，頁一四九）「燕燕」與圖騰物的共在關係，使「燕」這一物象在思維中產生了多重的象徵——隱喻關係，由此產生的原型意象與圖騰崇拜及與圖騰崇拜有關的祭祖懷念先人等內容都聯繫起來，以至擴大到其他的鳥類興象之中。所以我們看到《詩經》中不少這一類以鳥進行比興的興象，如〈邶風・燕燕〉：「燕燕於飛，差池其羽。」〈唐風・鴇羽〉：「肅肅鴇羽，集於苞栩。」〈小雅・伐木〉：「伐木丁丁，鳥鳴嚶嚶。」〈小雅・鴻雁〉：「鴻雁於飛，肅肅其羽。」〈小雅・小弁〉：「弁彼鸒斯，歸飛提提。」〈小雅・黃鳥〉：「黃鳥黃鳥，無集於穀，無啄我粟。」等等。這些「燕燕」、「鴇羽」、「黃鳥」、「鴻雁」、「鸒斯」，恐怕都是「玄鳥」的變形，而詩的內容，又大多與歌詠祖先、祈祖福祐、懷念父母有關❻。

再舉一例。我們看〈秦風・黃鳥〉詩。詩云：「交交黃鳥，止於棘。誰從穆公？子車奄息。」（二三章仿此）這是一首哀悼子車氏三子為秦穆公殉葬的詩。或認為此詩以黃鳥止於樹來起興，

❻ 關於鳥類興象與圖騰崇拜的關係，趙沛霖先生《興的源起》一書所論甚詳，可參閱。

是反襯之法，即以婉囀啼鳴的小鳥之生反襯「三良」之死，更使人感到悲傷（《詩經主題辨析》上，頁三八九）。此說似嫌牽強。我們知道，秦人以鳥爲圖騰，《史記・秦本紀》在敍述秦世系的時候說：「秦之先，帝顓頊之苗裔孫曰女脩。女脩織，玄鳥隕卵，女脩吞之，生子大業。」大業乃秦人祖先。大業之子大費，「佐舜調馴鳥獸，鳥獸多馴服，是爲栢翳。」秦人祖先之中還有孟戲、中衍兩人，皆「鳥身人言」，說明秦人屬於鳥圖騰。時至春秋，鳥這一物象與圖騰祖先的「共在關係」所形成的象徵聯繫，仍潛在於秦人的意識之中，因此，秦人看見「三良」將死時「臨其穴，惴惴其栗」的慘狀，發出了「彼蒼者天，殲我良人」的哀號，此時悲苦無告，自然而然發出「交交黃鳥，止於棘」這種對圖騰保護神的呼告。這個例子，正是鳥類與象與圖騰原型之關係的極好證明。

關於以魚類作爲興象，聞一多先生曾指出：以魚來象徵「配偶」（或「情侶」），「這除了它的繁殖功能，似乎沒有更好的解釋。」（《神話與詩・說魚》）然細加研究，以魚類作爲比興的興象，其根源，仍應在於以魚爲圖騰物的圖騰崇拜。

首先，在中國的遠古時代，確曾存在過以魚爲對象的圖騰崇拜。我國已發現的新石器時期彩陶遺址近兩千處，其中仰韶文化占總數一半以上，而魚紋出土的遺址有二十多個⑦。其中半坡型

⑦ 吳耀利〈略談我國新石器時代彩陶的起源〉，見《史前研究》，一九八七年，第二期。

仰韶文化的彩繪最爲豐富，基本爲魚紋或變體魚紋。「彩陶紋飾是一定的人們共同體的標誌，它在絕大多數場合下是作爲氏族圖騰或其他崇拜的標誌而存在的。」「仰韶文化的半坡類型與廟底溝類型分別屬於以魚和鳥爲圖騰的不同部落氏族。」❽在西安半坡、臨潼姜寨、寶鷄北首嶺和漢水南鄭等仰韶文化遺址中所發現的「人面魚紋」彩陶，更具有鮮明的圖騰性質❾。費爾巴哈曾說過：「動物是人不可缺少的、必要的東西；人之所以爲人要依靠動物，而人的生命和存在所依靠的東西，對於人來說，就是神。」(《費爾巴哈哲學著作選集》，頁四三八～四三九，三聯書店，一九六二年版）恩格斯也指出：「人在自己的發展中得到了其他實體的支持，但這些實體不是高級的實體，不是天使，而是低級的動物。由此就產生了動物崇拜。」（《馬克思恩格斯全集》卷二七，頁六三，人民出版社，一九七二年版）古人臨河而居，魚類是重要的食物，成爲人們生存的重要依賴物，直接的生存需要使作爲食物的魚類這一動物上升到神格，進而產生了魚圖騰崇拜。「人面魚紋」正是這一圖騰意識的顯現。人魚之間這種特殊的關聯，產生了祖先、保護神、靈物以及繁殖、豐收、驅邪、護身等等信仰觀念。人面獸身神正是圖騰神的典型形式，人獸合體則是一種圖騰觀念的表現。《山海經·大荒西經》云：「炎帝之孫名曰靈恝，靈恝生氐人，是能上下於天。」〈海內南經〉云：「氐人國在建木西，其爲人，人面而魚身，無足。」氐人的形狀是

❽ 石興邦〈有關馬家窰文化的一些問題〉，載《考古》，一九六二年，第六期。
❾ 引自陶思炎《中國魚文化》，頁七九，中國華僑出版公司。

人的臉，魚的身子，能夠乘着雲雨，上下於天，是人魚合體的圖騰神，證明魚圖騰是炎帝族中的一種圖騰。《山海經・東山經》中所記諸神山，其中多產各種魚，又有「衈用魚」（即取魚血衅祭器的意思）的記載，文獻資料都可證魚圖騰的存在。

其二，常言的生殖崇拜，是指對生殖能力的崇拜，而不是性崇拜。我們發現《詩經》中的魚類與象，主要出現在本文第二部分所說的戀歌之中，這些戀歌魚與象的運用，其隱義主要還是指男女的性的交合，是一種性崇拜，似看不出有對生殖崇拜的跡象。再者，上述所舉之戀歌，都與上巳節祓禊之俗有關。這一風俗儀式，多在水邊舉行，最容易見到的是魚，因此，魚圖騰的原型意象最容易被「激活」。「人面魚身」、「衈用魚」的記載，說明原始人具有魚人之間血緣相通的觀念，魚類原型的被「激活」，透露出人和魚之間的轉體混血、通感呼應的原始觀念信息，在這種通聯交感過程中，產生了比擬聯想作用，因此自然的以魚作爲歌詠的起興物象。同時，早期的祓禊活動常伴隨着有水中或水濱的性行爲，在這樣的水中活動之中，人們以魚爲物象起興，容易引起圖騰感生的觀念聯想，所以它既是對魚神的一種親近，又是一種擬神、樂神的行爲。綜上所述，可以說魚類與象的產生，其源仍在於古代的圖騰崇拜。

龍、鳳凰這一對中華民族共同的圖騰物，前已說過，是華夏各民族經歷長時期的戰爭、生活、逐漸融合統一而形成的圖騰神。以龍、鳳作爲比興的物象，當然也是以遠古圖騰崇拜的傳統觀念爲基礎的。《詩經》中寫到龍、鳳的詩，如〈秦風・小戎〉：「龍盾之合，鋈以觼軜。」

〈周頌・載見〉：「龍旂陽陽，和鈴央央。」〈魯頌・閟宮〉：「龍旂承祀，六轡耳耳。」〈商頌・玄鳥〉：「龍旂十乘，大糦是承。」〈大雅・卷阿〉：「鳳凰於飛，翽翽其羽。亦集爰止，藹藹王多吉士。」等等。遠古人出於對圖騰的崇拜，常將自己打扮成圖騰的模樣，或在身上、用具上飾以圖騰形象，以此祈求圖騰神的福祐，這實際上具有一種模擬比況的象徵意義。以龍飾盾，以龍飾旗，其源即出於這種原始觀念。(不過用在詩中，有時它只是一種描述，不一定就是用來作比與。)這種形式，經過長久的自然而然的隱喻轉換，形成了語義上的圖騰原型的比喻體。所以，龍與鳳凰，不但是具有抽象意義的圖騰符號，又成爲一種祥和、吉泰、繁榮、賢明睿哲的象徵物。龍與鳳凰這種象徵物，一旦作爲主導意象在特定的作品中形成，它可以由別的詩人按照個性化的獨特方式被反覆運用。於是，我們看到了後世作品中從龍、鳳原型中演變出來的異彩紛呈的象徵形態。

四、結論

圖騰本來是母系氏族社會的信仰，父權制產生以後就衰弱了。人爲的宗教興起之後，圖騰信仰又進一步受到衝擊，但是並沒有銷聲匿跡。圖騰崇拜作爲一種原型意象，「它們爲我們祖先的無數類型的經驗提供形式，它們是同一類型的無數經驗的心理殘跡。」(榮格《心理學與文學》，頁一二〇，三聯書店，馮川、蘇克譯）這種經驗形式與心理殘跡，仍然在文化、藝術、心理等方面起作用，又以別的形式或者與文學、藝術相結合，被人爲地保存下來。儘管《詩經》產生的年代離開圖騰崇拜興盛的時代十分遙遠，詩人創作這些詩歌時似乎深信自己是在絕對自由中進行的，「根本意識不到有一種『異己』的意志」（榮格語，同上引，頁一一三）在操縱着自己，就好像他在游泳，但實際上卻有一股看不見的潛流要把他捲走。這就是圖騰崇拜原型意象（當然也包括其他原型意象）的潛在影響。只是這種影響「歷時愈久，圖騰意識愈淡，而修詞意味愈濃」（聞一多語，見《詩經通義・周南》）。當它的原始宗教觀念消失，而變成爲一種審美形式時，這些原型意象便轉換成爲各種藝術「母題」和語言詞彙，極大地豐富了文學藝術創作。今天，我們追尋這些原型意象的意蘊，對於理解《詩經》中某些篇章所殘留的深層次中的原始社會背景，探尋某些物象所保留的傳統意念色彩，並引導人們從藝術起源論的角度進行思考，或許不無裨益。

從《詩經》的創作實際論「言志」「緣情」說的統一性

一

在中國古代早期的詩歌理論中，有「詩言志」的說法。這個被朱自清先生稱爲中國詩論「開山的綱領」的話，見於《尚書・舜典》：

> 詩言志，歌永言，聲依永，律和聲。八音克諧，無相奪倫，神人以和。

「詩言志」的意思，是說詩歌是用來表現作者的思想感情的。但是，對於古人的這種「言志說」，朱自清先生認爲：「這種志，這種懷抱，其實是與政教分不開的。」❶通觀〈舜典〉中的這段

❶ 朱自清先生《詩言志辨》。

話，說明詩和樂一樣，起着「言志」和教育人的作用。所以這裏的「詩言志」說有二層意義：一是發抒作者的思想。如《左傳》襄公二十七年：「志以發言。」《漢書・藝文志》：「誦其言謂之詩。」可見「詩言志」是爲了表現心志，卽作者的思想。另一層意義是認識和教育作用。言志的詩必須具有影響人和對人進行道德規範的力量(當然也包括「采詩觀志」)。從「持其性情」，到「止乎禮義」，一直發展爲「溫柔敦厚」的儒家詩教，「詩言志」的教育作用被統治階級作爲詩教說的工具，因此「志」便被解釋成合符禮教規範的思想。正因爲如此，後來常常把「言志」和「緣情」對立起來，認爲「言志」說只講表現思想，不講表現感情；「緣情」說只講表現感情，不講表現思想。甚至由此發展成爲不可調和的兩派理論。

實際上，在詩歌裏，「情」與「志」本是一個東西，「言志」與「緣情」並無本質的區別。這在先秦兩漢的詩論、樂論中都已經注意到。《荀子・樂論》說：「夫樂者，樂也。人情之所必不免也。」荀子論樂，認爲音樂通過抒情言志。他注意到了「言志」中還包含有「情」的特性。只是他強調要「以道制欲」，對「情」要給以嚴格的儒家之道的規範。這當然是因爲荀子還仍然遵循着孔子詩論詩學的基本觀點。又《禮記・樂記》中說：「凡音者，生人心者也。情動於中，故形於聲，聲成文，謂之音。」古代詩樂是不分家的，〈樂記〉對「聲」「情」的闡發，同樣說明詩樂是人的感情而非單純理性觀念的表現。〈詩大序〉論詩，有許多觀點脫胎於〈樂記〉，〈詩大序〉在提出「詩者，志之所之也」的同時，又接着說：「在心爲志，發言爲詩。情動於中而形於言」，「變風發乎情」。這是它在堅持儒家的「言志說」時，又不能不正視於「情」和「志」的不可分割。孔穎達在〈詩大序正義〉中把這種觀點闡述得更清楚：「詩者，人志意之所適也。雖有所適，猶未發口，蘊藏在心，謂之爲志。發見於言，乃名爲詩。言作詩者，所以舒心志憤懣，而卒成於歌詠。故〈虞書〉謂之『詩言志』也。包管萬慮，其名曰心；感物而動，乃呼爲志。志之所適，外物感焉。言悅豫之志則和樂與而頌聲作，憂愁之志則哀傷起而怨刺生。」在《左傳》昭公二十五年的《正義》裏，孔穎達還說：「在己爲情，情動爲志，情志一也。」可見，敘志言情是創作的很自然的緣起和目的。後來的白居易說他的創作是「聞見之間，有足悲者，因直歌其事。」❷「直歌其事」是「言志」，「有足悲者」是「緣情」，二者是統一的。所以，後來許多人便把「情」「志」並稱。如《尹文子上篇》：「樂者所以和情志。」摯虞《文章流別論》：「夫詩雖以情志爲本，而以成聲爲節。」至於劉勰的《文心雕龍》，更是有許多地方將「情志」合爲一詞而用，代表作家的思想感情。

陸機的「詩緣情」說提出以後，「言志」和「緣情」似乎成爲不能相容的對立的兩大陣營。在現代，有人甚至認爲「言志」說堅持了現實主義的詩歌理論，「緣情」說倡導了形式主義與唯美主義。其實，這樣的看法是根據不足的。「詩言志」是從讀者角度論詩，「詩緣情」是從

❷ 白居易〈秦中吟序〉。

作者角度論詩，各有側重。說「詩緣情」與傳統的「詩言志」或「吟詠情性」有着繼承關係，都將詩看作作者內心世界的表現，說明情志動於中而發爲詩。因此，「詩緣情」與「詩言志」並沒有截然的對立。《文選》李善注「詩緣情而綺靡」這一句曰：「詩以言志，故曰緣情。」五臣李周翰曰：「詩言志故緣情。」可見古人理解「緣情」說，並沒有和「言志」對立起來，而是了解「緣情」中的「言志」的內涵。陸機「緣情」說的提出有他的時代的原因，但是他並非只講表現感情，目的在於要衝破儒家「止乎禮義」的束縛。可以說，依然是「言志」之中有「緣情」，「緣情」之中又體現着「言志」。

　　前人，尤其是先秦時代的人，論詩均離不開《詩經》。據聞一多的考證，「詩言志」的「志」，在《詩經》產生的時代，就包含着記誦、抒情、敘事三重意義的❸。遵循着這個啓示，我們來考察《詩經》的創作實踐，可以發現在《詩三百》的創作中情與志的和諧統一。只是自孔子說解《詩》開始，片面強調《詩》的「箴諫」「美刺」作用，也就是片面地強調了「言志」說中的政教作用，因而掩蓋了《詩經》創作中「情」與「志」的和諧完美結合的事實。所以，下面就從《詩經》作品的內容來說明在我國第一部詩歌總集中，「言志」和「緣情」二者本來是和諧的統一體。

---

❸《聞一多全集》，〈歌與詩〉，三聯書店版。

二

爲了說明的方便，且把《詩經》作品分爲幾個類型來論述。

第一類是作者在詩中點明了作詩的目的和功用的詩。這一類主要是美刺詩，是直接表現儒家所謂「詩言志」目的的作品。這類詩在《詩經》中有十二處之多。其中點明「緣情」而作的有兩首，即：

〈魏風・園有桃〉：「心之憂矣，我歌且謠。」

〈小雅・四月〉：「君子作歌，維以告哀。」

〈園有桃〉與〈王風・黍離〉一樣，是一首流浪者憂時之歌。他滿心憂傷，卻又無人理解。因此唱此歌以抒發心中之憂。作詩是爲了表達自己不滿和憂傷的心情，也是對社會上不良現象的諷刺。

〈四月〉是一首抒寫離鄉遠役，憂亂懼禍的詩。詩人看到季節變遷，觸景生情，感發而作。正是所謂「氣之動物，物之感人，故搖蕩性情，形諸舞詠」者也❹。詩中運用比興手法描寫了上

❹ 梁・鍾嶸〈詩品序〉。

天無路，入地無門的處境和去國離鄉的滿懷憂懼的心情。「君子作歌，維以告哀」，乃爲表達苦情而作。

另外十首，直接點出「怨刺」或「美頌」的目的。這些詩，帶着明顯的「言志」功用。但是仍然可以看出它的「緣情」特徵。

〈小雅・節南山〉：「家父作誦，以究王訩。」作詩是爲究詰當時的太師尹氏。詩的最後幾章，感嘆周朝政治日壞，揭露那些佞臣的醜態，惋惜周王不能改正自己的錯誤。詩中「昊天不傭」，「昊天不德」，「不吊昊天」，反覆地呼天而訴。其中「憂心如惔，不敢戲談」、「憂心如酲，誰秉國成」幾句，抒發了深沉的感慨。詩中這些感情成分，都是在直陳時弊和說理中表現出來。作者的目的是「究王訩」，但是正因爲有這種憂國憂民的感情的激發，使得這首詩從根本上區別於一般的諫詩，也區別於一般的說理詩，成爲一篇優秀的詩歌作品。

〈小雅・巷伯〉云：「寺人孟子，作爲此詩。凡百君子，敬而聽之。」作者遭人讒毀，作詩以發洩心中的怨憤。詩中第一、二章用織錦的文彩和張口的箕宿來比喻讒人的巧言和狠毒；第五、六章寫詩人自己對於讒人的憤恨和詛咒；尤其在第六章中，詩人無法抑制他的憤怒，要把讒人投送到天上去，讓天去處理。此時怨恨的心情達到了頂點。

其他的如〈陳風・墓門〉，刺一個「不良」的統治者。詩中表現了人民反抗不良統治者的強烈情緒。〈大雅・桑柔〉是芮良夫刺厲王的詩。目的是要告誡厲王應寬政愛民。作詩是要陳述厲王的過失。但是，從激烈的言詞中，首先讓人感受到的是撲面而來的憤恨之情。

上述這些詩，都是怨刺詩。怨刺詩，或寫憂時傷亂、悲愁感嘆，或寫離鄉遠役、憂亂懼禍，或叙爲人構陷、無由自明，作者抒發的是一己之情感，反映了對當時社會的政治的強烈不滿。作者的目的要傾訴自己不幸的遭遇，首先表現出來的是發憤怨悱之情，是「情動於中」的產物。雖然有的詩中說明目的在於「怨刺」，其實仍離不開表「情」。〈國風〉和〈小雅〉中的其他一些怨刺詩也是如此。

美頌的詩，它的贊頌言志的目的更加明顯。但是也可以把握到作者「緣情」而作的動因。〈大雅・崧高〉是尹吉甫送申伯就封於謝以統帥南邦而作。詩中通篇贊頌申伯的清風化育。〈大雅・烝民〉贊美宣王使賢任能及仲山甫才德出衆。這些美頌詩，雖不免有諛頌之處，其中亦不乏眞摯的感情。其他如〈公劉〉、〈皇矣〉、〈大明〉等，贊美公劉、文王、武王的業迹，充滿着贊頌喜悅之情。特別是〈公劉〉，每章都用「篤公劉」開頭，對公劉盡情贊美，乃是發自於內心的誠摯感情。反之，同樣是美頌之詩，〈大雅・下武〉、〈周南・樛木〉，歌頌文王、武王，歌頌貴族，只有一些說教的話，內容空洞陳腐，本是一種應酬之作，談不上有什麼感情，也就不知所言何「志」。可見「言志」不與「緣情」相結合，作品是沒有感人的力量的。

第二類是《詩經》中大量的民歌。這些詩大部分是抒情詩。朱自清先生說：「《詩經》裏一半是『緣情』之作。」❺主要是指這類詩。這些詩的作者在創作時，並非有明確的某種功利的要求，而是心志的自然的抒發，感情的自然的流露。「里巷歌謠之作」，「男女相與詠歌」，「各言其情者」而已。所謂「哀樂之情感，歌詠之聲發」也❻。「詩緣情」，詩源於情也。然而也同樣達到言志的目的。

其中許多戀愛婚姻的詩最是明顯。它寫相思時不只寫纏綿的感情；寫歡呼時沒有什麼輕佻的詞意；訴說不自由的痛苦時，表現了作者純潔而不屈的心情。它使人感到很樸素、很淳正，而沒有故作矜持、忸怩作態。在這些詩中，首先流露的是一種高尙的優美的意趣和感情。然而卻委婉地表達了自己的心志。

大家所熟悉的〈周南・關雎〉，詩中描寫了一個青年男子對「窈窕淑女」的戀慕之情。女子的窈窕形象使他鍾情，使他「寤寐求之」、「輾轉反側」，並幻想着結爲伴侶的美好願望。這些都是熱烈的愛慕之情衝激的結果。作者先是傾吐自己的愛慕之情，進而表達了結爲伴侶的心志。讀這首詩，首先感染我們的是熱烈的感情。後來有的人只看到它求侶言志的目的，就簡單地把它當作一首求婚歌，這其實是只抓住芝麻，丢棄了西瓜。

又如〈鄭風・大叔於田〉，詩中贊美一個勇敢的善獵的青年，寫他的御車技藝的嫺熟，寫他

---

❺ 朱自清《詩言志辨》。
❻ 班固《漢書・藝文志》。

的善射，寫他的壯勇，寫他的從容，從各個角度來表現他的英勇和壯美，字裏行間洋溢着贊頌之情，愛慕之意也在其中。

大家同樣熟悉的〈氓〉，也是一首優秀的抒情詩。全詩用抒情的筆調叙述女主人公的不幸遭遇，抒發了女主人公被棄的憤懣。詩中告誡說：「于嗟女兮，無與士耽。士之耽兮，猶可說也；女之耽兮，不可說也。」這富於哲理性的話，是女主人公從自身的遭遇之中總結出來的理性認識。她的眼光是很銳利的，看到了社會的本質問題，發出了帶有社會意義的呼喊。這就不只是抒情，又具有深刻的教育作用。

最有意思的是〈陳風·東門之池〉。這是一首情歌，三章都是稱贊女子的。大概是一個男子看上了美麗的姑娘，先抛出一串的頌歌，表示自己的愛慕之心，又試探女子的情意如何。這很像現代一些少數民族中仍然流行的「邀歌」。

民歌中的怨刺詩，也同樣具有「緣情」和「言志」相結合的特徵。

〈魏風·碩鼠〉，以巧妙的比喻揭露了統治者對人民的剝削。對統治者沉重剝削的怨恨激勵着作者寫出了這樣一篇優秀的作品。每章最後提到的「樂土」、「樂國」，是他們對理想的追求，是要擺脫剝削壓迫而實現平等社會的強烈願望。這是發自內心的「心志」。

《左傳》文公六年說：「秦伯任好卒，以子車氏之三子奄息、仲行、鍼虎爲殉，皆秦之良也。國人哀之，爲之賦〈黃鳥〉。」〈秦風·黃鳥〉細致地描寫了無辜的子車氏三子臨穴時可憐的悲慘情狀，對他們表示了深沉的哀悼和無限的同情。每章詩的後半部分都是「彼蒼者天，殲我良人。如可贖兮，人百其身。」構成了全詩哀婉動人的基調。作詩之意在譴責統治者用活人殉葬的罪惡行徑，表現了作者的強烈感情。「國人哀之」，「緣情」而作也。

這一類詩大多以抒情爲主，在抒情中又包含着「言志」的客觀效果。從這些「緣情」詩中，眞實的反映了當時的社會面貌。

第三類是《詩經》中許多運用「比興」的詩。用比興言志，也用比興言情。比興是「緣情」的需要和手段，增強了抒情的效果。作者通過形象思維巧妙地寓託自己的感情，從而曲折地表達自己的心志。

前面所舉的〈周南・關雎〉和〈陳風・東門之池〉，就是用比興來抒情言志的。〈東門之池〉中男子的「邀歌」，開頭是「以所見之物起興」，顯得委婉而貼切。〈陳風・墓門〉開頭也用了比興，把不良的統治者比成「墓門之棘」、「墓門之鴞」，加重了憎恨的感情。

〈鄭風・野有蔓草〉，寫一對情人淸晨在郊野「邂逅相遇」的歡喜之情。「野有蔓草，零露漙兮」，「野有蔓草，零露瀼瀼」。這裏有着一種綠意正濃的滋潤而富有生趣的可愛的景色，這種景色和詩人「邂逅相遇」的喜悅心情相輝映。這樣的比興，加重了感情的色彩。

〈鄘風・相鼠〉是衞國人民斥責統治者偸食苟得，愚昧無恥的詩。詩中以偸吃的老鼠起興，斥責處於高位的統治者不如老鼠，用討厭的老鼠象徵統治者，貼切地表現了人民的厭惡和憤怒。

巧妙地運用比興，使感情的怒火發泄得淋漓盡致。

他如〈秦風・蒹葭〉，詩的開頭用比興手法引出對「伊人」的深切思念。比興之用，不僅在托物言情，而且通過借景言情，寓情於景，織成了情景交融的意境，思念之情感人至深。〈小雅・采薇〉的末章，通過比興手法的運用，觸景生情，把戍邊征夫歸途中雨雪饑渴的苦楚和痛定思痛的心情表現得非常深刻。所以清代的袁枚說：「《三百篇》半是勞人思婦率意言情之事。」❼「緣情」而起以用比興，「先言他物以引起所詠之詞」，這確是一種巧妙的藝術手法。這些運用比興的抒情詩，都是作者釀集到飽和狀態而借助於客觀外界事物迸發出的強烈情感的產物。比興的運用，是「緣情」之作最常見的藝術手法。比興的運用，加強了抒情效果，當然也使心志表達得更加充分了。

三

綜上所述，從《詩經》的創作實踐來看，不論是勞動人民的詩歌，還是貴族文人的作品，不論是怨刺箴諫之詩，還是贊美歌頌之什，凡是思想性和藝術水平較高的詩作，都表現出「言志」

---

❼ 袁枚《隨園詩話》。

和「緣情」的和諧統一。「緣情」本來是詩歌創作固有的藝術特徵。「緣情」中表現心志，「言志」中充滿着感情。正因爲「情」和「志」的完美結合，使《詩經》在思想性和藝術性都達到了非常高的境界。許多優秀詩篇在這方面都爲後代的創作提供了光輝的典範。

誠然，在文學創作中「情」與「志」的統一是必然的現象。即使任何「言志」的文學創作，也伴隨着情感的活動。作家只有對某種事物發生感情，才能進一步引起去了解和表現這一事物的願望，也才能更好地表現這一事物，達到「言志」的目的。所以一個完美的文學作品，本應該是「情」與「志」的統一體。從詩歌的起源來看，在原始詩歌中，所謂「舉重勸力之歌」，或者是「杭唷杭唷」的號子，都是因爲勞動的需要，有直接的功利目的，但同時也抒發感情。而感情的抒發更有增強功利效果的作用。可以說「情」與「志」本是詩歌創作動因的統一體。《詩經》中那些直接表現「饑者歌其食，勞者歌其事」的作品，感情的激發同樣是重要的因素。

但是儒家的說詩傳統，卻片面地強調了「詩言志」的政教作用的一面，把「言志」與詩的實用功能緊密聯繫在一起。「對詩的抒情特點的認識似乎並未得到廣泛的認可，並未被明確地作爲理論概括提出來。它被實用的功能沖淡。」❽這種強調實用功能的「言志」說是春秋戰國時期對詩的性質的一種普遍認識。而這種理論的倡導和光大，又跟孔子有直接關係。

---

❽ 引文見《文學遺產》，一九八三年，第四期，羅宗強〈詩的實用與初期的詩歌理論〉一文。

孔子說詩中的「興、觀、羣、怨」說，「思無邪」說，「溫柔敦厚」說等，強調了詩的包括個人的修身和社會功利在內的實用功能，強調了「事父」「事君」的爲統治階級服務的政治作用。詩教說的中心是強調文藝必須緊緊地爲政治服務。所以這樣的「言志」說的實際內容卽是政治敎化，卽儒家之道。孔子解詩，都是圍繞着這個宗旨。以此說解《詩經》，不但常歪曲了《詩經》作品的原意，更抹殺了「緣情」的特性。「詩言志」的話雖出於《尙書・舜典》，但有學者認爲是後於孔子的僞託❾，誠如是，則仍然是孔子「詩敎」說的繼承。

〈毛詩序〉的作者是認眞研究過《詩經》作品的內容的。〈序〉中所說的「在心爲志」和「情動於中」，就是總結了《詩經》所由產生的兩方面的根據而提出來的。詩是內心志意的表達，又是內在情感的自然流露。但是由於狹隘的功利主義的要求，對詩的社會功能的片面強調，〈毛詩序〉解詩，主要立足於「美刺」。朱自淸先生說：「所謂『詩言志』，最初的意義是諷與頌，就是後來美刺的意思。」❿〈毛詩序〉中雖提到「情」，仍是用來爲這樣的「言志」目的服務，並被限制在儒家「禮義」的界線之內，詩歌所抒之情不能超越儒家倫理道德的範圍。但是，《詩經》的「緣情」的特性是客觀存在的。《詩經》中鑿鑿聲明爲「美刺」而作的詩，尙且是件隨着強烈的感情活動，甚至是直接源於情的產物，更不用說大量的抒情詩了。所以司馬遷說：

❾ 張心澂《僞書通考》斷爲後人僞託。敏澤《中國文學理論批評史》認爲是戰國時人補訂。
❿ 朱自淸《詩言志辨》。

「《詩三百篇》，大抵賢聖發憤之所爲作也。」⑪《文心雕龍・情采篇》說：「蓋風雅之興，志思蓄憤，而吟詠情性，以諷其上，此爲情而造文也。」這些都說明《詩經》的作者是心有情志，胸懷憂憤，抒發了強烈的感情，又實現了言志的目的。《文心雕龍・明詩篇》中說：「人稟七情，應物斯感，感物吟志，莫非自然。」就是把「情」和「志」作爲兩個互相補充的概念提出的。一方面從言志美刺的角度出發，指出詩有頌美匡惡的作用，另一方面又從發憤抒情的角度出發，指出詩有吟詠性情的特點，把「言志」和「緣情」很好地統一起來。如果說堅持「言志說」只是對詩的社會功能的片面強調，那麼可以說，「緣情說」的提出，便是對它的糾正和補充。陸機「詩緣情」說的提出，對破除「言志」說的片面，衝破儒家「禮義」界限和封建道德對情的束縛，是有積極意義的。

因此，我們認眞地體會一下《詩經》的作品內容，從那些優秀詩篇中來探討「言志」說和「緣情」說的關係，作爲我們今天文學創作的借鑒，仍然是很有意義的。

⑪ 司馬遷〈報任安書〉。

漫說「鄭聲」

《禮記・樂記》說：「鄭衞之音，亂世之音也……桑間濮上之音，亡國之音也。」《論語・衞靈公》：子曰：「放鄭聲，遠佞人。鄭聲淫，佞人殆。」〈陽貨〉篇：子曰：「惡紫之奪朱也，惡鄭聲之亂雅樂也。惡利口之覆邦家者。」孔子對「鄭聲」不但大加批評，簡直是深惡痛絕。可是，歷來有人認爲「鄭聲」就是「鄭詩」。最典型的是朱熹，他認爲孔子所惡的「鄭聲」就是「鄭詩」，也就是《詩經》中的〈鄭風〉，並且把〈鄭風〉裏的許多作品稱之爲「淫奔之詩」。

其實，「鄭聲」和「鄭詩」是不能等同而論的。「鄭詩」指文辭，「鄭聲」指樂曲，前人已多有論及。如明人楊愼就在《丹鉛總錄》中指出過（見《論語譯注・衞靈公》「放鄭聲」楊伯峻注）。戴震《東原集》卷一也說：「凡所謂『聲』，所謂『音』，非言其詩也。如靡靡之樂，滌濫之音，其始作也，實自鄭衞、桑間濮上耳。然則鄭衞之音非鄭詩、衞詩，桑間、濮上之音非《桑中》詩，其義甚明。」姚際恒說：「夫子曰：『鄭聲淫』。聲者，音調之謂；詩者，篇章之謂，迥不相合。」姚又說：「春秋諸大夫燕享，賦詩贈答，多《集傳》（按指朱熹《詩集傳》）

所目爲淫詩者，受者善之，不聞不樂，豈其甘居於淫佚也！」這是從鄭詩使用場合方面說明鄭詩非淫。又說：「季札觀樂，於鄭衞皆曰『美哉』，無一淫字。此皆足證人亦盡知。然予謂第莫若證以夫子之言曰：『《詩三百》，一言以蔽之曰，思無邪。』如謂淫詩，則思之邪甚矣，曷爲以此一言蔽之耶？」（以上所引姚際恒之說，均見《詩經通論・詩經論旨》）這是從季札對「鄭詩」及孔子對《詩經》的評價，說明鄭詩與鄭聲是兩回事。所以黃汝亨〈詩古序〉直接批評朱熹說：「如執『鄭聲淫』說，而鄭衞之詩概從淫邪，不知夫聲之非詩也。」

「鄭詩」是鄭地的詩歌，「鄭聲」是鄭地的音樂。二者非一。「鄭聲淫」不等於鄭詩亦淫。雖然聲和詩有密切的關係，然而聲畢竟不能等同於詩。上舉前人之說，已甚詳明。但愚意似猶未盡，姑再試論之。

先談談什麼是「聲」。

《說文解字》：「聲，音也。」《尚書・舜典》：「聲依永」《僞孔傳》：「聲謂五聲宮商角徵羽。」《禮記・月令》：「止聲色」鄭注：「聲謂樂也。」《左傳》昭公二十五年：「章爲五聲」孔疏：「聲是質之響。」《淮南子・時則》「去聲色」注：「聲，絲竹金石之聲也。」

類似這樣的解釋，還可以找到許多。我認爲，在先秦時代，人們對「聲」的概念，就是指樂器所發的音樂。所謂「質之響」指宮商角徵羽這些音高或音階。這些「聲」組合起來，便是音樂旋律，所謂「聲成文」是也。《說文解字》段玉裁注「聲，音也」說：「此渾言之也，析言之，則曰生於心有節於外謂之音。宮商角徵羽，聲也；絲竹金石匏土革木，音也。」段說是。音是音色。聲是器樂的曲子。它在周代主要是用琴瑟、鐘鼓、鼗磬等樂器奏的，後來逐漸採用了竽、箏、筑、缶等偏於絲竹方面的樂器來奏。因此《淮南子》注「聲」是「絲竹金石之聲也」。有人認爲〈周南〉、〈召南〉的「南」和「雅頌」都是古代樂器的名字。郭沫若先生說：「《詩》之〈周南〉、〈召南〉、〈大小雅〉，揆其初當以樂器之名，孳乳爲曲調之名，猶今人之言大鼓、花鼓、魚琴、簡板、梆子、攤簧耳。」余冠英先生說：「風是各地方的樂調，『國風』就是各國的土樂的意思。」因此可以說「鄭風」就是鄭國獨特的樂調，這種樂調的音樂曲子，即是「鄭聲」。

從詩樂的發展過程看，「聲」和「詩」有合也有分。孔穎達《毛詩大序正義》說：「初作樂者，准詩而爲聲。聲既成形，須依聲而作詩。故後之作詩者，皆主應於樂文也。」在雅樂繁榮時期，詩和樂是緊密結合的。但是到了春秋末期以至於戰國，也就是在孔子時代，就已出現了「聲」和詩分而獨立的情況。到戰國時期，音樂可以完全脫離詩而獨立演奏了。這時期的詩樂變化，是社會發展的結果。在鄭聲流行時，演奏「鄭聲」並非以詩爲主，而是以樂曲爲主，詩則附庸於樂曲。顧頡剛先生《古史辨》三〈「詩經」在春秋戰國間的地位〉一文說：「新聲與鄭聲都不是爲了歌奏《三百篇》而作的音樂，是可以斷言的。」我認爲說得很有道理。

「鄭聲」有什麼特點呢？

春秋時期，出現了一種「新樂」。「鄭衞之音」即是「新樂」。《文選》李善注引許愼曰：

「鄭衞，新聲所出國也。」《禮記・樂記》說：

魏文侯問於子夏曰：「吾端冕而聽古樂，則唯恐臥；聽鄭衞之音則不知倦。敢問古樂之如彼，何也？新樂之如此，何也？」子夏對曰：「今夫古樂：進旅退旅；和正以廣；弦匏笙簧，會守拊鼓；始奏以文，復亂以武；治亂以相；訊疾以雅。君子於是語，於是道古；修身及家，平均天下，此古樂之發也。今夫新樂：進俯退俯，奸聲以濫，溺而不止……樂終不可以語，不可以道古，此新樂之發也。」

從子夏對「新樂」「古樂」不同的評論，我們知道新樂不像古樂那樣是爲道古述禮而作，它不符合儒家所講的「樂德」。但是卻具有鮮明的音樂形象，很強的感染力，竟然使一國之君沉緬於此而不知倦。《國語・晉語八》記曰：

晉平公說新聲，師曠曰：「公室其將卑乎！君之明兆於衰矣。夫樂以開山川之風也，以耀德於遠也。風德以廣之，風山川以遠之，風物以聽之，修詩以詠之，修禮以節之，夫德廣遠而有時節，是以遠服而邇不遷。」

韋昭注「新聲」說：「衞靈公將如晉，舍於濮水之上，聞琴聲焉，甚哀，使師涓以琴寫之。至晉，爲平公鼓之，師曠撫其手而止之曰：『止，此亡國之音也。昔師延爲紂作靡靡之樂，後而自沉於濮水之中，聞此聲者，必於濮水之上乎！』從師曠稱贊古樂勸止晉平公的話來看，新樂不合於詩，不合於禮，無節制，聲調的變化大；從韋昭注，可知「新樂」是一種「靡靡之樂」，在他們眼裏是「亡國之音」。

《禮記・樂記》說：「世亂則禮慝而樂淫，是故其聲哀而不莊，樂而不安，慢易以犯節，流湎以忘本，廣則容奸，狹則思欲，感條暢之氣，滅平和之德。」這裏在批評「世亂」之「樂淫」，同樣也告訴我們「新樂」有哀、樂、不莊、慢易等特點，能「感條暢之氣」，使人「流湎以忘本」。實際上，它變雅樂的莊嚴呆板爲活潑悅耳，變雅樂的簡單質直爲複雜細膩。這是一種「至妙」之音樂。正如嵇康〈聲無哀樂論〉裏所說：「若夫鄭聲，是音聲之至妙。妙音感人，猶美色惑志，耽槃荒酒，易以喪業。自非至人，孰能御之？」難怪它能風靡一時，引起人們極大的興趣。

另一方面，從春秋發展到戰國，奏樂使用的樂器也發生了變化。春秋時主要用鐘鼓、琴瑟、鼗、磬、柷等樂器，這些樂器發聲較典雅、莊重、緩慢、和諧，適合於演奏古樂，戰國時主要是絲竹金石之聲，發音清越，纏綿哀怨，急管繁弦，變化多端，更利於新樂。這個變化當然不是一朝一夕的，可以設想，就在春秋時期，在音樂發展步伐較快的鄭衞之地，已經用這些竹樂器在演奏，所以演奏起來特別動聽感人，這個變化的結果，也就使音樂逐漸脫離了歌詩而獨立起來（參見顧頡剛《古史辨》三〈戰國時的詩樂〉一文）。

季札觀樂時所聽到的「其細已甚，民不堪也」的「鄭風」，應就是這種具有豐富的音樂形象和很強的娛樂性的音樂。實際上「鄭聲淫」的「淫」，非指「淫亂」之「淫」。清人陳啓源《毛詩稽古編》說：

夫子言鄭聲淫耳，曷嘗言鄭詩淫乎？聲者樂也，非詩詞也，淫者過也，非專指男女之欲也。古之言淫多矣。於星言淫，於雨言淫，於水言淫，於刑言淫，於游觀田獵言淫，皆言過其常度耳。樂之五音十二律長短高下皆有節焉。鄭聲靡曼幼眇，無中正和平之致，使聞之者導欲增悲，沉溺而忘返，故曰淫也。

「鄭聲」的「淫」，就是超過了儒家禮義所規定的常度，所以孔子謂之「淫」。現在看來，「鄭聲」的「淫慢」之處，它的「靡曼幼眇」的特點，正是它的優點。這種音樂由於活潑抒情，花俏多變，而才被斥之爲「靡靡之樂」。

了解了「鄭聲」的特點，那麼孔子爲什麼要「放鄭聲」「惡鄭聲」，也就不難理解了。先秦時代，隨着社會物質文明日益發展，人們對音樂藝術的要求已不滿足於僅作爲一種政治說教的工具，而是希望作爲一種娛樂性的文藝樣式專供人們欣賞和享受。那些過慣了荒淫奢靡生活的諸侯貴族，當然是追求這種享受的先鋒。新樂正滿足了這種要求。這樣的音樂一流行，述禮的雅樂難怪一蹶不振。春秋戰國時期各國喜歡鄭聲，看來是很普遍的，清胡賁〈明明子論語集解義疏〉中說：「春秋時列國皆好鄭音，至以歌伎爲賂遺之物。」孔子所處的時代，是「禮壞樂崩」之時，禮制的破壞，一方面是新樂的流行，一方面是雅樂的衰敗。雅樂的衰敗，表現在一是不爲人喜歡。宰我說：「三年不爲禮，禮必壞；三年不爲樂，樂必崩。」（《論語・陽貨》）可見此時雅樂並沒有那樣深入人心，否則，爲何短短的三年「不爲」，就會「禮壞樂崩」呢？二是在音樂上的僭越。《論語・八佾》中說：「孔子謂季氏，八佾舞於庭，是可忍，孰不可忍也？」「八佾」爲周天子所用，季氏舞於庭，是大不敬，是僭越。魯國的大夫孟孫、叔孫、季孫在祭祀時唱了〈周頌〉中的〈雍〉，也違反了周禮。這些都是在樂和禮上的僭越。而新樂的流行，又促進了上述兩種情況的發展。本來，樂所以爲治，非所以娛樂也。教樂和學樂都是爲了達到「中和祗庸孝友」（《周禮・春官・大司樂》）的政治目的，用樂來宣揚和學習統治階級的道德品質。孔子喜歡並陶醉其中的就是〈關雎〉、〈韶〉、〈武〉等「盡善盡美」的雅樂。新樂不載禮，不依禮而奏，完全破壞了雅樂的正統地位和它的政教作用，當然要引起孔子的極大反感。孔子在文藝上是提倡復古，反對革新的。他說「鄭聲淫」的那段話，原話是：「行夏之時，乘殷之輅，服周之冕。樂則〈韶〉〈舞〉。放鄭聲，遠佞人。鄭聲淫，佞人殆。」完整的理解這段話，孔子提倡什麼、反對什麼是很清楚的。「鄭聲」是新樂，代表了當時音樂的革新，是當時音樂發展的新成就，孔子卻反對它。

從鄭詩的內容看，其中有許多愛情詩，本來，在孔子眼中，即使是這些詩，也可以作爲戒刺的反面教材，所謂「凡詩之言，善者可以感發人之善心，惡者可以懲創人之逸志」（朱熹《論語集注》），同樣可以達到「厚人倫，美教化，移風俗」的目的。所以孔子說：「詩三百，一言以蔽之曰：思無邪！」但是這些愛情詩一旦配上鄭聲演奏，反是如魚得水，使這些「淫奔之詩」相得益彰，不但起不到戒刺的作用，反使國君們也流連忘返，甚至趨而學步。如是，則國將何以治耶？這不是與儒家詩教的目的完全相反嗎？它的威脅如此之大，難怪乎孔子把它與「利口之覆邦家者」一樣看待。這當然可「惡」而且非「放」不可了。

所以，從音樂本身發展的角度來看，「鄭聲」是音樂上的進步，是音樂發展的標誌。正是這種發展，奠定了兩漢及後代樂府音樂繁榮的基礎。只是這樣的新樂，離開儒家的「中和祗庸孝友」、「止乎禮義」的「樂德」是越來越遠了。

關於《詩經・召南・行露》的解釋

厭浥行露。豈不夙夜，謂行多露？
誰謂雀無角？何以穿我屋？誰謂女無家？何以速我獄？雖速我獄，室家不足。
誰謂鼠無牙？何以穿我墉？誰謂女無家？何以速我訟？雖速我訟，亦不女從。

這是《詩經・召南・行露》詩。全詩三章，是一首女子拒絕男子婚姻的詩歌。

對於此詩的理解，歷來不同，被認爲是「較難解釋的」。參閱歷代各家注說並細讀全詩，認爲較難解釋的原因大致可歸納爲如下幾點：

一是認爲詩簡有殘缺，第一章爲「亂入」，與二、三兩章不能連貫，「獄訟」之事不明。二是認爲第一章與二、三章是連貫的，但在表現手法上，是賦？還是興？衆說不一。三是對二、三章的敍述主體，各持己見。或認爲是女子本人（較多人持此說），或認爲是女子的家長（如余冠英先生《詩經選》），或認爲是男子（如聞一多《風詩類鈔》、張西堂《詩經六論》）。這些分歧，影響了對全詩的理解。

對於上述問題，且作如下分析：

關於錯簡亂入，宋王柏《詩疑》已提出，認爲「行露首章與二章意全不貫，句法體格亦異，每竊疑之。」此後各代不斷有人提出質疑，說法基本上與王柏同。已故孫作雲先生在他的〈詩經的錯簡〉一文中說：「第一章殘缺殊甚，簡直無法推測它的原始面目，及其下章的迭詠形式，但其爲另一首詩，則灼然無疑。大概，這一首詩是男子挑逗女子之詞，下一首是女子拒絕男子之詞。因二詩內容相連，故丟掉了前一首的迭詠章，而與下一首相訓結，以成今式。」爲什麼會「亂入」呢？孫指出：「主要原因是因爲這兩首詩在內容上有其共通之處，……因而使兩首詩誤合爲一。」

認爲是錯簡，歷來只是從字面上去揣測，並無確鑿的根據。孫作雲先生認爲第一章是「男子挑逗女子之詞，」也不確切。但他指出「有其共通之處」，卻爲理解第一章與全詩的關係指明了門徑，只可惜他未作深入分析。這「共通之處」是什麼呢？細致地理解全詩，就是指第一章「比興」手法的運用。搞清這一點，能充分說明第一章並非錯簡亂入，而是與二、三章有機聯繫的統一整體。

先談談第一章的表現手法問題。

第一章《毛傳》曰：「興也。」《鄭箋》以爲賦，並說：「夙，早也。厭浥然濕，道中始有露，謂二月中嫁娶時也。言我豈不知當早夜成婚禮與？謂道中之露大多，故不行耳。」鄭持賦說，且認爲詩中所詠，即「當早夜成婚禮」之事，時間是「二月中嫁娶時也」。

朱熹也認爲賦。《詩集傳》云：「賦也。……言道間之露方濕，我豈不欲早夜而行乎？畏多露之沾濡而不敢爾。」朱說基本上與鄭同，同時點出「畏多露之沾濡」的含意。

對於「賦」說，早已有人提出反對。汪龍《毛詩異議》云：「傳以行人之畏露，與貞女之畏禮，義本正大。鄭必傳合婚姻之時。夫禮不足而強委禽，豈復論時之可否乎？」汪持毛說，反對《鄭箋》謂「二月中嫁娶時」的說法。

胡承珙《毛詩後箋》云：「傳以厭浥爲多露濡濕之意，三句一貫，語本直截。」並認爲《鄭箋》的解釋「於經文三句中多一轉折，不如毛義爲允。」胡說承三家詩中的齊詩說，指出了《鄭箋》的不妥，同意《毛傳》的「興」說。胡還進一步闡述說：「厭浥者，道中之露也。然必早夜而行，始犯多露。豈不早夜而謂多露之能濡己乎？以興本無犯禮，不畏強暴之侵凌也。」這段話，已點明了第一章的起興的手法及所興之意。這種看法，與陳奐《詩毛氏傳疏》是一致的。

再看姚際恒《詩經通論》論《行露》篇：「『一章』此比也。三句取喻違禮而行，必有汚辱之意。集傳以爲賦。若然，女子何事蚤夜獨行？名爲貞守，跡類淫奔，不可通矣。或謂蚤夜往訴，亦非。」姚反對賦說，對《詩集傳》的「貞女之自守如此」的說法提出批評。《詩經通論》的可貴之處，就在於它不依傍〈詩序〉，不附合集傳，能從詩的本義中探求詩的意旨，從而對《詩經》的內容作了比較實事求是的解釋。胡、姚二人的說法值得我們的重視。

近人黃焯先生在《毛詩箋疏質疑》中的說法：「箋則以爲賦，謂道中始有露，爲二月中嫁娶時，殊非詩義。」這也是反對「賦」說的。

上面不厭其煩地徵引了前人的論述，意在說明〈行露〉第一章的表現手法就是「興」。前代一部分研究者持「興」說，是對的，可以作爲借鑒。但又還沒有把之所以爲「興」說個明白，仍有霧中看花，不甚分明之感。因此再作如下分析。

第一章共三句。從詩句上看，可按余冠英先生《詩經選》譯爲「道上的露水濕漉漉。難道清早不走路，還怕那道兒濕漉漉？」即以行人不怕行露，與女子不畏侵凌之意。這就是第一章用以起興的含意。

鄭玄的「賦」說，前人駁之甚明。朱熹主「賦」，說：「蓋以女子早夜獨行，或有強暴侵凌之患，故托以行多露而畏其沾濡也。」「托以……」就是「興」意。既是「興」，又言「賦」，前後便產生了矛盾。朱熹在對「賦、比、興」的解釋上，有其正確的一面，但他在解釋《詩三百》時，像鄭玄那樣把某詩硬歸結爲「興」或「賦」，這是他的缺陷。所以清人陳廷焯批評說：「風《詩三百》，……後人強事臆測，繫以比、興、賦之名，而詩義轉晦。」朱熹沒有意識到在整個藝術創作過程中，總不是孤立地使用一法，而是「比興互陳」，結合起來使用的。（參見《文學評論》，一九七八年，第四期，郭紹虞、王文生〈論比興〉。）所以他在《詩經》的解說中常出現矛盾。姚際恒對朱說提出批評，是有眼力的。

就「興」的表現手法而論，「興者，先言他物以引起所詠之詞也。」朱自清先生說：「毛傳『興也』的『興』有兩個意義，一是發端，一是譬喻；這兩個意義合在一塊兒才是『興』。」（《詩言志辨》）姚際恒的「此比也」，實際上也是指「興」。只是在「一是發端，一是譬喻」中，他只看到比喻的一面。〈行露〉的第一章，就是兼起「發端」和「譬喻」作用的。「興者，但借物以起興，不必與正意相關也」（姚際恒《詩經通論・詩經論旨》），或者「凡景物相感，以彼言此，皆謂之興」（黃宗羲〈汪扶晨詩序〉）。「厭浥行露。豈不夙夜，謂行多露？」既不是指男女一早去聽獄訟，也不是指「二月中嫁娶時」「早夜成婚禮」之事，而是用「興」的手法，以行人不怕行露，與女子不畏侵凌。這就是用「象下之義」來「取義」而「興」。這種「興」的手法，符合《詩經》的比興習慣。朱熹的「故托以行多露而畏其沾濡也」，實際上已道出了這種「興」的譬喻作用，只因以教條說詩，仍要堅持「賦」說。

綜上所述，可以說：第一章是以起興開端，用「不畏多露能濡己」來與女子不畏強暴之侵凌。並由此引入後兩章對強暴男子的斥責，這與二、三章的不畏「速我獄」「速我訟」，在內容上是一貫的。第一章是興，二、三章也是以起興發端，三章在表現手法上又是一致的。在藝術形象上是有機的聯繫，是完整的一首詩。第一章並非錯簡亂入。

從《毛傳》、《鄭箋》到朱熹及後世不少學者，在解說〈行露〉這首詩時，對詩中女子拒絕強暴婚姻，歸結爲「遵禮貞行」。鄭玄說此詩卽《周禮·媒氏》所司：「仲春三月，令會男女，於是時也，奔者不禁……凡男女之陰訟，聽之於勝國之社」。《毛傳》說：「婚禮純帛不過五兩」。《列女傳》《韓詩外傳》都認爲「申女許嫁於酆，以禮不備，必死不往，而作此詩。」《詩集傳》說是「南國之人，遵召伯之敎，服文王之化，有以革其前日淫亂之俗。故女子有能以禮自守。」「以禮自守」也好，「貞女之畏禮」也好，都是按照「溫柔敦厚」的詩教，以「止乎禮義」的標準來說詩，把它納入禮教的軌道，附會於某一實事中。作爲對一首民歌的理解，結果是誤入歧途。

下面再談談第二、三章的解釋。

〈詩序〉說此詩是「召伯聽訟也」。鄭玄發揮爲「男女之陰訟，聽之於勝國之社。」由此可見，此詩是「聽訟」時男女某一方的置辯之詞。從《鄭箋》看，顯然指的是女方的置辯。劉向《列女傳·召南申女》載：「召南申女許嫁於酆，女終以一物不具，一禮不備，守節持義，必死不往，而作詩曰……。」召南申女的故事歷來被人認爲是〈行露〉詩所詠之事。召南申女的故事爲後人所增寫，此說不一定是事實，但可看出漢人對此詩的理解，是女子爲了拒婚而作的答覆。

這個說法也多爲後人所取。如朱熹說是女子「自述己志，作此詩以絕其人」，胡承珙《後箋》認爲是女方的「決絕之詞」。吳闓生《詩義會通》說「詳其詞氣，當是女子自作」。孫作雲先生認爲是「女子拒絕男子之詞」。這些例子，取其一點，卽說明〈行露〉詩是女子答覆之詞，是歷代注家較一致的看法。筆者認爲這是對的。而余冠英先生《詩經選》認爲此詩是「一個強橫的男子硬要聘娶一個已有夫家的女子，並且以打官司作爲壓迫女方的手段。女子的家長並不屈服，這詩就是他給對方的答覆。」余冠英先生認爲詩歌是女子家長所述。這種說法，似乎大可商榷。

第二章「誰謂女無家，何以速我獄」二句，《詩經選》譯爲「誰說我女兒沒婆家？怎麼送我進監獄？」看譯詩，顯然是把「女」譯爲「女兒」，「家」卽「婆家」。（《詩經選》，頁一五注五：「家」，夫家。）我認爲，這裏的「女」應解爲「汝」，指男子；家，卽指妻室。

「女」可解作「女兒」，但亦同「汝」，「對我之稱」。（可見《康熙字典》引《集韻》《韻會》：「同汝，對我之稱。」）另一方面，《詩經》的用詞，代表了那個時代的語言習慣。從整部《詩經》來看，「女」作「女兒」解的，如〈小雅・斯干〉：「乃生女子，載寢之地。」這裏作「女兒」解的是「女子」這一個雙音詞，實質是指「女孩兒」，非單一「女」字。《詩經》中還有以「子」字作「女兒」解的，如〈陳風・東門之枌〉：「子仲之子，婆娑其下。」《詩集傳》云：「子仲之子，子仲氏之女也。」但是翻遍整部《詩經》，除〈行露〉一首外，有四十四首詩出現九十六次「女」字，都沒有見到單一的「女」字作「女兒」解的，而作「汝」解卻有四十三處之多。由此可見，從《詩經》的用語習慣上說，「女」字作「汝」解，更爲確切。

再說「家」字。《康熙字典》「家」字注：「又夫以婦爲家，（《禮・曲禮》）『三十曰壯有室』。」《左傳》僖公十五年：「逃歸其國，而棄其家。」杜預注：「家，謂子圉婦懷嬴。」《辭海》

「家」字條注：家，古時夫婦互稱爲家；可稱夫家，亦可稱妻室。《詩經》反映的是西周初期到春秋中葉這一時代的生活。在這個時代，一夫一妻制已確立，而且在法律上加以確認。男子的求婚既然被女方拒絕，「誰說你沒有妻室？」指明男子已有妻室，不可再逼娶，作爲女子拒絕的理由，則是最充分和最有力的。所以這個「家」字，應指男子之妻室。

體味全詩，一個突出的感覺是，女子對男方的拒婚態度非常堅決。在詩的結構上，二、三章採用了復沓式，作用就在於反覆強調和加深語氣，使感情更加強烈。可以看出，男子爲了達到強爲婚娶的目的，採用過各種不正當的手段。這些都遭到了女子的拒絕。第二章回答說：「誰說你沒有妻室？（既然如此，又爲何要逼聘我？）使我吃官司？即使吃官司，也不能與你成夫婦。」第三章更進一步表明態度：「……就是吃官司，我也絕不從你。」這樣的態度，是表明要與男子的恫嚇抗爭到底。女方既然拒婚，從這樣決絕的態度來說，拒婚的理由和對男子的答覆，由女子本身說出，不是更爲有力嗎？

所以說，〈行露〉詩既非女方的家長給男子的答覆，也不是男子「報之以辭」，而是女子拒絕男子強爲婚娶的堅決的反抗。

過去解此詩，多認爲「室家不足」是「室家之禮不足」。女子是守禮的，這是她拒婚的理由。此說起源於《毛傳》《鄭箋》。「《箋》則以〈行露〉爲始有多露，是二月嫁娶正時，多露則二月四月已過婚時，故云禮不足而強來。」（引陳奐《詩毛氏傳疏》）「室家」，本可解爲「夫婦」。

如〈周南・桃夭〉：「之子于歸，宜其家室。」（「家室」「室家」同）在《詩三百篇》中，除〈行露〉外，用「室家」者凡十一處（見哈佛燕京學社引得編纂處《毛詩引得》），都不解爲「室家之禮」。硬把「室家」解成「室家之禮」，這是犯了增字解經的毛病。後人爲了符合「止乎禮義」的準則，解詩時便隨意增字附會，此本不足爲訓。「室家不足」即「不足以成室家」，譯爲白話就是「想讓我同你成爲夫婦是辦不到的。」

詩中所述的「獄訟」之事，或認爲是「貞女之自守如此，然猶或見訟而召致於獄。」或認爲是「因不肯往以致爭訟」，或認爲「原委已不可考」。這些，倒大可不必去探微發隱，過於拘泥。「召南中女」的故事，可備一說。但應注意，這是民歌，最初的發端，可能針對某事而詠唱。流傳久了，便具有對欺凌女子的男子強暴行爲的斥責和嘲諷的廣義作用。「獄訟」是否構成，結果如何，不得而知。男子爲達到目的，不惜採用各種手段。在女子的回答中，「速我獄」作爲假設之詞，也是可以成立的。女子態度堅決，可以死相拒，更何懼以獄訟相壓？如此，又何須去追尋什麼「原委」呢？

總結起來說，〈召南・行露〉的第一章，是用起興的手法，以行人不怕行露，與女子不畏強暴侵凌。第二章，女子以堅決的口氣，斥責男子強爲婚娶的威脅，杜絕男子的痴心妄想。第三章，女子進一步表示與男子的欺凌抗爭到底。全詩三章，渾然一體。在藝術形象上是一致完整的，鮮明生動的。塑造了一個敢於反抗不合理婚姻的女子形象。在詩中，女子的反抗性格相當鮮明，反抗態度堅決而強烈。我們只要不囿於古人的詩教說中，正確的來理解此詩，便覺得這個反抗性格的可愛。它與〈國風〉中其他的反映婚姻問題的詩歌一樣，也是一首閃耀着現實主義精神的優秀詩篇。

《詩經》研究述評

《詩經》是我國文學史上最早的一部詩歌總集。這些作品產生在遙遠的西周春秋時代，廣泛而深刻地反映了當時的社會現實和人們的生活體驗、思想情感、志趣願望等等，在藝術上也很講究，普遍運用賦、比、興的表現手法和雙聲疊韻、重章復沓等語言技巧來渲染氣氛、描摹畫面、構成意境，讀之給人以如臨其境、如聞其聲、如見其人的藝術美的享受。《詩經》自成書後一直倍受人們的重視和推崇，在中國文學史上有「極高」的地位，被認爲是「我國文學的光輝起點」和現實主義詩歌的「源頭」、「範例」。聞一多還把它同其他三個文明古國的最古老的詩歌對照、比較，認爲《詩經》與印度的《梨俱吠陀》、希伯來的《舊約・詩篇》、希臘的《伊利亞特》和《奥德賽》，都是人類進化、人類大踏步邁向文明的標誌（見聞一多〈文學的歷史動向〉）。說明《詩經》不僅在中國，而且在全世界，不僅在文學領域，而且在人類進化、人類文明史諸方面，都是具有較高的聲譽和較大價值的。

《詩經》自它的產生起至今已有幾千年歷史，千百年來，研究它的學者不勝枚舉，著作汗牛充棟，取得了巨大的成果。正因爲如此，對《詩經》研究，常不免使人產生難以深入、難出成果的感嘆。是否果眞如此？《詩經》研究還可作哪些新的開拓？對此問題，筆者認爲可以作以下三方面的思考。

一、史的回顧與探尋

漢代以前，對於《詩經》，主要偏重於應用。在春秋時代的貴族社會中，包括當時各國之間的交往，常引詩言志。各種典禮儀式、宴饗酬酢場合、外交往來，雙方常引用《詩三百》來表情達意。如《左傳》記載，晉公子重耳逃亡到秦國，在秦穆公的宴會上，重耳賦〈河水〉，以比附晉人歸向秦國；穆公賦〈六月〉，暗示秦國將支持重耳回國。魯定公四年申包胥哭於秦庭七日，秦哀公爲之賦〈無衣〉，表示了出兵助楚的意願。所以孔子說：「不學詩，無以言。」但是，春秋時期的賦詩言志，往往斷章取義，隨心所欲，卽景生情，沒有定準。詩的原義在被引用時大多已經消失，所用的是它的比附、影射、引申義。當它被引用時，常喪失了它的原有內涵，弄得面目全非。斷章取義的賦詩，有時會發生別人聽了摸不着頭腦的情況，或者是賦詩不得體，導致外交活動的失敗，甚至因賦詩「不類」，引起大禍。此類情況，在《左傳》的記載中常見。（如《左傳》襄公十六年：晉平公卽位不久，與諸侯宴會於溫，叫參加宴會的諸大夫賦詩並配有樂舞，要求「歌詩必類」。「必類」，即須與舞相配，且尤重表達本人的意思。齊大夫高厚之詩「不類」，引起晉荀偃的憤怒，說「諸侯有異志矣」，認爲齊有反叛之心，因此與其他大夫盟誓：「同討不庭。」齊高厚急忙逃歸。）可見在先秦，《詩經》的運用體現了極端的實用性與功利性。

漢以後，對《詩經》才重視到研究。漢代有「四家詩」，可目爲《詩經》研究的四個流派。魯、齊、韓三家逐一亡佚，《毛詩》獨存。漢代的《詩經》研究，最重要的應是〈毛詩序〉。關於〈詩序〉，許多文章及研究著作均有論述，現在一般認爲列在各詩之前解釋各篇主題的爲〈小序〉，在首篇〈關雎〉的〈小序〉之後，有一大段文字概論全部《詩經》的爲〈大序〉。〈詩序〉的作者，有謂子夏作，子夏、毛公、衞宏合作，東漢衞宏作等三說。現在一般認爲衞宏所作。〈詩序〉常用牽強附會的手法，曲解詩意以宣揚儒家思想。所以後人多有指責，如鄭振鐸先生認爲是「附會詩意，穿鑿不通」，是「覆蓋在《詩經》身上的瓦礫，應該掃除。」但是客觀的說，對〈詩序〉也不應全盤加以否定，更不可以「左」的眼光進行排斥。〈詩大序〉提出詩歌的特點，詩歌與樂舞的關係，詩歌與時代政治的關係，詩歌的體裁與表現手法，詩歌的作用等問題，給後世研究文藝理論者很大的啓發，是中國文藝理論的寶貴資料。〈小序〉也有可供參考之處，如〈二雅〉中五篇史詩與農事詩（〈文王〉、〈大明〉、〈緜〉、〈皇矣〉、〈公劉〉）以及反映文武成康西周盛世之詩，〈毛序〉大致不錯。〈毛序〉指出西周由盛到衰特定歷史環境中所產生的詩歌時代政治背景，對後人認識這一動蕩的時代有很大幫助。《毛傳》是現存最早的《詩經》完整注本，保存了許多古義，雖有錯誤，仍爲研究《詩經》的重要文獻。《毛傳》、《鄭箋》、《孔疏》，雖精華與糟粕雜糅，仍是研究《詩經》必讀之書。在今天，對它們進行重新認識並進一步加以整理，應該說是非常必要的。

宋代的《詩經》研究，一個明顯的新特點，就是對〈詩序〉表示懷疑與攻擊。如歐陽修、鄭樵、王柏等人。其中以朱熹的《詩集傳》影響最大。《詩集傳》是朱熹研究〈詩序〉的一部力作。他說詩的觀點，基本上和漢人一致，但也有許多地方反對〈詩序〉說。《毛詩》對於特別是〈國風〉中的情詩，總是和政治聯繫起來，所謂「閔亂也」，「刺忽也」，「刺學校廢」等等，多有空洞的政治說教。朱注恢復了它們的本來面目，雖然仍稱之爲「淫奔之詩」，但承認其爲男女情詩，說〈風〉詩是里巷歌謠，這是較符合當時的社會實際的。《詩集傳》釋義簡潔，明白易曉，每篇述其主旨，每章言其大意，常多新解。如〈邶風・谷風〉，〈詩序〉謂「刺夫婦失道也。衞人化其上，淫於新婚而棄其舊室。夫婦離絕，國俗傷敗焉。」朱注爲「婦人爲夫所棄，故作此詩，以敍其悲怨之情」，更切近詩旨。另外，朱對賦、比、興的定義，下得比較切當。

清代考據學興起，尤其是乾嘉學派之後，大都競相研究古文，揭起漢學的旗幟，批評宋儒的空疏。這一時期有陳啓源的《毛詩稽古編》、胡承珙的《毛詩後箋》、陳奐的《詩毛氏傳疏》及馬瑞辰的《毛詩傳箋通釋》。這些著作多是維護《毛詩》地位，闡發〈詩序〉、《毛傳》、《鄭箋》。其中尤以後兩種爲集大成。在清人研究《詩經》的著作中，應重視的是姚際恒的《詩經通論》和方玉潤的《詩經原始》，這是兩部從文學角度即將《詩經》當作文學作品來研究的著作。《詩經通論》不依傍〈詩序〉，也不附和《詩集傳》，主張從詩的本文去探求詩的意旨。如說〈鄘風·君子偕老〉中的「邦之媛」猶後世之「國色」，並說此篇是宋玉〈神女賦〉、曹植〈感甄賦〉的濫觴，這是從藝術上來加以發揮的。《詩經原始》的特色，也在於能闡發詩篇的文學意義，如說〈秦風·蒹葭〉：「曰伊人，曰從之，曰宛在，玩其詞，雖若可望不可即；味其意，實求之而不遠，思之而即至者。特無心以求之，則其人倜乎遠矣！」以及衆所周知的對〈周南·芣苢〉的解釋，都是用形象的語言描繪出原詩的意境，很有助於對詩歌的理解。

「五四」以前，《詩經》是被人們作爲經典來看待的，所以對《詩經》的研究主要是經學方面的研究，即從儒家經典的角度進行闡發與議論。「五四」以後，隨着新文化運動的興起，《詩經》在人們觀念中再不是「經」，而是富有文學色彩的歌謠總集了。這一時期，朱自清的《詩言志辨》，對春秋時代賦詩言志的記載，作了許多歸納與考證，對「詩言志」之義，也進行了闡述。聞一多《風詩類鈔》、《詩經通義》、《詩經新義》等著作，對《詩經》的訓詁作了不少考證校正的工作，具有很大價值。一九四九年以後的《詩經》研究，出現了一個繁榮的局面，尤其是近十年來，各類研究、譯釋、賞析著作迭出不窮，從文學、美學、社會學、民俗學、文化學等多角度來研究和鑒賞《詩經》，已成衆煦漂山之勢，其成就，更是令人嘆爲觀止。

對於《詩經》研究作一次史的回顧，可以讓我們了解《詩經》研究的發展態勢，啓發新的研究思路和視野的開拓。有的研究思路和方法，前人已初有涉獵（下面將論及），新的發現和成果，只等我們去完成。

二、對本文意蘊的開掘

《詩經》研究，前人探索過的一些問題，如孔子刪詩、〈詩序〉作者、商頌時代、詩六義等問題，當然可以作進一步的探究。但是，正如《紅樓夢》研究那樣，外圍的考證研究是必要的，可是《紅樓夢》終究是一部小說，「不從小說的角度去理解它，是說不到點子上的。」（俞平伯語）《詩經》研究也是如此。研究《詩經》，首先是把它看作是一部詩歌總集，因此對本文進行深入的研究，開掘出新的意蘊，是很有意義的工作。詩歌是以情感打動讀者的，情感表現是詩歌的重要特徵之一。正如別林斯基說的：「感情是詩情天性的最主要的動力之一，沒有感情，就沒有詩人，也沒有詩歌。」對《詩經》本文的深入研究，一個重要的方面，就是可以從詩人的心理及詩歌情感特徵中發掘其深遠的內蘊。

《詩經》所表現的情感意識內容十分豐富，遠非「饑者歌其食，勞者歌其事」所能涵蓋。《詩經》的情感表現，試舉幾例說明：

㈠世俗人倫情感。〈國風〉、〈小雅〉中不少詩篇從不同的側面反映了當時的人們在各種世俗生活中的情感體驗。它涉及到世俗人倫情感的各個方面。有征人的哀怨，遊子的愁思，有勞動者的憤憤不平，也有沒落貴族的絕望的哀鳴；有君臣朋友的交情，也有父母兄弟的恩誼。其中尤多的是男女之間的悲歡離合之情。

㈡憂患情感意識，即所謂「黍離之悲」。宗社丘墟，山河易主，令人頓生黍離之痛。統治階級中一些較正直的中下層人士，出於對國家前途和個人命運的深切關注而充滿了憂時傷事的感情。如〈王風·黍離〉、〈節南山〉、〈正月〉、〈十月之交〉、〈雨無正〉、〈板〉、〈蕩〉等等。這種憂時傷國的黍離之悲，成爲後代的文學作品尤其是詩歌中常寫不衰的主題。

㈢愛族衞邦的情感意識。這就是後世所說的愛國主義情感。只是在西周至春秋這一時期裏，古代人表現出來的是愛護與保衞自己宗國與家邦的感情，與我們現在的愛國主義概念不完全一致，卻是今天愛國主義精神的原始體現。如〈載馳〉、〈六月〉、〈出車〉、〈采芑〉等等。生長在黃河流域的炎黃子孫，自古以來就是一個團結、勤勞、勇敢的民族，周代人民精神境界和情感意識所達到的高度，是鼓舞和激發華夏民族自信心的源泉之一。

其他如羣體情感（羣體生活、祭祀、勞動等）、孝親睦友情感、情景對應關係（如悲秋情感），都可以在《詩經》本文中找到不同的表現形態。

在對《詩經》本文進行綜合歸納的基礎上，可以對《詩經》的藝術表現手法進行新的發掘研究。如賦、比、興，有的學者從發生學的角度研究「興的源起」，取得了可喜的成就。此外，不拘於「比興」本義的研究，而從《詩經》比興運用的實踐入手，亦不失爲一個新途徑。如《詩經》興象的研究。

所謂興象，卽在詩歌起興句子中，在結構上不可缺少且在內容上亦可能與本意有一定關聯的景物圖象，也就是「先言他物以引起所詠之詞」的「他物」。《詩經》中的「興」，有不少並非隨意性的表現手法，而是有所寓意的。「他物」與「所詠之詞」有內在的聯繫。《詩經》中的興象是很豐富的，略舉幾例。

以「風」作爲興象的寓意。〈邶風〉中的〈終風〉、〈凱風〉、〈谷風〉、〈北風〉，〈檜風·匪風〉，〈小雅·谷風〉等，都以自然風作爲興象，且用於首句，宋代嚴粲《詩緝》說：「《詩》多以風雨喩暴亂。」細察各詩，大體不差。爲何如此呢？大概在初民時代，自然界的風往往是人類生存的一種威脅。當強烈的風暴起來時，人們無法獲取食物，連棲身之所也難得安寧。所以，風是一種常常給人類帶來危害的災難性力量。此種觀念意識積澱下來，用在詩的起興句中，便又以「風」或「風雨」作爲興象寓示某種卽將來臨的不幸、動亂或災難。如「終風」寓丈夫之暴躁，「凱風」喩示暴風，「谷風」則與丈夫之「怒」相聯繫等等。

以「魚」作爲興象的寓意。《詩經》中以魚作爲興象的例子不少。聞一多認爲，以「魚」作爲興象的詩，是「代替匹偶的隱語」，「釣魚」、「烹魚」和「食魚」，皆與求偶或合歡有關。這就爲我們揭示了興象與詩旨之間內在聯繫的秘密（此點下文還將論及）。

此外，《詩經》中還有以「鳥」作爲興象，以花、草作爲興象的例子，茲不贅舉。總之，探索並總結《詩經》原始興象與詩歌內容的內在聯繫，對於了解比興在中國詩歌史上的流變，有極其重要的意義。如陶淵明的詩歌中有衆多的鳥類興象，他把自己的歸隱比作「羈鳥返舊林」，倘若聯繫到《詩經》中鳥類興象的運用，對於比興手法的流變與影響，不是頗使人受啓發嗎？

三、方法論與研究視野的新開拓

新的理論方法的吸收運用與研究視野的開拓，同樣是《詩經》研究深入發展不可忽視的問題。對於新的理論方法，不在於機械地引用一些新名詞，而是切實的用它們對中國古代文學進行審視和觀照，對文學作品的闡釋取得新的成果。

以原型批評理論爲例。瑞士著名心理學家榮格（融恩）將集體無意識的內容稱爲原始意象，意指一種本原的模型，卽原型，也稱原型意象。「原始意象或原型是一種形象，或爲妖魔，或爲人，或爲某種活動，它們在歷史過程中不斷重現。」（榮格語）各民族的詩史中，都貯藏着大量的原型意象。人類的共同情感體驗人生的典型情境，一旦找到了合適的表現形式——在詩中則應是意象的形式，往往會反覆不斷地出現在以後的詩歌創作中，這便是原型意象。如杜鵑的意象，松樹的意象，湘妃竹的意象，魚的意象等等。用原型批評理論研究中國古代文學已取得了可喜的成績，如近幾年的古代神話研究。其實，早在一九二四年，顧頡剛先生發表的〈孟姜女故事的轉變〉，便開創了用原型批評理論研究中國民間故事的範例，而在《詩經》研究中，聞一多先生對魚這個原型進行了論證，用原型批評理論揭示了「魚」這個原型意象的內涵。聞氏以富贍的資料，論證了詩中尤其是民歌中，魚是代替「匹偶」或「情侶」的隱語。《詩經》中出現的「魚」字共有二十多處，如「魴魚赬尾」、「魚網之設」、「豈其食魚」等，多是有寓意的。如〈周南・汝墳〉第三章：「魴魚赬尾，王室如燬，雖則如燬，父母孔邇。」字面上是說魴魚尾巴紅了，王室如火一般，父母很近。但此詩仍使人摸不着頭腦。聞氏認爲，「魚」喻男，王室猶指公子、王孫，「赬尾」「如燬」是「極言王室情緒之熱烈」，「父母孔邇」是女主人公帶着驚慌的神氣講的。這樣，第三章的意思是：相見之後，男子情緒熱烈，而女子卻對男子說：快別鬧了，我父母就在附近呢！

聞一多還認爲，《詩經》中所說的「釣魚」、「烹魚」和「食魚」，都是表示求偶或合歡的意思。換言之，以魚爲興象，其內容一般都與人們的婚姻生活有關，如〈陳風・衡門〉：「豈其食魚，必河之魴？豈其娶妻，必齊之姜？」「食魚」與娶妻是明顯聯繫在一起的。不僅如此，聞氏還認爲，「另一種更複雜的形式，是除將被動方面比作魚外，又將主動方面比作一種吃魚的鳥類，如鸊鵜、白鷺和雁、或獸類，如獺和野猫。」「爲什麼用魚來象徵配偶呢？」聞一多認爲：在原始人類的觀念裏，婚姻是人生第一大事，而傳種是婚姻的唯一目的，種族的繁殖極被重視，而魚是繁殖力極強的一種生物，所以，究其淵源，實出於原始人對魚類的圖騰崇拜。他們幻想能像魚那樣生育子女，繁衍後代，擴充和增強氏族力量。於是魚自然成了他們精神上崇拜的偶像，那麼，以「魚」喻情偶也就是情理之中的事了。其實，我國新石器時代仰韶文化的半坡遺址中，發現大量陶器上面繪有魚類的幾何圖案，也可以證明聞一多先生的論斷。所以，原型批評開拓了我們的研究視野，它不但可以作爲我們研究作品的武器，以揭示出作品共同象徵着的底蘊，另一方面，也可以作爲我們閱讀、理解、鑒賞作品的一種引導。

運用美學的觀照來研究《詩經》，仍然是急待人們去探索的一大課題。《詩經》美學思想是非常豐富的。詩、樂、舞三者的關係，詩、樂在陶冶和調節人的性情方面的作用，情與志的關係等等，無一不可以作審美上的觀照。有的研究者總結了歷代人們對〈關雎〉的五種反饋信息：㈠「后妃之德」說；㈡「諷君刺時」說；㈢「求賢配君」說；㈣「夫婦婚配」說；㈤「民間情歌」說，然後從接受美學的角度分析此五種反饋信息產生的原因與優劣，最後提出自己對〈關雎〉作品反饋的最佳選擇。這不失爲用接受美學原理對《詩經》作品研究進行的有益嘗試。

從民俗學、文化史的角度研究《詩經》，同樣有不少待開發的課題。如〈鄭風．溱洧〉寫的是鄭國青年男女在三月上巳節到溱洧修禊時的情況。《太平御覽》引〈韓詩章句〉：「溱與洧，說（悅）人也。鄭國之俗，三月上巳之辰，於此兩水之上，招魂續魄，拂除不祥，故詩人願與所悅者俱往觀也。」所寫的正是農曆三月上旬修禊節的風俗民情。綜觀此類詩，對於考察研究當時的民俗，是極重要的資料。這一方面，孫作雲的《詩經與周代社會研究》一書，已取得可喜成果。只是這一領域的新成果，似尚未多見。

總之，對於《詩經》這樣一部有重大影響的偉大作品，並非已無文章可做，而是還有許多課題急待人們去開拓、去完成。關鍵的問題在於認眞鑽研作品，掌握理論武器，勤學多思，發現並提出問題，才能取得新的更大的成果。

《離騷》審美特徵三題

《離騷》這部偉大的作品，集中體現了屈原的性格、思想、政治傾向和遠大的理想，曲折地反映了屈原時代新舊力量尖銳衝突鬪爭的社會現象，展現了戰國末期這一歷史時期的楚國及整個時代的眞實面貌。一部《離騷》，鮮明地刻誌着屈原的文學的獨特性和特殊性，呈露出獨特的審美價值。誦讀《離騷》，可以觸摸到屈原的純美的心靈，爲他的崇高理想所鼓舞；體驗到他的高尚情操，爲他的情感所熏陶；感受到他的高潔品質，因他的忠貞和壯偉而崇敬。這樣一部具有高度審美價值的藝術作品，深入探索它的審美特徵，或許能更準確地把握它的藝術本質力量。因此，本文着重以《離騷》所表現出來的人格美、崇高美與悲劇美以及作者審美情感的內在節奏等幾個方面加以探索，以揭示其美學意義之所在。

一、《離騷》的人格美

《離騷》一開始，作者先敍述自己的世系、名字，詳記生年月日，強調自己稟賦的純美。這是屈原所具有的「內美」，這是一種天然稟賦之美。關於屈原的世系、生辰、名字，如果按照蕭兵先生的解釋，是屈原把高陽帝等尊爲遠祖、大神，並且自承爲東方太陽的苗裔，認爲自己是天地之靈氣，日月之精華，祖先之大德寄託他父母的血肉之軀而降生的，所以得了天地之中正，因此先天就具有「內美」。這種天然稟賦之美，當然是一種特色鮮明的人格美，素質美。他象徵着屈原是鍾天地之精英，籠造化之靈秀的與生俱來的哲人。但是，開頭這一部分對「內美」的描述，還分明帶着強烈的神話傳說色彩，是屈原通過想像創造出來的藝術形象，它具有明顯的自然形態的成分。參照屈原的傳略生平來說，屈原的「內在的美質」，除了出生高貴聖潔之外，還包括「博聞強志，明於治亂，嫻於辭令」（《史記・屈原列傳》）等才能。這就是說他有很高的文化教養，熟悉歷代興亡得失的原因所在，對當時的各國情勢有深切的了解，具有掌握客觀現實的規律性的優越條件。這也是屈原的人格美的表現。它是「內美」的延續，又是後天「自修」的結果。但是，上述的屈原的人格美，還只具有種類美的特徵，是一種普遍性的美。天生麗質，與生俱來，在屈原的家族中當非只其一人；博學多才，明於治亂，對於當時的士大夫貴族來說，也還不足以充分顯示屈原的典型個性。因此，這些「內美」，還只是屈原人格美的基礎，卻不能算是他最富個性特徵的性格體現。眞正能突出地表現出屈原的人格美的，是洋溢在整部作品中的在當時的歷史時代和社會條件下屈原對於「美政」理想的執着追求以及在逆境中堅持正義，堅貞不屈，絕不與黑暗勢力同流合污的高尚情操和完美品質。屈原的「內美」在對理想追求中得到昇華，在與黑暗惡勢力的鬪爭中得到閃光。正因爲這樣，他的「內美」才具備了更高的人格美的價值。

屈原對「美政」理想的追求，是對光明理想的執着追求，也是對美的不懈追求。屈原的「美政」思想，概括起來說，便是振興國家、堅持統一愛民的進步思想，它的內容充分體現了這種「美政」思想的合規律性與合目的性。屈原所處的時代，正是奴隸制向封建制迅速轉化時期。七國爭雄，各國都想呑併他國，攫天下爲己有。在七雄相爭的激烈爭鬪中，楚國本來是有可能統一天下的。但是，由於楚懷王的昏昧，保守黑暗勢力的強大，楚國非但不能自強不息，反而逐漸削弱，統一中原無望，且瀕臨鯨呑於虎狼之秦的邊緣。「明於治亂」的屈原，已經預感到祖國傾覆的危險，因此他大聲疾呼，奔走奮鬪，積極提倡他的「美政」思想，希望挽回祖國的頹勢，走上像「三后」、「堯舜」那樣和平統一的大道，使人民過上安居樂業的生活。這種「美政」思想，充分體現出符合歷史發展的客觀規律的人們的合理要求。

屈原對於「美政」的追求，對於這種崇高境界的美的追求，是完全和他的整個生命融爲一體的。他的整個心靈、情感、願望、行爲，都融化在其中，他「忽奔走以先後」，「乘騏驥以馳騁」，滿腔熱情地要把君王引到正路上。他希望人君如「堯舜」之「耿介」，學湯武「儼而只敬」、「及前王之踵武」、「旣遵道而得路」、「舉賢授能」、修明法度、任用賢才。然而這些並非單是他所提出的合規律性的口號，屈原同時也付諸自己的鬪爭實踐。他不斷地修己修人。他堅持不懈地修己，以一種孜孜不倦、積極進取的精神鼓舞自己、對待現實，他要永久保持自己的「內美」，並希求以此去感染他人。他滿腔熱情去修人，是要造就大批的有用人才，讓輔佐君王的賢能班子後繼有人，使振興祖國的計畫不至於落空。這樣合目的性的實踐行爲，在爲實現「美政」理想的鬪爭中，同時體現出屈原的行爲美。屈原的高風亮節不能被君王明察，反而屢遭打擊。儘管如此，屈原還是堅持對美的追求。沉重的打擊不能磨滅他的意志，身處逆境更激發了他的鬪爭激情。「覽民德焉錯輔」，「哀民生之多艱」！爲追求理想的實現，「雖九死猶未悔」！他的生命是美的，美是他的生命。所以當美的追求破滅之時，他不惜爲最高理想之美而獻身。這正是他人格美的一個方面。

屈原的人格美，還表現在他堅持正義，不與黑暗勢力同流合汚的高尚情操和抗爭精神。在與醜惡的鬪爭中增強了美的光輝。

屈原的時代，新與舊、保守與進步雙方力量的鬪爭達到了白熱化的程度。屈原的「美政」思想，必然觸犯了舊貴族保守勢力的利益。因此醜惡勢力的反撲，也是必然的，在這劇烈的矛盾鬪爭中，要放棄自己的原則和操守，與惡勢力的浪潮隨波逐流是很容易的，而堅持眞理，獨立不遷，橫而不流，保持自己完美高潔的品質，卻十分難得。屈原選擇了後者。他從各方面揭露小人的醜惡行徑，揭露他們的貪婪嫉妒；痛斥黨人蠅營狗苟，把祖國引向危亡的絕境。他怨恨楚王的昏庸和反覆無常。對於那些經不起惡勢力的衝擊，隨波逐流變心從俗的變節者，表示了極大的憎惡。在黑暗勢力的不斷打擊面前，他寧肯承受迫害，也絕不肯屈服，對祖國的熱愛，對人民的同情，對黨人的憤恨，對社會的憂慮，對理想的憧憬，正是產生屈原堅持正義而絕不同流合污的高尚情操和完美品質的思想基礎。這場激烈的大搏鬪，是美與醜的鬪爭。在這場鬪爭中，屈原捍衞了自己美的本質，錘煉了美的人格。屈原這種美的品質不是孤立存在的。屈原的理想和鬪爭，是把人民羣衆對於眞善美的追求和對於假惡醜的排斥眞正變成爲個人的強烈需要，因此，他這種品質反映了楚國人民在歷史發展中所養成的一種力爭上游、艱苦卓絕的反抗鬪爭精神，體現了一種民族精神之美。

上述的兩個方面統一於一個整體形象之中，成爲屈原的典型性格的本質體現，形成了他的個性特徵。這種個性特徵，在特定的鬪爭環境之中，通過複雜劇烈的矛盾和衝突表現得非常鮮明生動，標誌着屈原的光耀天地的偉大精神和人格美。

「作爲一個客觀的對象，美是一個感情具體的存在，它一方面是一個合規律的存在，體現着自然和社會發展的規律，一方面又是人的能動創造的結果。」（王朝聞《美學概論》）性格美的形成與發展，往往離不開人們自身的自覺意識和頑強意志。人的性格不是社會環境的消極產物，而是人們自己積極活動的結果。一個人的歷史是他自己的實踐寫成的，一個人的性格在很大的程度上是由自己塑造的，屈原堅定地追求理想的過程，也是堅持自修，砥礪心志的過程，是堅持「內美」的必然結果。屈原在《離騷》中也描繪了自己高潔而絢麗多彩的修飾打扮，這是他堅持

「好修」的象徵表現，也顯示了他的外表美。這種外表美，仍然決定於內在的人格美。內在的人格美與外在的修飾美的融合，形成了屈原的偉大形象。屈原的內在人格之美，同時表現爲對祖國對人民的深厚感情之美，對光明理想追求的行爲之美。這是「內美」的昇華和外化，而在對惡勢力的揭露和鬪爭中，又形成了他光潔照人的道德情操之美，這又是「內美」的豐富和發揚。最後，爲美的理想而獻身，臻至性格美的最高境界。從屈原性格發展的歷程中，可以看出屈原在自己鬪爭實踐中發揮自己主觀能動性而磨礪自己達到性格完美的過程。

二、《離騷》的情感特徵

藝術表現感情。眞正優美的文學藝術作品永遠充滿感情，激動人心，這在抒情性文學藝術中尤爲突出。《離騷》是一篇宏偉壯麗的抒情詩。屈原的一腔熱血，滿懷情怨，在這裏得到淋漓盡致的迸射。讀《離騷》，任何人都會由於作者心聲的潮汐，受到強烈的感染，產生愉悅的審美享受。

情感就是人們對與之發生關係的客觀事物（包括自身狀況）的態度的體驗。藝術表現的情感絕不單純是空洞、抽象的主觀體驗形式，而是和思想、形象交融在一起的。《離騷》集中地表現了屈原的性格和感情，塑造了一個純潔高大的抒情主人公的形象。在對《離騷》的審美觀照中，我們不難發現，作家深邃思想強烈愛憎與藝術形象交融爲一體。理想的崇高，人格的峻潔，感情的眞摯，交織在作品中，使這個抒情主人公具有鮮明的個性特徵和感人的力量。鮮明的形象包蘊着強烈的感情，又體現出「情」與「理」的高度統一。

從心理學的角度來說，心理活動的生理基礎證明了情感絕不是超意識的存在，而是必然同一定的認識相聯繫的。沒有實際的生活體驗和眞正的認識，便無從引發相應的情感。屈原在現實的激烈鬪爭中，提煉了自己的理想，提高了對光明和黑暗的認識。這些，構成了自己情感活動的主要內容，貫注於整部《離騷》之中，形成了獨特的藝術形象。爲此，我們且從作品的形象結構入手，透過作品的氣象來追尋一下作者情感抒發的內在節奏吧。

爲了分析的方便，且根據情節的發展分爲若干段落來進行。

從作品的開頭至「來吾道夫先路」，作者敍述自己的世系、名字和「內美」。唯恐歲月流逝而修名不立，因此越加自勵奮發。這一切，都是爲一個目的，卽爲國家和人民貢獻出自己的力量。如果說作者在稱頌自己的「內美」時，不免有自憐自豪的喜悅，那麼，「來吾道夫先路」，便是由於獨具內美而產生的輔佐君王、效忠祖國的堅強信心。這不是無力的勸導，而是先驅者的召喚，充滿了責任感和使命感的豪邁氣概。

接下來，以「昔三后之純粹兮」至「傷靈修之數化」，作者以滿腔熱情，通過對比的手法，贊頌「三后」之「純粹」，堯舜之「耿介」，指出君王應有的品德和應走的路。對於君王陷於黨人的包圍而不能省悟，深懷着無窮的憂慮。此時的感情是矛盾的，既有對君王恨鐵不成鋼的怨恨，又有出於對祖國對君王深沉忠愛「忍而不能舍」的猶豫。

在「余既滋養之九畹兮」至「願依彭咸之遺則」這一部分，着重對落後，保守勢力進行揭露和批判。黨人的劣行，直接危害了宗國的利益，把「皇輿」推向失敗的懸崖。爲此作者懷着極大的憤怒之情。人才的變質，也使他失望和沉痛。憂愁吞噬着他的心，憤懣使他更加堅定。作者重申了自己操守的貞潔，表示了絕不隨俗同流的態度。

從「長太息以掩涕兮」至「固前聖之所厚」，是前面諸感情的集中復現，顯示出激烈的矛盾衝突。這裏仍然有對現實社會的不滿和憤恨，有對「衆女」「時俗」的鄙視和唾棄，有絕不苟合取容、寧「伏清白以死直」的決心。這複雜感情，仍是基於「哀民生之多艱」，「怨靈修之浩蕩」之上。矛盾衝突，顯示出主人公鬪爭的艱鉅性。滲入了悲憤的情調，又加深了壯偉和崇高的藝術效果。

鬪爭的艱鉅性，使主人公心靈也備受折磨。「悔相道之不察兮」至「豈余心之可懲」一段，抒發了或進或退或去國的複雜矛盾的心情。「悔相道之不察」使其苦悶徘徊，「唯昭質其猶未虧」又引發孤獨感和自信心，而「退將復修吾初服」，既是狷介之志，又有寧折不彎的堅定。對「內美」昭質的堅持和磨礪，使他堅定了信念。因此，「雖體解吾猶未變兮，豈余心之可懲！」在悲憤的情調中奏出一個響亮的高音。

從「女嬃詈予」至結束的後半部分，在形象上基本上是第一部分的再現。由於採用了浪漫主義的手法進行想像和誇張，內容顯得更加豐富多姿。心靈和性格充分展現，形象更加奇偉瑰麗，感情更加奔放激昂。如前所述的高音鳴奏更加頻繁出現，形成一曲激昂壯濶的交響旋律。

女嬃的責備，代表了當時一些明哲保身、不能銳意進取、「不藏是非美惡」的人的處世態度。這些人的勸告或許出於好心，然而卻膚淺而庸俗。作者借助向重華的申訴，列舉歷史上的正反面的實例，揭示自己堅持高潔品質和正確主張的歷史必然性，從而點明自己的這種強烈的輔君救國志向的歷史淵源，加深了這種感情的力度。「跪敷衽以陳辭兮」到「余焉能忍與以終古」，作者想像的手法，把上下求索，爲眞理和理想百折不回艱苦奮鬪的高昂激情形象化。通過追求理想受阻的形象表現，揭示出內心極爲矛盾的心情。

雖然如此，並不能熄滅他內心的追求之火，反而激起他更頑強的求索。因此，在靈氛占卜，巫咸降神之中，他進一步表示了自己的堅強意志，並以更加憤怒的心情揭露那幫壞人的爲非作歹，憎惡變節者的卑劣。在最後的天地神游中，他發軔天津，至於西極，涉流沙，遵赤水，經不周，指西海，聽九歌，看舞韶，駕飛龍，揚雲霓，靡蛟龍，載雲旗，浪漫主義氣息占據了整個畫面，這是感情奔放，神馳無極的時候。我們從作者感情的回環變幻之中，親切地感受到他艱苦求索的苦悶與探索最高理想的鬪爭火焰，洋溢着掃蕩一切歪風邪說的激情。這裏既有奔放的熱情，飽含強烈的悲憤，更具清醒的理智。他始終繫心於君王，眷戀於祖國，對現實又有着清醒的認識。因此當他「神高馳而不顧」之時，忽然見到自己的舊鄉，便「僕夫悲，余馬懷兮，蜷局顧而不行」。這時，理性制約了感情，現實鬬爭的理智使他回到地面上來。作者追求的並非單一的情感宣洩，而是包含着深刻的理性內容。「國人旣莫足與爲美政兮，吾將從彭咸之所居。」在極度痛苦之中產生的抗爭到底以身殉國的決心，反映了他理性主義的積極的人生態度，完成了作品中主人公的整體形象。

這就是作者的感情律動的內在節奏。這種感情的波瀾起伏的流動，通過一系列生動的審美意象組成了一幅幅絢麗動人的圖畫。在這感情的流程圖中，我們看到的是作者整個的心靈，看到了整個心靈的美。在這流程圖中，作者所追求的美，同個體的心靈、情感、想像、願望完全地融合在一起了。

可以說，《離騷》是按照感情的邏輯來進行結構的，結構隨着感情的起伏變化而跌岩多姿。《離騷》的感情是複雜而多層次的。有理想、希望、追求、失望、忠貞、怨恨、憤怒、鬬爭，凡此種種，集於一身，統一在憂國憂民、追求奮鬬這一基調之上。一個作者要完成對眞善美的歌頌和對假惡醜的批判，必須通過高度的社會自覺性，把人民羣衆對眞善美的追求和對假惡醜的排斥眞正變成爲個人的強烈需要，也就是在個人的需要中體現社會的進步要求。這樣，他的歌頌和批判才會帶着強烈的感情，因而感人至深。屈原正是具有這種藝術自覺的作家。屈原所處的時代，他的世系、出身等一系列內美，使他必然從心理結構上積澱成對生於斯長於斯的故國的無比熱愛，對休戚與共的人民無比關切。他「博聞強識」「明於治亂」，又使他從後天的學習中獲得了明察形勢、洞悉忠奸的判斷能力，通過自身對於政治鬬爭和外交鬬爭的參與，更深知祖國處境維難。因此，這種對祖國的熱愛轉化爲無限的憂慮。然而屈原又不是一個只會怨天尤人、平庸無爲之懦夫，而是奮起搏擊的鬬士，他要爲改變祖國危險的現狀而鬬爭，因此，那種深沉的憂慮化爲昂揚的鬬爭激情和堅韌不拔的苦苦探索，最終上升到爲祖國爲人民獻身的壯偉的頂峰。這就是《離騷》中情感節奏的縱向線索，也是層遞性發展的主導線索。

出於對祖國命運的憂慮，他又有對君王的怨悱。要振興祖國，喚醒君王，必然要摒斥羣小，所以對黨人羣小的憤怒之情，始終貫注其中。對於人才變質的惋惜，也同時引發了自己事業後繼無人的哀傷。在艱苦的鬬爭中，詩人的心靈也進行了猛烈的撞擊，終於達到了淨化的境界，心靈之火放射出光芒。這一切，又是《離騷》情感節奏的橫向線索，這是建立在主導線索基礎上的平行的多軌道的情感運動軌跡。這樣，縱向的線索和橫向的軌跡在作品中錯綜地交織在一起，以網絡式的狀態覆蓋着整個作品。這裏有情理交融的一系列藝術形象，有言之於外的情感宣洩，又有形之於中的心靈撞擊，形成了多層次的立體形的結構。詩歌貴有激情，其震撼人心者，則詩中之精華。《離騷》的感情，如江河奔騰，浩浩蕩蕩，磅礴飈發，但又是九曲洄環，起伏跌宕，有徐徐緩流，有咆哮激浪。徐緩處，是沉吟徘徊，如潮頭暫退，蓄勢待漲；激烈處，若猛浪奔湧，拍岸騰空。感情的激烈處，正是這種網絡形的情感流程中的滙合集結處，是多種複雜感情的撞擊點，形成了情感噴射的火山口。

明白了《離騷》這種網狀的多渠道的情感抒發的特徵，我們也就不難理解《離騷》中出現的重覆的抒發感情的現象。這種重覆，不是簡單的復沓式的機械排列，而是錯綜複雜的感情淵藪，它既有藝術上運用這一手法來加重渲染的功效，又是作品中這種立體交叉情感結構所產生的必然。

三、《離騷》的崇高美和悲劇美

前面我們談到的《離騷》的情感特徵，就情感的抒發所表現出來的審美感受來說，無不給人以崇高的感覺。但是，一部《離騷》，就是作者所描寫的抒情主人公與黑暗勢力進行頑強不屈鬪爭的歷史。主人公的個人遭遇和心靈的艱難歷程，都是一個極其艱苦的鬪爭過程。《離騷》的崇高美，主要體現在以詩中抒情主人公爲代表的進步力量與黑暗腐朽勢力的尖銳衝突和艱鉅的鬪爭中，這是眞善美與假惡醜的大搏鬪。它是戰國時中期社會大變革中楚國新舊兩種對抗社會力量激烈鬪爭的體現。在這對抗性的大搏鬪中，進步力量代表了歷史的必然趨勢。可是社會進步力量往往不可能輕而易舉地取得勝利，需要付出巨大的代價，需要一定的英勇犧牲精神，從而寫下歷史上悲壯崇高的篇章，顯示了先進社會力量的巨大潛力和崇高精神，這樣的崇高美常常以美醜鬪爭的景象劇烈地激發着人們的戰鬪熱情。

在作者的筆下，眞善美和假惡醜是壁壘分明的。一面熱情歌頌歷代賢君的聖哲茂行，一面嚴厲指責現實君王的昏昧闇弱；在稱美自己高潔品質的同時，又痛斥奸佞羣小的鄙行劣跡；詩中反復強調自己後天的修能和保持姱節，又憎惡經不起世俗利誘棄志從俗的「蘭芷荃蕙」。在這兩大陣營的對峙中，一方是以屈原爲代表的進步力量的抗志高遠，忠貞不渝，以至仗節死義，要把楚國引向光明；一方是以黨人爲中心的反動勢力的蠅營狗苟，卑鄙齷齪要把楚國推向黑暗以至滅亡，在這裏，光明和黑暗，正義和邪惡，高尚和鄙賤，眞善美和假惡醜是如此水火不能相容。這場鬪爭，通過作者飽含強烈感情的藝術揭示，眞善美得到了歌頌，假惡醜遭到鞭撻。因此，美者如日之升，光耀天地，醜者原形畢現，令人唾棄。

與此同時，主人公的心靈也經歷了激烈的鬪爭過程。他一心想輔佐君王走上治世的康衢大道，希望君王能「乘騏驥以馳騁」，自願擔任先驅以「導乎先路」。然而滿腔的熱忱，換來的是「哲王不寤」和「信讒而齌怒」，這使他內心產生了激烈的矛盾。政治上的打擊挫折使他產生了恪守自修，潔身自好的想法，他要「進不入以離尤兮，退將復修吾初服」。他也曾想「勉遠逝而狐疑」，產生「去國易主」的念頭，此時，心靈上的衝突、迴旋、交織、鬪爭，使他的內心痛苦達到高峰：「懷朕情而不發兮，余焉能與此終古！」終於，對國家人民命運的高度責任感，對人格美的堅持，對美政理想的強烈追求，使他拋棄了消沉，唾棄了逃避，更不考慮個人安危和功名富貴，堅定了堅持到底、爲眞理而獻身的志向：「雖體解吾猶未變兮，豈余心之可懲！」心靈上的這場鬪爭，是社會政治鬪爭的折射，其鬪爭性質，是個性人格上的眞善美與假惡醜的鬪爭。屈原的人格是美的，理想是美的。心靈的淨化過程，也是對美的不懈追求。通過自我鬪爭，達到美的境界。心靈產生了一個質的飛躍，完成了一個捍衞眞理、寧折不彎的崇高形象。這裏，我們可以看到一個鮮明的特徵，即屈原對美和美的追求是統一的，美和善內在地溶爲一體，作品中對於心靈艱難歷程的藝術描繪，把嚴重的社會衝突和高尙的道德品質熔爲一爐，將激烈的政治鬪爭與個人心靈上的淨化純潔合爲一體。西歐古典美學家郎加納斯曾說：「崇高就是偉大心靈的回聲」。人物性格的突出鮮明強烈，常常體現於心靈激盪之時，這種「偉大的心靈的回聲」，使《離騷》的崇高美得到了昇華。

應該注意到，單是崇高的審美特徵，還未能最深刻地闡明《離騷》這部偉大作品的審美特徵的全部。《離騷》在具現本身的崇高美的同時，又以悲劇美的審美觀照突現在讀者面前。《離騷》的崇高美，體現在屈原對黑暗勢力鬪爭的全過程。這場鬪爭，驚心動魄，驚天泣地，具有強烈的震撼人心的力量。表現屈原高風亮節的崇高，滲入了悲劇的因素，則是崇高之極致，深化了《離騷》的崇高美。

悲劇是社會生活中新舊力量矛盾衝突的必然產物。悲劇衝突根源於兩種社會階級力量，兩種歷史趨勢的尖銳矛盾，以及這一矛盾在一定歷史階段上的不可解決，因而必然地導致其代表人物的失敗與滅亡（《美學概論》）。上面已經談到，屈原代表了歷史發展趨勢的進步力量，楚國的黑暗勢力與進步勢力形成了力量對比的懸殊。君王的昏昧和偏聽偏信，親小人而遠賢臣；讒諛羣小的猖獗，干進務入且結黨比周；培養的人才變質，無實容長而隨波逐流。屈原處其中，眞個是「舉世皆濁我獨清，衆人皆醉我獨醒。」保守倒退的黑暗勢力結成一個強大的包圍網，張開血盆大口，步步逼向屈原。外有強秦的挑撥和威脅，內是如此黑暗的現實，在這樣力量懸殊的激烈搏鬪中，屈原的失敗與毀滅是必然的。但是，屈原仍然是屈原，正如〈國殤〉中所描寫的楚民族歷來具有的那種視死如歸、寧死不屈的英雄氣概和民族傳統養育出來的屈原，對這種預料中的結局毫不介意，仍然堅持自己的美質，堅持對美的追求。他不是坐等失敗的到來，而是進行了堅決的抗爭。屈原的自沉，是對惡勢力的最後挑戰，是對黑暗現實的憤怒控訴。它不是失敗者的哀鳴，而是進擊者的壯曲。這不就是如魯迅先生所說的「將人生有價值的東西毀滅給人看」的壯偉的悲劇嗎？車爾尼雪夫斯基說：「悲劇是人的偉大的痛苦或偉大人物的滅亡。」屈原的形象給我們的美學啓示是：美的人追求美的理想，其結果雖是美的物質形式的毀滅，卻得到了美的本質的昇華，並由此放射出更強烈的光華。這就是《離騷》的悲劇美所具備的更高一層的審美價值。

屈原的鬪爭是失敗了，但他的理想和追求，以及在鬪爭中體現出來的偉大精神，產生了震撼人心的力量，人們並沒有因屈原的失敗而悲哀和沮喪，反更增添了鬪爭的勇氣，屈原所遭受的政治迫害，激起歷代人們對黑暗勢力的無比憎恨。屈原的悲劇，是醜對美的暫時的壓倒，卻強烈地展示了美的最終的和必然的勝利。這種悲劇美，激起了人們的強烈的共鳴。「推此志也，雖與日月爭光可也」（司馬遷語），「屈原辭賦懸日月」（李白詩），後人的崇敬，說明《離騷》的崇高美與悲劇美，永遠激勵着世世代代的中國人民。

論《昭明文選》中的詠史詩

一

詠史詩，顧名思義，即以歷史題材爲內容創作的詩歌。最早的以「詠史」題名的詩，是班固的五言詩〈詠史〉，寫的是漢文帝時孝女緹縈爲贖其父之罪而自願沒身爲婢的故事。自此之後，詠史之作代不乏人，且不斷繁盛，成爲中國古代詩歌百花園中引人注目的一簇奇葩。《昭明文選》選錄詩四百三十四首，分爲二十三種類型，其中就有「詠史」一體，說明蕭統對「詠史」詩的重視。《昭明文選》「詠史」詩類共選錄詩歌二十一首，它們是：⑴王仲宣〈詠史一首〉；⑵曹子建〈三良詩一首〉；⑶左太沖〈詠史八首〉；⑷張景陽〈詠史一首〉；⑸盧子諒〈覽古一首〉；⑹謝宣遠〈張子房詩一首〉；⑺顏延年〈秋胡詩一首〉，〈五君詠五首〉；⑻鮑明遠〈詠史一首〉；⑼虞子陽〈詠霍將軍北伐一首〉。從詩體看，這二十一首詩都是五言詩；從順序看，這些詩基本上以作者年代次序排列；從詩題論，其中僅四位作者標題爲「詠史詩」，但就內容而言，這二十一首詩，都是以歷史人物或歷史事件爲題材，說明列爲「詠史」詩者，並不單純以「詠史」名篇與否作爲入選的標準。然而，自班固始創「詠史」一體之後，迄於梁代，以「詠史」爲名或以歷史爲題材的詩，並不止於二十幾首，即以班固〈詠史詩〉所寫緹縈救父同題材者，也絕非僅有，如曹植〈精微篇〉中，亦詠緹縈事。但是，蕭統爲何僅選此二十一首入《文選》？其標準是什麼？本文擬通過對《文選》二十一首〈詠史詩〉的分析，作進一步的探索。

二

《文選》詠史詩首列王粲的〈詠史詩〉，它與列於第二首的曹植的〈三良詩〉一樣，都是詠三良爲秦穆公殉死之事。此二詩，均是建安十六年（二一一）十二月，曹植、王粲等隨曹操西征馬超，自安定還長安，道過三良冢而作。隨同曹操西征馬超的，還有阮瑀，阮瑀也有〈詠三良詩〉一首（〈詠史詩二首〉之一），可知這幾首詩是同時同題所作❶。

王、曹二詩，都從秦穆公以人爲殉這一史事出發，描寫三良慷慨赴死時的生離死別的悲壯場

❶ 可見俞紹初《王粲集・王粲年譜》、陸侃如《中古文學繫年》，頁三八二、劉知漸《建安文學編年史》，頁四一。阮詩見逯欽立《先秦漢魏晉南北朝詩》，頁三七九。

面。詩中雖有對秦穆公殘忍行爲的譴責，更主要的是對三良慷慨赴死，忠君不移之志的崇揚。王粲詩云：「結髮事明君，受恩良不訾。」「人生各有志，終不爲此移。同知埋身劇，心亦有所施。生爲百夫雄，死爲壯士規。」說明他對三良事明君而至死不移的贊揚。曹植詩云：「功名不可爲，忠義我所安。」「生時等榮樂，既沒同憂患。」更突出地歌頌了三良忠君同憂患的精神。王粲於建安十三年投身曹操麾下，操辟爲丞相掾，賜爵關內侯，建安十六年又遷軍謀祭酒。比起在劉表幕中的境遇，王粲必由衷感激曹操的知遇之恩。而曹植於建安十六年封爲平原侯，這一年隨父西征馬超、楊秋，是子建引爲自豪的一件大事，他在後來的〈求自試表〉中還提到：「臣昔從先武皇帝……西望玉門，北出玄塞，伏見所以行師用兵之勢，可謂神妙也！」「西望玉門」，即指此次西征。加上這次西征，大破馬超，更使隨從者備感激昂不已。因此過三良冢憑弔古人時，由三良事跡而激發起來的忠君效命、戮力王室、受恩捐軀之志，成爲這些詩人共同的情懷。我們看阮瑀詩，開頭雖譏刺「誤哉秦穆公」，但詩中喋喋不休的仍然是「忠臣不違命」，「恩義不可忘」，說明在情志的抒發上，乃是異曲同衷。

建安時期詠史詩的一個重要特點，就是以樂府詠史。如曹操〈短歌行〉詠西伯姬昌齊桓晉文，〈善哉行〉詠古公亶父伯夷叔齊，曹丕〈煌煌京洛行〉詠張良、蘇秦等八位古人等等。王、曹二首詠史詩，同樣具有樂府詩的特點。它基本上沿襲班固〈詠史〉之老路，以詩的形式詠嘆歷史故事，多在敘述本事而少議論抒情。但是比起班固之詩，不但藻飾豐富，也寄託了個人情懷，可以說是前進了一大步。

列於第三的左思〈詠史〉八首，是詠史詩陣營中的中軍，它在詠史詩史上，是一組里程碑式的作品，無疑的開創了一個全新的境界。這個全新的境界，就是不再囿於對史事或歷史人物的平面描述，「不必專詠一人，專詠一事」（沈德潛《古詩源》卷七），而是以「直舉胸情，非傍詩史」（《宋書·謝靈運傳論》）的方式，開創了一種新的審視和觀照歷史的思維方式與審美取境。

我們看左思的第一首詩，直抒自己的才能與雄偉的抱負，把內心的壯志高蹈與建功立業的慷慨抒洩無遺。「著論準〈過秦〉，作賦擬〈子虛〉」，賈誼、司馬相如等人雖是詩人企慕的對象，但仍只是作者擬為準則的陪襯而已，「長嘯激清風，志若無東吳。」；「左眄澄江湘，右盼定羌胡。」詩人追求的功業，要超出他們甚遠。太冲正是抱着這種跨邁流俗、曠思高節並追求其實現來投入社會、審視社會的。然而現實的壓抑使他產生了深深的苦悶。更不幸的是作者對產生這種苦悶的根源瞭如指掌，這就使詩人在苦悶之上迸發出更大的憤懣，所以第二首詩可以說是一首純粹的詠懷詩，是對門閥制度不合理的憤激的控訴。這一首，憤懣心情的發抒更加直接激勵，「世胄躡高位，英俊沉下僚。地勢使之然，由來非一朝」，這激昂頓挫之音，包含着詩人內心多少不平與感慨。

其三、其五、其六三首詩，詩人歌頌了段干木、魯仲連、許由、荆軻、高漸離等高節之士的情操。段干木、魯仲連以其功業獲得詩人的景仰；許由，因其不慕功名，自甘退隱而爲作者所追慕；荆軻、高漸離，則因傲岸世俗、塵埃豪右更爲太冲贊賞。這三首詩，是作者慷慨高曠的胸懷與激憤悲辛情愫的進一步伸延。「自非攀龍客，何爲欻來游？」在紫宮列宅、峨峨高門面前，詩人似乎得到了大徹大悟，即在根深蒂固的門閥制度下，縱使有曠世奇才、宏深抱負，終究只是徒勞。所以我們在其四、其七、其八幾首詩中，看到的是建功立業、慷慨任氣的極度張揚向着沉吟壓抑的苦悶內心的返轉與捲縮，亢節震世的宏音變爲深沈的虎嘯龍吟。其四一首，表示願以揚子雲爲準的，著論賦辭，以期「悠悠百世後，英名擅八區」，就是在「立功」「立德」無望之後，退而求其次，寄望於「立言」而「不朽」的一種捲縮。其七、其八說：「英雄有屯邅，由來自古昔。何世無奇才，遺之在草澤。」「俛仰生榮華，咄嗟復彫枯。飲河期滿腹，貴足不願餘。巢林棲一枝，可爲達士模。」又是在亢志折節、人生蹇礙之後的自我安慰，也是一種將仇恨與憤懣深埋在心底內的悲吟。詩人「直舉胸情」，換來的只是一腔寒士的悲辛。可以說，左思的〈詠史〉八首，是志深筆長、慷慨多氣的建安風骨與愴涼沉鬱、苦悶深沉的正始之音相結合的產物。太冲驅遣古人以抒寫內己之心曲，獲得了極大的成功，後人評之爲「陶冶漢魏，自制偉詞，故是一代高手」（沈德潛《古詩源》卷七），實非妄語。

詠史詩在左太冲手中爲之一變。揆其「變」之根本，在於「直舉胸情」、「多攄胸臆」。胡應麟說：「『詠史』之名，起自孟堅，但指一事。魏杜摯〈贈毋丘儉〉，疊用八古人名，堆埰寡變。太沖題實因班（固），體亦本杜，而造語奇偉，創格新特，錯綜震蕩，逸氣干雲，遂爲古今絕唱。」❷杜摯詩列舉伊摯、呂望等八位古人之事，以寄託自己求試獲舉之意，史事堆埰，氣骨促狹，顯得板滯少變。太沖〈詠史〉，所舉古人有二十位之多，但無一是鋪敘古人本事，只是借古人事以詠一己之情懷。（尤其如其六，寫荊軻，摒棄了易水壯別、秦廷搏擊等衆人共知之典，特意刻畫荊軻酣飲高歌、旁若無人、狂放孤傲、睥睨四海的性格，完全寄託着詩人的個人情緒。）縱觀八首詩，太沖胸次高曠，逸氣干雲，筆力雄邁。左思風力，堪稱絕唱。

張協的〈詠史詩〉，內容詠漢代疏廣、疏受叔侄功遂身退、辭官歸里、娛樂晚年之事。景陽對二疏「知足不辱，知止不殆」的達士之觀稱贊不已。詩中細寫二疏之明智與曠達，結穴之意在「達人知止足，遺榮忽如無」二句。張景陽生活在魏晉之際。太康末年，世亂已起，據《晉書・張協傳》云：「於時天下已亂，所在寇盜，協遂棄絕人事，屏居草澤，守道不竞，以屬詠自娛。」政治環境逐漸險惡，張協知道最好的辦法是抽身而出，激流勇退。「抽簪解朝衣，散髮歸海隅」二句，與其說是詠二疏，不如說是自誡。景陽要全身遠禍，又想名俱天壤，這本是一對矛盾，但是他找到了一個兩全的榜樣，這就是漢之二疏。詩中發議論說：「顧謂四座賓，多財爲累愚。清風激萬代，名與天壤俱。」不失爲景陽自己的心聲。景陽在他的〈雜詩十首〉中說：「游思竹素園，

---

❷ 明・胡應麟《詩藪・外編》，卷二。

寄辭翰墨林。」（其九）表現了一種恬退的心境，與〈詠史〉中的感情是一致的。事實也是如此，據本傳載：「永嘉初，復徵爲黃門侍郎，托疾不就，終於家。」因此，止足遺榮、抱一逍遙的態度，乃是處身亂世的最好方法，也是景陽熱烈贊揚二疏的原因。陶淵明也有〈詠二疏〉詩，取意與張協同，聯繫二人身世，也就不難理解了。

《文選》詠史詩中唯一標題「覽古詩」者，爲盧諶所作。據筆者考查，在此之前，未有以「覽古」名篇者。所以盧諶此詩，在篇名上乃屬首創。然平心而論，此詩卻無甚高格與特色。全詩三十六行，敘寫藺相如事跡，筆法可謂細膩，且頗注意對仗，只是取材全從《史記》，形同〈廉藺列傳〉之韻文改寫。詩中「舍生豈不易，處死誠獨難」二句，立意即太史公論贊：「知死必勇，非死者難，處死者難。」盧子諒，這位劉琨的摯友，史稱其「素無奇略」（《晉書・劉琨傳》），《何義門讀書記》評盧諶〈贈劉琨〉「書詞非不翩翩，但多陳言耳。」其實非止書詞，詩句亦然，於此詩可見一斑。覽古詩，應在覽古以鑒今。此詩覽古則細，鑒今則疏。清人吳喬說：「但敘事而不出己意，則史也，非詩也。」（《圍爐詩話》卷三）從詠史而至覽古，子諒詩雖僅見於題目之新變，然已透露出詠史詩流變的一絲曙光，昭明入選此詩，或出於此乎。

詠史詩常「經古人之成敗(之地)，詠之。」❸王、曹之詩是如此，《文選》中謝宣遠的〈張

---

❸《文鏡秘府・南卷・論文意》。

子房詩〉也是如此。據《文選》李善注與劉良注，此詩乃謝瞻任豫章太守時，劉裕舟師西進征討後秦姚泓，軍頓留項城，經張良廟時命僚佐賦詩，謝瞻和而作。時在東晉義熙十三年（四一七）正月。故此詩又名〈經張子房廟詩〉。宣遠此詩共三十八句，亦算不短。全詩可分三層。第一層從開頭「王風哀以思」到「清埃播無疆」，由世道喪亂，苛秦暴政，引出張良感天代工、扶漢興王。詩中歷數張良之業績，並稱贊他功成身退，道引輕身而留無窮之美。第二層從「神武睦三正」到「揆子慕周行」，轉入對劉裕的歌頌。稱頌劉裕神武明德，竟可比肩堯舜；並說如若張良復生，亦必欽美劉宋之德。這一部分，可謂句句皆在嘉美劉裕。第三層從「濟濟屬車士」到「延首詠太康」結束。宣遠自稱有如瞽夫，蹇步無才，不得睹此盛觀，不過疏踴企望，延首而歌太康之道。據說當時衆作，「瞻之所造，冠於一時」。謝聊以自謙耳。

東晉末年，世道板蕩，羣雄紛爭。就在謝瞻作此詩的前一年，劉裕便授意晉廷封其爲宋公，備九錫，又假意辭而不受。表演儘管拙劣，然代晉之心，已甚昭然。此後僅三年（四二〇），劉裕便代晉自立。在這易朝變代之際，謝瞻以「王風哀以思」四句開篇，表現出世代滄桑的遷逝之感。詩中歷數張良功績，有結束末世衰亂、新朝隆替的暗中企望。只是「神武」之句以下，稱頌劉裕，可謂諛詞。不過，據史傳記載，瞻向有恬退之心，曾因其弟混權遇甚重，賓客輻輳而誡之曰：「吾家以素退爲業，不願干豫時事。」竟與之「籬隔門庭」（《宋書·謝瞻傳》）。可能因爲此詩乃應命奉和，言不由衷耳。本傳說瞻善於文章詞采之美，可與謝混、靈運相抗。就藻采巧飾來說，瞻詩似不能與康樂比肩，然亦有詞采華茂者，如〈答康樂秋霽詩〉。《詩品・中》評謝瞻等人說：「才力苦弱，故務其清淺，殊得風流媚趣。」就宣遠此詩而論，藻飾亦頗濃密，非只「清淺」一色，且詩中時有佳筆，如「伊人感代工」二句，吐納不凡；「婉婉幙中畫」四句，亦有風流壯麗之氣。「爵仇建蕭宰」二句，概括四事，可謂深密。重要的一點，在於與左思詠史述志言情不同，謝詩在詠史之外，「兼敘今事」。儘管後來何義門認爲謝詩比擬劉裕，「無乃不倫」，但畢竟在詠史之中，擴大了題材的容量，亦屬一創新。

《文選》詠史詩中另一支勁旅，是顏延年的六首詩。我們先看他的〈秋胡詩〉。這是一首九章蟬聯的長詩，全詩以細膩的筆觸，敘寫了秋胡戲妻這個歷史上流傳已久的故事。自劉向《列女傳》載秋胡妻之事後，以此爲題之詩代有作者，如曹操父子、傅玄、陸機、謝靈運等人，但有的僅借題而不取秋胡事。傅玄之作（二首），雖詠秋胡事，又未免過多呆板的說教，對於人物心理開掘未深。顏詩與衆不同的是，全詩以秋胡妻這一人物爲中心，用深情的筆調突出了秋胡妻這一「潔婦」志節高峻、明艷如朝日的動人形象。

詩的第一章寫秋胡新婚。其中「峻節貫秋霜，明艷侔朝日」二句，統攝全詩。第二章寫新婚甫離，潔婦送別，充滿了依依惜別之情。「存爲久離別，沒爲長不歸」，更有生離死別之痛。第三章寫秋胡游宦之苦，行役之思。第四章寫潔婦家居之事。日月向除，歲暮空房，涼風興寒，白露庭蕪，深畫出潔婦離思之愁。第五章之後，是故事的後半部分，寫秋胡返歸，途遇潔婦（五章）；秋胡一見傾心，如鳧藻馳目，遺婦南金（六章）；到家後，秋胡與婦相見，悔愧莫及（七章）；潔婦傾述心懷，曠思與怨恨交織，終於訣別自沉（八、九章）。此詩不專一於敘事，而重在抒情。其特色，首先在於用抒情的筆調，刻畫潔婦光彩照人的形象。「峻節貫秋霜，明艷侔朝日。」是正面寫；「窈窕援高柯，傾城誰不顧。」，「物色桑榆時，美人望昏至。」是從秋胡眼中來寫；「義心多苦調，密比金玉聲。」是從心理上來寫。二是筆法細膩，如第八章：

春來無時豫，秋至恒早寒。明發動愁心，閨中起長嘆。慘凄歲方晏，日落游子顏。

「就一歲中，由春秋說到歲晏；一日中，由明發說到日落，細細鋪敘。」❹其他如第四章寫胡妻空房之嘆，第七章寫秋胡慚愧心情，第九章寫決裂之心曲，均細致入微。其三是感情濃烈，情與景偕，情景交融，且看第四章：

孰知寒暑積？僶俛見榮枯。歲暮臨空房，涼風起座隅。寢興日已寒，白露生庭蕪。

---

❹ 張玉穀《古詩賞析》，卷一五。

由秋冬述景，空房凉風之思，皆由景出，而情蘊更濃。第三章寫秋胡游宦之悲，也有異曲同工之妙。全詩雖偶有用典，但並沒有「雕繢滿眼」、「錯采鏤金」，而是清眞高逸，明淨巧秀。「情喩淵深」，「可謂不減芙蕖出水」之色。《文選》劉良注曰：「延年詠此以刺爲君之義不固也。」此乃傳統的以男女關係比君臣關係之解法，然讀〈秋胡詩〉，只是使人沉浸在一則美麗動人的愛情故事之中。可見詠史詩的又一功用即不僅如左思之言志述懷，還可以通過歷史故事來表達人們對於眞善美的具有普遍意義的美好感情。

〈五君詠〉五首，則一如左思〈詠史〉，乃詠懷之作。王夫之所謂「以史爲詠，正當於唱嘆寫神理。」❺正可用以評價此五首詩。五首詩分寫竹林七賢中之五人，每首八句，皆以議論出之。在這裏，人物本事成爲風神之寫照。作者對於這五個人物的遭遇、處世、識鑒、風標、情性、懷抱、詞章作了畫龍點睛似的品評。寫阮籍，以「論跡」而「識密鑒洞」，「沈醉埋照」而「寓詞托諷」來突出其外晦內明、冷眼傲世的特徵。寫嵇康，激賞他才俊志烈，由「不偶世」、「餐霞人」、「形解」、「凝神」寫其仙姿，突出其迕俗拔世、剛傲不馴。寫劉伶，以飲酒爲契機，寫其「善閉關」、「滅聞見」、「韜精日沈飲，誰知非荒晏」，抒發對時事世俗的憤懣。寫阮咸，比之「青雲器」，稱爲「實禀生民秀」，標舉其志趣高遠、達音識微。寫向秀之「甘淡

---

❺《唐詩評選》，卷二，〈李白「蘇武」評〉。

薄」、「托毫素」、「好淵玄」、「鄙章句」，以見其交呂攀嵇、淡泊明志。延之本性「好酒疎誕，不能斟酌」，與竹林名士本有諸多的投契，又因犯顏權要，出爲永嘉太守，心甚怨憤，故爾有作。詩人以此澆胸中壘塊，所以沈約說是「蓋自序也」。作者以古人之風神，而抒內心契合古人、嫉俗憤世的怨憤。劉熙載說：「左太沖〈詠史〉似論體，顏延年〈五君詠〉似傳體。」❻論體，重在議論；傳體，意寓傳中，延年用邏輯思維與形象思維有機結合的方式，在人物的風神描寫之中，宣洩着個人「理性的激情」。

「才秀人微」的鮑明遠，詠史之作不少，但標明「詠史詩」的僅一首，爲昭明所錄。此詩與明遠大量的抒寫寒士悲憤的作品在感情上是一致的。元代的方虛谷說：「此詩八韻。以七韻言繁盛之如彼，以一韻言寂寞之如此。……明遠多爲不得志之辭，憫夫寒士下僚之不達，而惡夫逐物奔利者之苟賤無恥，每篇必致意於斯。」❼前七韻，作者極力鋪寫京城的豪奢，揭露那些仕子游客只知「矜財雄」、「養聲利」，靠着明經出仕、懷金而游。最後一韻筆鋒一轉，寫嚴君平的寂寞：「君平獨寂寞，身世兩相棄。」鮮明的對比，形成極大的反差。李善注最後兩句云：「言身棄世而不仕，世棄身而不任。」鮑照是一個以才能仕進的寒士，他曾獻詩言志，得劉義慶賞識而任官，旋因義慶病逝而失職。後雖因「以才學知名」，當過中書舍人等職，終究官卑人微，很不

❻《藝概・詩概》，卷二。
❼《文選・顏鮑謝詩評》。

得志。人生蹀躞蹭蹬，在這「身」與「世」的社會矛盾中，作者更多的是有感於「世棄身而不任」的隱痛。所以，此詩與其說是窮愁失意之嘆，毋寧說是對世事不平的憤懣與揭露。「直舉胸情，非傍詩史」，名爲詠史，乃在反映現實。

詠史詩中的最後一首，是虞羲的〈詠霍將軍北伐詩〉。詩中歌頌了漢代名將霍去病的豐功偉業。全詩的筆調是昂揚開朗的。從開頭至「日逐次亡精」，將霍去病出入長城內外、轉戰飛狐翰海、揮劍殺敵、布陣驅兵的戰績和邊地悲思、浴血苦鬪的雄壯描寫得繪聲繪色。後一部分，贊頌霍去病的功成名就、備受恩賞與千載留名，又引發出作者多少歆羨和嚮往。「天長地自久，人道有虧盈」，「當令麟閣上，千載有雄名」，不但是對霍去病的贊嘆，也是作者自己的企望。子陽此詩風格剛健，有一股勃發之氣縱橫其間，這與當時齊梁詩中的纖弱之風迥異。所以沈德潛評之曰：「不爲纖靡之習所囿，居然傑作。」（《古詩源》卷一三）何焯甚至認爲它是「老杜前後出塞之祖也」❽，說明蕭統將此詩選入《文選》，是有先見之明的。此詩頗多對仗工整的句子，中間部分，如飛狐翰海，羽書刁斗，胡笳羌笛，骨都日逐等，琢句頗爲工致，近似排律，可視爲唐代律體之雛形。

---

❽《義門讀書記》，卷四六。

三

以上只是粗略地分析了《昭明文選》中的二十一首詠史詩。前已述及，自漢迄梁，詠史之作並不止這一些詩。那麼，昭明太子何以選這些詩入《文選》呢？他入選詠史詩的標準或原則是什麼呢？通過對這二十一首詩的分析，並與未入選的詠史詩相較，我認爲昭明選錄詠史詩，起碼有以下三方面的遴選標準。

首先是重翰藻。〈文選序〉中說：「事出於沉思，義歸乎翰藻。」蕭統是重視翰藻的，這是他所持的整部《文選》選錄的標準之一。對於詠史詩，也概莫能外。班固的〈詠史詩〉雖是首創之作，但鍾嶸說它「質木無文」，這大概不僅是鍾嶸一人的看法，恐怕也是當時人的共識。時代距鍾嶸不遠的蕭統，當然也是知道這一點的，所以他棄之而不錄，也就可以理解。就以入選詩而論，同樣是詠三良之作，王、曹之詩與阮瑀相比，阮詩則顯得質直而少文采。再以張協的〈詠史〉與陶淵明的〈詠二疏〉相較，陶詩多理喻，少形象，張詩則鋪張渲染，極寫二疏功成身退之盛舉，何焯稱「其詞亦瀟洒可愛」❾。鍾嶸說景陽「詞采葱蒨」，此語用於他的〈詠史詩〉，也

---

❾《義門讀書記》，卷四六。

是適合的。以同一作家作品來看，可舉鮑照爲例。明遠另有〈蜀四賢詠〉一詩，詠司馬相如、王褒、嚴君平、揚雄四人，也屬詠史詩的範疇，只是「史事堆垛」，其「翰藻」，自亦不如其〈詠史詩〉。何焯評鮑照〈詠史〉說：「不脫左思窠臼，其壯麗則明遠本色。」又說它「漸事誇飾，雖奇之又奇，頗乏天然」⑩。說明它是有「壯麗」與「誇飾」這兩個特點的。《詩品・中》稱鮑照「善制形狀寫物之詞」，陳延傑注則引〈詠史〉中「鞍馬光照地」等句爲例。這些，都說明鮑照〈詠史〉詩「翰藻」突出的特點。至於左思、顏延年、謝瞻、虞羲衆作之翰藻繁飾，在論詩時已提及，於茲不贅。總之，重視詩歌的「翰藻」，是昭明選錄詠史詩的重要標準之一。

第二是「舉胸情」。沈約在《宋書・謝靈運傳論》中說：「至於先士茂制，諷高歷賞，子建函京之作……並直舉胸情，非傍詩史，正以音律調韻，取高前式。」這裏不是評詠史詩，但所提的「直舉胸情，非傍詩史」，卻是當時人們評詩選詩的一個重要原則。蕭統也是重視這一點的⑪。唐人強調詠史要有感而作。《文鏡秘府論・南卷・論文意》中云：「詠史者，讀史見古人成敗，感而作之。」要求詠史要與言志詠懷相結合，也就是要「直舉胸情」。蕭統雖沒有這方面

---

⑩《義門讀書記》，卷四六。

⑪日本學者清水凱夫認爲《文選》的選錄詩的主要標準是《宋書・謝靈運傳論》，見韓基國譯清水凱夫《六朝文學論文集》中〈「文選」編輯的目的和撰（選）錄標準〉一文（重慶出版社），本文並不直取清水之說，但認爲在詠史詩選錄方面，蕭統是重視「直舉胸情」的。

的理論闡述，但以其選詩實踐肯定了這一點，說明其慧眼早於唐人。何焯認爲，詠史詩「隱括本傳，不加藻飾，此正體也。太冲多攄胸臆，乃又其變」⓬。所謂正體與變體，乃是詠史詩在思想內涵上的質的改變。正體是以敘史述事爲主，間或雜以抒情；變體則是集述史、抒情、議論爲一體，通過對歷史對象的吟詠，使主體感情客觀化。這種要求，在左思〈詠史八首〉裏得到了實現。沈德潛說左思「詠古人而己之性情俱見」。張玉穀說，左思〈詠史〉「或先述己意而以史事證之；或先述史事而以己意斷之；或止述己意而史事暗合；或止述史事而己意默寓。」⓭手法儘管多變，然總不離一「己意」在其中。正因爲如此，所以〈詠史八首〉蕭統全部照錄。其後，顏延之的〈五君詠〉，同樣擺脫了對歷史人物的單一的敘述，而是以內心相契合的人物風神來抒寫懷抱，詩中的怨情憤意，更是「直舉胸情」的產物。至於鮑照之〈詠史〉，何焯說它「不脫左思窠臼」，就是說它繼承了左思詠史詩的傳統。但是鮑照與左思又稍有不同，這就在於鮑詩之「胸情」，更多地寓於形象之中。其實《文選》二十一首詠史詩，幾乎都有「直舉胸情」的內涵，只是胸情之多寡，情感之濃淡，藝術表現之高低不同罷了。

「直舉胸情」，以史言懷的原則，與「事出於沉思」的標準是一致的。在這裏「事」指題材，也指詩的內容，即所詠的史事；「沉思」，則指深刻的思想感情，也就是作者的「胸情」。

⓬《義門讀書記》，卷四六。
⓭《古詩賞析》，卷一一。

所以，這一原則，與《文選》總體選錄標準是相符合的。這一原則，成爲後人創作詠史詩的原則，卽唐人主張的詠史要有感而作，有興寄。到唐代，詠史詩更多的是以「懷古」、「覽古」、「詠懷古跡」等面貌出現，實際上就是更加注重了詠懷的要求。楊倫認爲杜甫的〈詠懷古跡〉五首是「其源出太冲〈詠史〉」⓮。李白〈古風〉之十三云：「君平旣棄世，世亦棄君平。」取意正與鮑詩同，可見影響之深。

第三個標準，就是觀流變。觀通變，溯流別，是從晉代以至齊梁一直頗受重視的文學思潮之一，這從摯虞、劉勰、鍾嶸及其他人的有關著作中可得到證明。這種思潮對蕭統應該是有影響的。從詠史詩的選錄上，也可以看出這種影響。詠史詩，若溯其源，可追至《詩》、《騷》。《詩經》中的雅頌部分，亦有詠史詩。屈原之《離騷》，徵引古史，歷數先王之得失以表達自己的政治主張，抒寫自己的抱負與胸臆，亦屬以史詠懷。然《詩》《騷》另有所歸，於昭明所不取。昭明選錄詠史詩，不以標目與否爲準（這一點他類亦然，如祖餞詩。），而是追尋其演變的軌跡。《文選》所錄二十一首詠史詩，基本上代表了從漢魏到齊梁不同時代詠史詩的風格。班固〈詠史〉，雖爲鼻祖，其不入選，已如前述。而王、曹之作，仍保留了班固〈詠史〉之風，屬於前期的所謂「正體」。左思是詠史詩史上的革新者，他舉起了「變體」的大旗，開闢了詠史詩的

⓮ 《杜詩鏡銓》。

新天地。其後的張協、顏延年，是左思風力的繼承者。至於鮑照，則上承左思，下啓陳子昂、李白、杜甫，成為開啓詠史詩「黃金時代」的重要一環。這其中，一條傳統延續的線索，由於《文選》的選錄，可說非常清晰。其他如盧諶詩在標題上自創新格，謝瞻在詠史中「兼叙今事」，顏延年〈秋胡詩〉以歷史故事抒發美好的感情，都能代表一個時期的風格特徵。

觀流變的原則，還可以從虞羲詩的入選得到證明。虞羲卒於梁天監中，與蕭統時代接近。如前所述，虞詩具有一股陽剛俊健之氣。在梁代綺靡詩風盛行的大氛圍中，昭明太子不囿於一己之所好，不迎合時俗之習尙，大膽地選此詩作為這一時期詠史詩的代表，不正表明他的注重不同的時代風格以觀流變的選家眼光嗎？從這樣的意義上來說，昭明太子又不失為具有文學史家的高屋建瓴氣魄與犀利的鑒別識力了。

《左傳》的勸懲原則與時代精神

一

「懲惡勸善」是中國古代史家的傳統。早在孔子修《春秋》以前，周王室及列國史官記事就講究褒貶以爲勸懲。「諸侯建邦，各有國史。彰善癉惡，樹之風聲。」❶只是諸侯「百國春秋」散亡，孔子所編訂的《春秋》獨存。因此，就「懲惡勸善」這一傳統來說，應首推《春秋》。孔子修《春秋》，其意在「勸懲」。孟子說：「世衰道微，邪說暴行有作，臣弑其君者有之，子弑其父者有之，孔子懼，作《春秋》。」❷又說：「孔子成《春秋》而亂臣賊子懼。」孟子的話，指出了孔子修《春秋》的目的。劉勰認爲：孔子「因魯史以修《春秋》，擧得失以表黜陟，徵存亡

❶ 劉勰《文心雕龍・史傳》。
❷ 《孟子・滕文公下》。

以標勸戒；褒見一字，貴逾軒冕；貶在片言，誅深斧鉞。」❸可見後人對《春秋》的褒貶意義與勸懲作用是非常重視與推崇的。《左傳》作者繼承了《春秋》的傳統。《左傳》成公十四年說：「《春秋》之稱，微而顯，志而晦，婉而成章，盡而不汙，懲惡而勸善，非聖人，誰能修之？」這裏所謂「微而顯」等「五情」（杜預論《左傳》，有「三體五情」之說）及其原則，不但是《春秋》的敍事特色，也是《左傳》作者敍事的手法與著書目的。清人劉熙載總結說：「左氏釋經，有此五體（卽上述之五情）。其實左氏敍事，亦處處皆本此意。」❹左氏的這一特色，爲歷代史學家所注意。司馬遷說：「夫《春秋》，上明三王之道，下辨人事之紀，別嫌疑，明是非，定猶豫，善善惡惡，賢賢賤不肖，存亡國，繼絕世，補敝起廢，王道之大者也。」❺司馬遷在這裏所說的《春秋》，指《春秋經》和《左傳》❻。通過「善善惡惡，賢賢賤不肖」以達到「懲惡勸善」的目的，實現「撥亂世反之正」的主觀意圖，這是《春秋》和《左傳》作者的共同願望。唐人劉知幾云：「丘明之《傳》，所有筆削及發凡例，皆得周典，傳孔子之教，故能成不刊之書，著將來之法。」❼劉氏申明左氏之繼統與評騭其義法，庶幾不差。左氏稱《春秋》「懲惡而

---

❸劉勰《文心雕龍·史傳》。
❹劉熙載《藝概·文概》，卷一。
❺司馬遷《史記·太史公自序》。
❻關於這一點，可參見《文學遺產》，一九八四年，第一期，鄭君華文章〈略論「左傳」成書年代的有關問題〉。
❼劉知幾《史通·申左》。

勸善，非聖人，誰能修之。」其實，左氏本有志於做這樣的聖人。《左傳》作者在書中褒揚了許多值得歌頌的人物和鞭撻了一系列昏憒人物，又借「君子曰」、「君子謂」、「孔子曰」的方式表示自己的褒貶態度，作出明確的善惡判斷，其勸懲的傾向是十分鮮明的。我們再看作者帶着贊頌之情記載了董狐、南史、齊太史秉筆直書的事跡，正寄寓着自己成爲「不避強御，彰善貶惡」的良史的願望。所謂「騰褒裁貶，萬古魂動；辭宗丘明，直歸南董。」❽在懲惡勸善和秉筆直書兩方面，《左傳》作者是既有孔丘之嚴，又具南、董之直。

《左傳》成書於戰國中前期。這個時期，是一個春意盎然而又激烈動蕩的時代。社會矛盾更加激化，社會生活更爲複雜。一系列政治問題、社會問題、人生問題擺在人們面前要求解答。哲學家、史學家各用理智的思辨的批判態度闡述和解答這些問題，總結歷史發展的經驗與教訓，探索社會發展方向，思考人生的眞諦，了解人與人之間的複雜關係。開始於春秋時期的百家爭鳴，此刻顯出更加活躍的局面。此時出現私家著述的風氣。諸子百家以其理論辨說，干人主，說諸侯，以實現其各自的政治理想。在這百家馳說、諸子爭鳴的時代大合唱中，《左傳》作者是以史鳴。這個時期，不論是七雄大國，還是其他弱小國家，「表徵盛衰，殷鑒興廢」，都有極大的現實意義。《左傳》一書反映的民本思想、愛國思想、戰爭思想、天人觀念、倫理觀念，是對春

❽ 劉勰《文心雕龍・史傳》。

秋時代劇急變革的社會歷史的總結；作者對宗法制度的逐漸解體的描繪，對統治階級內部矛盾尖銳對立的揭露，對統治階級荒淫無恥的生活、爭霸戰爭的慘烈所加於人民的痛苦，予以無情的抨擊，又給後世統治者提供了深刻的鑒戒。書美以彰善，記惡以垂戒。所以，「懲惡勸善」，激濁揚清，歸根結底在於「資治」。正因爲如此，《春秋》、《左傳》的褒貶勸懲精神一直爲歷代史家奉爲著述之圭臬。班固、劉勰、劉知幾、章學誠等史家史論家，交口稱贊這種精神。司馬遷、歐陽修、司馬光等人，則以自己的修史實踐繼承了褒貶勸懲的傳統。「懲惡勸善」成爲中國古代史家修史的重要目的。

二

中國古代，「左史記言，右史記事」。事爲《春秋》，言爲《尚書》❾。「左史記言，右史記事」，還只是我國史傳文學的襁褓階段，但是已奠定了這一文體的基礎。戰國時代，私人講學，處士橫議，著書論說，文采橫溢，敍事散文得到長足的發展。歷史散文，一反記言與記事分書的習慣，「逮左氏爲書，不遵古法，言之與事同在傳中」❿。《左傳》作者摒棄了單獨記言或

❾ 班固《漢書·藝文志》。
❿ 劉知幾《史通·載言第三》。

記事的成法，博考舊史，廣採佚聞，集記言記事於一身，以「言事相兼」的嶄新面貌呈現於世人面前。事件展現着人物行動，言論反映了人物思想。「言事相兼」，必然活畫出一代人物的形象。通過人物描寫眞實地反映歷史，這正是《左傳》作者高出於前人的地方。正因爲如此，《左傳》成爲我國古代第一部有意識刻畫人物的歷史著作。《春秋》那種隱晦難曉簿錄式的記事，簡略而空洞，「一字斷義」「微言大義」的「春秋筆法」，無法顯示歷史的詳細面目，結果是「使聖人閉門思之，十年不可知也」⑪。《春秋》意在勸懲，但「尋《春秋》所書，實乖此義」⑫，這不能不說是方法論上的錯誤。只有清晰具體地描述人物活動，才能具現出歷史面貌的全景內容，褒貶才有充分的事實根據，勸懲便有無可爭辯的力量。從宏觀方法論上說，司馬遷開創的紀傳體史書，以人見史，乃是抓住了要害，而這種體式之萌芽，乃在《左傳》。

宋人吳縝認爲：「夫爲史之要有三：一曰事實，二曰褒貶，三曰文采。有是事而如是書，斯謂事實。因事實而寓懲勸，斯謂褒貶。事實、褒貶既得矣，必資文采以行之，夫然後成史。」⑬一部傑出的史書，應具備這三個基本要求。所謂「事實」，即要「實錄」；所謂褒貶，意在「勸善懲惡」；所謂「文采」，必須詳實生動，有感染力。要做到有「文采」，具體生動地刻畫人物，

⑪ 桓譚《新論・正經篇》。
⑫ 劉知幾《史通・申左》。
⑬ 吳縝《新唐書糾謬・序》。

是最佳的途徑。狄德羅曾說過：「歷史家只是簡單地單純地寫下了所發生的事實，因此不一定盡他們的所能把人物突出；也沒有盡可能去感動人，去提起人們的興趣。」「如果是詩人的話，他就會寫出一切他認爲最能動人的東西。他會假想出一些事件，他可以杜撰些言詞，他會對歷史添枝加葉，對於他，重要的一點是做到驚奇而不失爲逼眞。」⑭如果說《春秋》只是簡單地記下歷史而不見栩栩如生的人物形象，那麼《左傳》作者則是能使人「驚奇」而「不失爲逼眞」的偉大詩人。拿《左傳》與《春秋》相比，兩者之差異顯而易見。《春秋》中寥寥幾個字的記載，在《左傳》作者筆下，常演繹成一段驚心動魄的歷史故事。作者在敍述歷史事件時，抓住歷史人物的性格特點和他們的行動邏輯，展示歷史人物的成敗得失，表明自己的臧否傾向。或者有意識的在同一事件中描繪出各種人物的不同表演，讓正義和邪惡、善良和殘暴、正直和奸邪形成鮮明的對比。於是，一大批神態各異的人物（上自天子諸侯、卿相將佐、大夫謀臣，下至商賈工匠、奴僕妾媵，甚至俘虜囚犯），出現在作者筆下，活躍在歷史舞臺上，亮出了各人特有的本相。作者並不是單純地肯定某一人物或否定某一人物，也不是以臉譜化的外觀來區分人物形象，而是通過對歷史人物與歷史事件的客觀描述，以歷史上的成敗、得失和作者所信奉的道德準則，在敍事之中「自然而然」地顯露自己的褒貶傾向，並在總結與衰成敗的歷史經驗中給人以訓戒，在鮮明的

⑭ 引自《西方文論選》上册，狄德羅〈論戲劇藝術〉。

勸懲原則中，又具備「美惡具見」的實錄精神，顯示出作者的史才和史識。

《左傳》作者在敍事時主要採用兩種方式。一是集中多年事件加以總述，一是據事件發生年月分年散見。這兩種方式，爲描寫人物起了很好的作用。集中多年事件總述，目的在於突出主要人物；逐年分述，則以某一人物爲中心來展現事件。在大量的戰爭描寫之中，《左傳》作者總是詳盡地敍述戰爭發生的前因後果，決定勝負的各種因素及戰爭中的人物活動，尤其突出雙方統帥人物的描寫。甚至有的戰爭就只寫了幾個人物的活動。《左傳》是一部記載「君國大事」的歷史著作，「國之大事，在祀與戎」。但其中卻記載了衆多的家庭軼事、民間傳聞，有的甚至是床第之言、枕邊之語，有的純出於想像和虛構。這些生活中大量的非歷史事件，即是「對歷史的添枝加葉」，它豐富了歷史人物的性格，也表現作者在記史時是有意識的寫人，塑造人物形象。

巴爾札克說：「我企圖寫出整個社會的歷史。我常常用這樣一句話說明我的計畫：『一代就是四五千突出的人物扮演一齣戲。』這齣戲就是我的著作。」⑮《左傳》作者不愧爲偉大的藝術家。《左傳》所載之歷史，正是這樣一齣幾千人扮演的長劇。歷史是人的社會實踐留下的軌跡。通過寫人來展現歷史，就抓住了修史的關鍵和本質。人，不僅作爲文學表現的對象，而且是熔鑄

⑮ 巴爾札克〈給「星期報」編輯意保利特·卡斯狄葉的一封信〉，見《文藝理論譯叢》，第二輯。

了各種生活內容的整體的觀照物，凝結着整個生活的豐富涵義，是社會生活關係的總和。寫人，可以揭示出當時社會生活的多樣化的內容和無限的秘密，以及生活的各個側面，以實現眞實地記載歷史的目的。春秋時期，又是一個人的地位提高，人的價值觀念改變的時代，「民本」思想的興起，「天命」觀念的否定，君、神、民位置的顚倒，標誌着「民」（《左傳》中的「民」，指各種範疇的統治對象，包括當時的奴隸和平民以及統治階級下層在內的廣大羣衆）在歷史政治舞臺上的日益重要。在當時洶湧澎湃的思想文化解放潮流的衝擊下，促使作者通過人事的總結，來重新認識人的價值和人的本質力量。《左傳》作者突出寫人，表現了作者對人自身在歷史運動中的價值、地位、作用和意義的一種新的覺醒，直接反映着作者對歷史的認識、體驗、把握、領悟和直覺，形成具有鮮明時代特徵的歷史意識。

三

《左傳》作者以「善惡」作爲歷史審視的主要標準塑造人物，又能堅持歷史的眞實，反映出人物豐富、複雜的性格和時代特徵與時代精神。正如儒家主張美善結合，但並不排斥寫眞一樣，追求眞實性的目的同樣是爲了褒貶善惡，它既不違背美善的原則，又符合「實錄」精神。

《左傳》所寫的人物，都有很強的時代特徵。如開篇第一個人物鄭莊公，就是一個打上了強烈時代烙印的人物。「春秋初年，鄭莊梟雄，爲諸侯之冠」（清人馮李驊語）。鄭莊公「寤生」，埋下了兄弟鬩牆、構怨姜氏的禍根。即位之後，消滅日益擴大的共叔段的勢力以鞏固君位，突出地擺在面前。他以貌似仁慈實則陰險的手段縱容共叔段的擴張，隨後又設計消滅他。他打敗共叔段，全不懼怕不敎而誅之責，而囚禁武姜，倒擔心背上不孝的惡名，於是又巧妙地與武姜和好。這一切，根本目的在於鞏固自己的君位。作者不僅寫出鄭莊公手段的老辣與性格上的陰鷙虛僞，還顯示了處於思想觀念大變動時代的鄭莊公，已顯然不屑於遵守當時行將崩潰但還有一定影響的道德倫理觀念，可又不願意也不可能公開否定它們，有時還利用這塊招牌以作掩飾，這就體現了鄭莊公其人思想觀念上的時代特徵。國內政權鞏固之後，鄭莊公開始實行對外的攻伐擴張。他首先用武力撕毀周王室的尊嚴。周平王欲讓虢公向鄭莊公分權，爲左右卿士同掌王事，鄭莊公卻脅迫平王用王子狐與鄭太子忽交質，以拑制周室。這個破天荒第一次的「君臣交質」，一下子就把君臣間的關係降爲平列諸侯國間的關係。雖則如此，鄭莊公仍然打着「尊王」的虛假幌子，「挾天子以令諸侯」，成爲春秋初期的小霸。從政治才幹上說，鄭莊公並不亞於齊桓、晉文，是春秋時期一個很有代表性的人物。

宋襄公這個人物，同樣也是時代的產兒。宋國是殷商遺裔，在春秋時期只是一個中等的諸侯國，一直積弱不振。主要原因是宗法制度穩固，強宗大族擅權，政治上因循守舊、積重難返。宋國本沒有爭霸的條件，只因當時「齊桓既沒，晉文未興」，宋襄公侵伐小國取得了一些勝利，促成了他的爭霸野心，想躋身於霸主之列。但他是徒有霸心而無霸術。僖公二十一年鹿上之會，他想求楚人幫他召集當時的小國，結果自己反被楚人所執，爲楚人玩弄於股掌之上。他自認爲宋國雖是「亡國之餘」，卻是泱泱大族之後，因此以「不鼓不成列」來顯示其「君子仁德」、大族之風，來彌補他的「德有所闕」，最後只能落下個傷股身亡的結局。這就是時代風雲創造出來的一個愚蠢可笑又可悲的人物。

《左傳》作爲一部歷史著作，與一般的文學創作不同，其人物本身就帶有更強烈的時代的胎記，又由於作者非常注重緊扣時代的重大事件記敍人物，因此人物的時代感特別強烈。如作者寫得很出色的子產，其一生事跡主要集中在安定國內和與諸侯大國所進行的外交鬪爭，以及無視天道不信鬼神的樸素唯物主義思想這三個方面。作者幾乎沒有涉及子產的生活細節，因爲從時代的特徵來看，這三方面的事跡已活畫出這個政治家的形象。這樣就把人物放置於一個時代的宏觀環境中去，因此具有很強的時代典型性。

通過社會環境的變化，寫出人物性格的發展史、變化史，《左傳》的人物描寫已具備這樣的特徵。這裏所指的環境，主要是指特定人物身外與之發生聯繫的社會環境，卽環繞着人物的全部人與人的關係、人和事的關係的網絡。環境是人的心理活動的源泉，一方面，環境創造着人，創造着人的性格及全部的複雜性；另一方面，人作爲主體，又通過自己的實踐活動，通過自己感性的能動的行爲，影響着、創造着、改變着環境，並在與環境的相互作用中顯露出自己的性格特徵。《左傳》作者刻畫人物，總是通過複雜紛紜的歷史事件，創造出生動的人物性格。晉文公就是一例。

晉公子重耳非世子，本無繼位的希望，他也與世無爭，安於現狀。但是，宮廷內部的激烈爭嗣鬪爭把他捲進了矛盾的旋渦，迫使他作出自己的抉擇。他從驪姬之亂時的被動避難逃亡，經過十九年歷盡艱辛的流亡鍛煉，性格發生了根本性的變化。待到回國時，他已經成爲一個成熟老練的政治家了。他知道如何巧妙地利用秦國的支持回國奪取君位，又不失時機地抓住晉惠公敗於韓原之後，國內混亂的時機一舉成功。等他安定了國內，鞏固了君位，又平定了周室的內亂，他的野心也隨之膨脹起來，他已不滿足爲一國之君，他要改變自身的環境，要領導歷史的潮流，要出來做霸主了。可見，社會環境，歷史趨勢，就這樣把一個平凡的貴族公子鍛煉培養成一個功業顯赫的霸主，成爲歷史上不可低估的一代梟雄。作者寫晉文公，不但其總體性格鮮明，就是那些因晉文公特殊經歷而形成的對個人恩怨耿耿於懷、睚眥必報的獨特心理狀態，也刻畫得非常細膩。在《左傳》中齊桓公與晉文公都是作者筆下的重要人物，但清人崔東璧認爲觀《經》則齊桓霸業勝於晉文，觀《傳》則晉文勝於齊桓⑯，所以有如是觀，就在於《左傳》對晉文公不但寫其人，寫其功業，而且寫出人物性格發展的歷史，因此人物顯得鮮明、深刻、豐滿，在五霸之中最爲引

⑯ 轉引自童書業《左傳研究》，頁五三。

人注目。

《左傳》中許多出色的人物描寫，大都具備具體的環境背景作爲依託。這包含兩個方面：一是通過歷史事件的敍述寫出人物活動的背景，如子產相鄭、管仲相齊，都是在內政外交十分困難的背景中登場的；齊桓公、楚莊王、晉文公、晉悼公，他們登臺前的背景，都是一場驚心動魄的政治鬭爭。人物登上歷史舞臺，只能在這種已經具備的場景中活動，具有在這特殊場景中的特徵。所以，從歷史背景促使人物行動的關係中，可以透露出人物性格形成與發展的消息。另一方面，作者在描寫人物時，常又詳細交代與此有關的人和事，形成與中心人物有關的環境。如魯桓公十八年，作者記齊襄公與齊姜通姦，殺了魯桓公，揭示齊襄的荒淫無道。魯莊公八年，又集中寫了與齊襄公有關的幾件事：瓜期不代，絀公孫無知，無寵連稱之妹，游於姑棼、見大豕懼而墜於車，誅屨而鞭徒人費，等等。通過這些與齊襄公有關的人和事的敍述，中心人物齊襄公的荒淫殘暴、失信無道的性格也就清晰可辨。在這樣的背景之下，人物性格及被殺之結局便眞實可信。作者通過自己的精心剪裁揭示圍繞着人物所形成的環境對歷史人物的作用，爲頭緒紛繁的諸多事件確定了中心，並圍繞這一中心敍述其前因後果、來龍去脈，於是顯得有條不紊、井然有序。

最後我們還應該談到，《左傳》作者以善惡作爲標準評詮人物，卻沒有把人物寫成絕對的好或絕對的壞，而是依照歷史的眞實，尊重歷史人物的本來面貌寫出人物性格的複雜性與豐富性。如楚靈王，就是一個性格複雜的人物。楚靈王性格的主要特點是「汰侈」，即驕盈奢侈。他的一些作爲，也實在「汰侈」得可以。他做令尹時，已有國君之儀，不久便殺了郟敖自立爲王。爲了滿足「汰侈」的欲望，他會諸侯於申，以諸侯伐吳；又要諸侯擁護自己做霸主，甚至有意在諸侯中顯示自己的「汰侈」。其後，再伐吳，作章華宮，滅陳，儼然是一個不可一世的叱咤風雲的霸主。魯昭公十二年他田於州來，向吳國示威，流露出求周鼎、得鄭田的野心與貪欲，「汰侈」之氣焰可謂達到頂峰。「汰侈」是楚靈王個人性格的一個特徵，又是爭霸政治環境中的必然產物。正因爲如此，楚靈王又不是一味的「汰侈」，一味的貪鄙，有時又知過能改。靈王與晉聯姻，竟要侮辱晉國使者韓起和羊舌肸，事後，他又出人意外地向對方道歉，引咎自責起來。他欲求周鼎、得鄭田，有點近乎狂妄，可是聽了子革的話，又能進行深刻反省。可以發現，楚靈王的性格變化與爭霸政治緊密聯繫，政治鬪爭的複雜性鑄成了個人性格上的雙重性與變化。楚靈王是春秋中的暴君之一，但與晉靈公、晉厲公又有所不同。他不殺賴子，赦免吳蹶由，不懲辦入章華宮追捕奴隸的無宇，說明他也有寬容的一面。他與穿封戌爭功，是個十足的無賴王子，即位後對穿封戌說，當初你知道我有今日，必定會讓我的吧？仍然不改劉邦式的無賴習氣，只是於內心的躊躇滿志和對穿封戌的揶揄調侃之中，又帶有幾分風趣可愛。他生性殘暴，可一聽到太子與公子被殺時，竟「自投於車下」，悔恨自己「殺人子多矣」，可知其心中的人情味及良知尚未完全泯滅。因此，對於楚靈王，簡單的一個「善」或一個「惡」字是不能概括得了的。性格的複雜性與豐富性有機地組合在楚靈王身上，使他成爲一個眞實可信非常飽滿的人物。

《左傳》作者摒除性格的單一化傾向，依照人物的眞實面貌寫出性格的豐富性，這正如黑格爾所說：「每一個人都是一個整體，本身就是一個世界。」「每一個人都是一個完滿有生氣的人，而不是某種孤立的性格特徵的寓言式的抽象品。」⓱這一條在現代文藝理論中常被引用的原則，卻在早於黑格爾二千多年前的中國古代史傳文學巨著《左傳》之中得到了實踐。在《左傳》人物身上，不僅具有性格的複雜性、豐富性，同時顯出隨着時空環境的變化而產生的性格的流動性。儘管作者還未能做到正反性格因素互相滲透、互相交織完全融合而達到渾然一體的境界，人物性格善與惡有簡單地平面組合並機械相加的痕跡，但作爲中國古代敍事文學形成初期的作品，能如此豐滿地描寫人物，是非常難能可貴的。

⓱ 黑格爾《美學》，卷一。

《左傳》人物形象系列及其意義

作爲「文學的權威」（朱自清《經典常談・春秋三傳》）的《左傳》，決定其文學品位的重要標誌之一，就是塑造了衆多的栩栩如生的人物形象。《左傳》全書出現的人物，上至天子諸侯、王公卿相，下至行人商賈、皂隸僕役，共有三千多個。不少人物以其鮮明的個性，獨特的面貌，活現在讀者的面前。對於這些人物形象，前人已有不少的論評，只是多限於個別的單一的形象。從「勸懲」的目的出發，描寫如此衆多的人物形象，作者有自己既定的價值取向與評介標準。本文擬將《左傳》中的人物歸納爲幾個形象系列加以論析，並由此探尋這些人物形象所蘊含的思想意義與審美意義。

一、《左傳》人物形象系列

(一) 在歷史舞臺上叱咤風雲，建立功業的人物形象

清人馮李驊說：「《左傳》大抵前半出色寫一管仲，後半出色寫一子產，中間出色寫晉文公、悼公、秦穆、楚莊數人而已。」（馮李驊《左繡・讀左巵言》）這是就《左傳》中寫得最出色的人物而言的，它包括兩個層次：一是覇王與明君形象，二是賢臣形象。

(1)覇主與明君形象。最突出的有春秋五覇和鄭莊公、晉悼公、吳王闔廬等人。對這一系列的人物，作者不但寫出他們的歷史作用，同時細膩地刻畫了他們的性格特徵。這一類人物的成功，首先在於他們對當時形勢的認識和把握。春秋時代，是一個王綱解紐、諸侯稱覇、政出多門、大夫擅權的時代，在這樣一個弱肉強食、爭奪激烈的鬪爭環境中，這些人物都有着清醒的政治頭腦，敏銳的目光及果斷的行動，他們善於抓住有利時機，在爭奪中謀崛起，在分裂中圖覇權。春秋初期，鄭莊公首先發難，利用鄭國與周王室的特殊關係，控制住周室這張雖無實權卻還有影響的王牌，號令諸侯，橫行中原，堪稱「小覇」。此後，齊桓公、秦穆公、晉文公等人，都是看準中原覇業衰歇的有利時機，暴興於諸侯之中。在這些稱覇的君王之中，不少人一登上歷史舞臺，便顯得虎虎有生氣。在複雜的鬪爭中，能準確地掌握着時代的航標，巧妙地利用政治風雲的助力，成爲時代的弄潮兒。其中突出的一點，就是他們都打出了「尊王攘夷」這面大旗，一方面極力擺脫已失去舊日威風的周王朝的約束，一方面又不得不利用傳統的君臣關係來維繫它的尊嚴並以此號令諸侯。而抵禦夷狄的侵略，既安撫和團結了弱小國家，又確立了自己作爲弱小國家保護者的形象，由此實現覇主的野心。

其次，這些諸侯國的君王都有比較明確的民本思想，知道重民、養民、愛民關係着國家的興衰，因此能內修國政，勵精圖治，安撫百姓。《左傳》中尤其詳細地記載了齊桓公、晉文公、楚莊王、晉悼公等人物改革弊政，恤民治國的事跡，他們採取的一系列撫民利民的措施，使國家安定，國力強盛，因此具備了擴張稱霸的基礎。其中的許多人已經意識到天帝鬼神的虛幻與不可靠，成功的獲取，在於國力的強大，民心的歸附。這些，無疑的代表着當時的先進思想，也是他們事業上取得成功的力量源泉。

第三，他們大都能擇善使能，重用賢才。齊桓公之用管仲，秦穆公「舉人之周」，「與人之壹」，已成爲歷史上選賢授能的佳話。晉文公霸業顯赫，其成就似乎更多地要歸功於他手下的狐偃、趙衰、先軫等一大批賢臣。他以知人善任成就功業，後世的漢高祖庶幾可與之比肩。春秋時期的「楚材晉用」，「晉材楚用」，正是國君擇才任賢的結果。這種現象至戰國遂蔚然成風。

從個人性格上說，這一層次的人物也有其鮮明的特徵。坦誠寬容，從諫如流，知過能改，是他們的共同特徵，也是作者所標舉的作爲一代明君所應具備的個人品德。在作者的筆下，這些人物又多有「譎而不正」的一面。孔子認爲「晉文公譎而不正，齊桓公正而不譎」，其實齊桓公等也並非「正而不譎」。閔公元年，齊桓公派仲孫湫省魯難。省魯難是假，覬覦魯國伺機掠取是眞。僖公九年葵丘之會，齊桓公下拜受胙的鬧劇表演，更是「司馬昭之心，路人皆知」。其他如鄭莊公縱容共叔段爲惡而滅之，射王中肩又勞王；楚莊王派申舟聘齊，故意不假道於宋而誘宋殺中舟，以取得伐宋的口實，這些行爲，何嘗是「正」？相反，宋襄公可謂「正」矣：「不鼓不成列」，「不重傷，不禽二毛」，這種「蠢豬式的仁義道德」，不但使他爲楚人所敗，甚至連性命也搭上了。可見，「譎而不正」是當時激烈政治鬪爭風雲鑄造出來的性格特徵，也是他們取得勝利實現目的的必要手段。

當然，這些橫行中原、稱霸諸侯的一代梟雄們，同樣避免不了他們的局限性。例如生活上的荒淫奢侈，好色多內寵，暴露了統治階級的荒淫與腐朽。更重要的是由於他們的好色多寵，導致了內部的爭奪與禍難，結果是建立起來的功業或難以爲繼，或毀於一旦。即如鄭莊公、齊桓公、晉文公這些佼佼者，亦不能免於此果。政治上的肆意擴張，與生活上的荒淫縱欲，顯示出人物性格的一致性。對於這一層次的人物，作者特別注意於刻畫他們所取得的功業及獲取成功的手段，同時又強調其個人性格的重要作用，可以說這是塑造得最爲生動的一批人物形象。

⑵賢臣的形象。賢臣的形象，除馮李驊所說的管仲與子產外，還有晏嬰、叔向、趙盾等人。子產是作者筆下最出色的賢臣形象。作爲輔弼之臣，子產並不像後來封建社會皇權極端集中之後的輔臣，只能做些諫議疏導、補苴罅漏的工作。他一登臺執政，便以一身任一國之安危，決定和主宰着國家的命運。子產執政之際，正是春秋末期社會矛盾不斷加劇的時代。「國小而偪，族大寵多」（《左傳》襄公三十年）是子產面臨的困境。對此，子產採取了一系列措施，控制了大族，安定了國內；外交上他堅定維護本國的利益和獨立地位，捍衞了鄭國的尊嚴。子產執政的指

導思想最重要的有兩條：一是以德治國，一是以民爲本。這與作者表現出來的政治主張是一致的。子產性格的最大特點，是堅定執着，奮然前行。在子產執政期間，鄭國得到了相對的安定，不能不說是他的政策的成功。綜觀子產的一生，似乎還沒有哪件事情失敗過。同樣以賢臣著稱的叔向，與子產則有所不同。叔向處於范、趙等權門執政時期的晉國，不可能完全實際掌權。他在晉國很有影響，以才幹卓絕受到重視。他對晉國的危機，儘管表現出很深的憂慮，且敏銳地預見到晉國的前途，卻無法挽狂瀾於未倒。子產與叔向相較，顯然子產是作者最理想化的人物。

晏嬰與趙盾是賢臣的另一種範型。晏子生活的時代，齊國霸權衰落，國君荒淫昏聵，佞臣專權肆虐，以致齊莊公爲崔杼所殺。面對國內這樣激烈的矛盾鬬爭，晏子既認爲弒君爲非，又認爲莊公爲私欲而死，不値得爲他殉葬或逃亡。所以在崔、慶二人的凶焰面前，晏子表現出剛正不阿的品質。忠於社稷，愛護人民是他行事的準則。他力諫省刑，勸行寬政，爲政淸廉，富貴不淫，勤懇儉樸，深得百姓的擁護。在晏子身上，可看到具有初步民主思想的進步觀念。趙盾身上的突出表現，是忠於國君，匡糾君過。即使像晉靈公那樣的昏君暴君，趙盾仍作有步驟有計畫的進諫。雖然結果是失敗，但是他希望國君改邪歸正，勵精圖治的決心，卻是不可移易的。趙盾的忠，帶有更明顯的維護等級名分的倫理傾向。晏子和趙盾兩個人物性格的互補，便是作者所理想的完美的賢臣形象。

（二）政治上暴虐無道、生活上荒淫奢侈，導致亡國滅族的人物形象

簡而言之，這就是作者筆下的昏君奸臣形象。從歷史唯物主義的原則來看，這一類人物的歷史功過當可另作評定。但是，從春秋這一特定的歷史時期來看，前一個系列的人物是獨占鼇頭、激流勇進的時代主宰，是在這一時期中代表着春意盎然、生機勃發的時代力量的佼佼者；而這一個系列的人物，則是一股西風殘照、衰微破敗的社會力量，是作者作爲「惡」的樣板加以貶斥撻伐的對象。

(1)昏君的形象。《左傳》中的昏君形象，其總體特徵就是「不君」。「不君」是引起滅國敗亡的原因，也是作者賦予這一形象的思想意義與勸懲用心。所謂「不君」，一是殘民，無視「民爲邦本」。晉靈公「從臺上彈人」，「宰夫胹熊蹯不熟，殺之」；莒共公虐而好劍，苟鑄劍必試諸人；在「民」的地位不斷提高的春秋時代，如此暴虐無道是逆歷史潮流而動的。二是奢侈，不顧民的死活。若「厚斂以雕牆」的晉靈公；好鶴，使鶴乘軒的衞懿公，無不激起國人的怨憤。三是淫亂，搞亂倫關係。衞宣公奪媳爲妾，陳靈公淫亂夏姬，齊莊公私通棠姜，即是如此。他們的淫亂行爲，是對當時已經形成的禮教規範的反動和叛逆，因此，在作者的筆下，這些人物不但違背了倫理道德，其個人品質，也多是寡廉鮮恥的。

作者所要揭示的是，國君「不君」的結果，不僅是自身的敗亡，更大的禍患還在於：一是暴發內亂。如齊國之莊公、襄公，晉國之獻公、靈公，莒共公等。二是招致外來侵略。如陳靈公、衞懿公等。因此，春秋時期，「弑君三十六，亡國五十二」，有多少是他們自己導演的悲劇！固然，一個國家亡國滅祀的原因並不那麼簡單，但是我們看到，《左傳》中因國君棄民淫亂導致身死國滅的情況卻不勝枚舉。這就是作者在特定的歷史觀指導下所表現出來的勸懲意義，反映了他的「民本」思想及努力維護儒家倫理道德的時代特徵。

(2)奸臣的形象。這是一批心懷異志的貳臣和助紂爲虐的佞幸。明君手下出賢才，昏君之側多奸佞，是歷史上常見的現象。君主的昏聵，提供了奸臣生存的土壤和空間；奸佞的肆虐，加速了昏君走向腐朽滅亡的進程，這是作者刻畫這類人物的用心所在。

在作者的筆下，這一類人物懷有強烈的權勢欲，並且貪婪齷齪，爲滿足自己的欲望，不惜採取最殘忍最陰險最無恥的手段，以至根本無視倫理道德，不顧社稷安危，成爲一批骯髒可憎的人物形象。

齊國的崔杼，恃權專橫、凶殘暴戾，殺了齊莊公之後，又接連殘殺了三位秉筆直書的太史。這樣一個凶暴的人物，卻又敗在狡猾老辣的慶封手裏。慶封專權聚斂、嗜獵縱酒，無所不爲。他既與崔杼勾結，又乘崔氏家亂蕩盡崔氏。但是，膨脹了的權勢欲反而造成了自己的滅頂之災，最後慶封也逃亡國外。可見慾壑難塡的權勢，不但釀成弒君亂國之禍，也帶來了自己的滅族亡身。楚國的費無極，是個以讒言殺人的行家裡手。其手段主要是無中生有的陷害，心懷叵測的挑撥，巧言漫語的蒙騙。於是實現了一系列的罪惡目的。此外，如魯國宣伯的淫亂賣國，楚令尹子常的貪婪成性，宋華父督的貪色作亂，鄭伯有的專橫愚蠢，都是作者寫得淋漓盡致的人物。

一批陰險狡詐、奸邪不軌的篡弒者，也是作者塑造得非常成功的形象。如楚國的商臣，魯國的叔孫豎牛，齊國的商人，宋國的公子鮑。春秋時期，隨着社會生產力的發展，意識形態裏傳統的宗法思想和君臣觀念遭到了普遍的衝擊，氏族等級制度也發生了動搖。小宗在財富、實力上的增強，必然要在政治上起而取代大宗。於是，少長之間，嫡庶之間的篡弒爭奪，頻繁發生，愈演愈烈。這些人大都非少卽庶，本無繼嗣的可能，由於國君或宗主的寵愛而膨脹了他們的權勢欲。他們聚歛搜刮，積累了大量的財富。經濟上的強大使他們產生了奪權的要求。這些人物本性殘暴，陰險狡詐，心狠手辣，野心勃勃。父子之情，手足之愛均不足以束縛他們。爲了達到篡弒的目的，弒父殺兄，在所不惜；淫靡亂倫，毫無顧忌。作者站在維護宗法制度的立場，旨在揭示這種道德墮落，對等級禮制的破壞、對傳統倫理關係的背叛，因此對這些篡弒者的形象刻畫，往往入木三分。

（三）善惡不同的貴族婦女形象

《左傳》中的婦女人物，絕大多數是貴族婦女。作爲一個階層來說，春秋時代的婦女並不具有獨立的政治力量。貴族婦女，更多的只是作爲統治階級的附庸存在。但是，當他們以自身特有的地位與身分介入政治生活時，卻因各自的性格、品質的差異，呈現出五光十色的神態與風貌。

首先是一批敢於追求人格獨立、爭取自身地位的婦女人物。如衞國的莊姜、齊靈公之妾仲子、趙衰之妻趙姬，在宗法制度占統治地位的春秋時代，面對激烈的爭嗣鬬爭，表現出與衆不同的態度。衞莊姜身無子息，卻眞心擁戴他人之子卽位；齊仲子、趙姬，本有子息可得承嗣，卻不恃寵專位，反而以國家利益爲重，虛己爲公，以才讓人。她們極力保持正直無私、不爭一己私利的美德，不以爭嗣奪位作爲自身生存的依靠，敢於努力擺脫附庸地位而堅持自立，受到時人的稱贊。

另一批婦女，具有政治家的素質和眼光，如僖負羈之妻分析形勢的深刻犀利和對事態發展的高瞻遠矚；衞定姜對晉國霸主地位及其對諸侯國的威脅保持高度的警惕，不失時機地勸告衞定公接納孫林父以顧全大局；楚國的鄧曼，對屈瑕戰敗的預見準確無誤，對楚武王之死表現出重社稷、輕君王的思想；晉國的伯宗妻能從伯宗個人性格與社會環境、習慣勢力、心態特徵的矛盾分析之中，準確預言伯宗之難。這些婦女，足智多謀，洞察幽微，雖不能主宰當時的政治生活，但是一旦參與政治生活，便能從錯綜複雜的社會矛盾中，掌握客觀事物的發展規律，並作出正確的判斷。她們既不以賢妻良母而著稱，也不恃柔媚都曼而獲譽，而是以政治家的風度與氣質出現在世人面前。

「善」「惡」之別，在婦女羣像中同樣壁壘分明，所以作者筆下也不乏「惡」婦的典型。作者塑造了一批以其淫亂行爲導致家國之亂的女性。如魯桓公夫人文姜；魯莊公夫人哀姜，齊聲孟子等。她們皆由淫亂始，既而則參與或導演出一場內亂。淫亂關係，固然是統治階級荒淫生活的表現，更重要的是它已成爲政治鬪爭的一種手段。魯宣公夫人穆姜與宣伯通奸，目的在威逼魯成公除掉季、孟；宋襄夫人「欲通公子鮑」，其意在殺宋昭公。在這樣的勾結利用中，她們雖帶有某些私利，更多的是被當作政治鬪爭的工具。她們的行爲，不但是道德的淪落，也是自我人格的喪失。再如宋襄夫人與晉國的驪姬，本身則表現出強烈的權力欲與覬覦君位的野心。作者重在暴露和譴責她們心地的凶殘與手段的毒辣。晉國的驪姬，是婦人篡亂的典型。舊論驪姬狐媚工讒，奸刻辣毒，千古無兩（轉引自韓席壽《左傳分國集注》注），就是對她的性格的精當概括。

《左傳》作者對婦女人物形象的描繪多是片斷的，一人一事式的，卻大都具有非常清晰的性格輪廓，並且以各自不同的風貌、品質、情操，存留在《左傳》人物畫廊之中。

㈣ 潛藏着巨大價值力量的下層人民羣像

《左傳》對於下層人民的描寫是比較微弱的，往往只是作爲一個歷史事件的插曲或作爲事件的枝蔓附帶加以記載，他們多以羣體的面目出現，極少作爲單個獨立的形象進行詳盡的描述。以個體形象出現的有絳人、斐豹、靈輒等。成公五年記載的逘重車的絳人，是個連姓名都沒留下的下層人民。但是他對自然界災變所持的看法，與當時先進思想家子產、晏嬰等人是一致的。他認爲梁山的崩塌是自然現象，非鬼神作祟；國君只有關心國事，體恤民情，才是解災救難的有效辦法。絳人利用自然現象的異變對國君進行巧妙的諷諫，其聰明睿智非同一般。作爲奴隸的斐豹，憑自己的機智勇敢殺死了欒氏的力士督戎，讓范宣子爲其焚毀丹書，解除了奴隸依附關係（襄公二十三年）。靈輒餓於首山，受趙盾一飯之恩，危難時挺身救趙盾（宣公二年）。這些下層人民，具有與統治階級完全不同的價値觀念與功利觀念，追求的是作爲眞正的「人」的價値的獲取，是作爲社會主體的人的本質力量、正義感和社會責任感的實現，而不是施恩圖報或爭功求賞的狹隘功利主義與利己主義，因此具有與時人的行爲習慣完全不同的精神面貌和行爲準則。

《左傳》中的「野人」、「役人」、「輿人」，是作者筆下的勞動人民羣象。通過輿論的力量來反映羣體的存在和愛憎以及對統治階級的態度，是其形象的重要特徵。宋國的築者作〈澤門之歌〉（襄公十七年），表達人民對皇國父的怨恨和對子罕的感激之情；宋野人作〈婁豬之歌〉對宋公子朝與南子私通加以揭露（定公十四年），宋城者以〈華元歌〉嘲笑華元的無能與無恥（宣公二年），魯國人作〈朱儒誦〉譏刺臧紇救鄫侵邾的失敗（襄公四年）。這些城者、野人、國人的歌謳，成爲下層人民對統治階級殘民害民、荒淫無恥等暴政劣行進行抨擊的有力武器。他們往往用精當的比喩，在戲謔調侃中，入木三分地擊中要害。至如城濮之戰中「輿人」（士兵）獻「舍於墓」之計以使晉軍攻入曹國，作「原田之誦」勸勉晉文公捐棄舊恩與楚決戰（僖公二十八年），說明下層士兵雖不能像謀臣一樣直接參與軍事決策，卻通過輿論的方式貢獻自己的智慧，表現出同仇敵愾的愛國主義精神。

這些下層人物羣像，不在於他們個性特徵的典型性，而在於作爲一個羣體存在所顯示的價値。他們主要用輿論的力量來顯示自身價値與政治能量，說明下層勞動人民在思想領域中的覺醒。他們雖然像劃過夜空的流星那樣只閃爍一刹那的亮光，卻由於他們超乎上層社會人們的智慧勇氣和顯示出來的人的本質力量給人留下深刻的印象，體現出一種在有限的形式中潛藏着巨大價值力量的形象特徵。

二、《左傳》人物形象的思想意義與審美意義

（一）《左傳》人物形象的思想意義

《左傳》作者的著書目的在於「懲惡勸善」。「寓褒貶，別善惡」，書美以彰善，記惡以懲戒，是貫串《左傳》全書的宗旨。這本是自《春秋》以來史家一脈相承的傳統。與《春秋》「褒見一字」「貶在片言」的「微言大義」式的手法不同的是，《左傳》作者通過塑造人物形象來實現其勸懲目的。這是一個創舉。作爲第一部敍事詳細完整的歷史著作，這又是其巨大文學價值的體現。從勸懲的目的出發，寫出人物的善與惡，是實現其目的的最有效途徑。作者忠於「實錄」的精神，在塑造人物形象時，雖也盡量體現了人物性格的複雜性與豐富性，但從全書人物形象的總體分野上看，仍然是比較單一的「善」與「惡」兩大營壘。那些在春秋歷史舞臺上叱吒風雲建立了一定功業的人物，是作者褒揚的「善」的典範，爲統治者提供成功的經驗。昏君奸臣，則是「惡」的樣板以殷鑒後人。懲惡勸善，「表徵盛衰，殷鑒興廢」（《文心雕龍·史傳》），這就是作者賦予人物形象的思想意義和塑造人物形象的良苦用心。這種善與惡的兩極對立，作者不但

在敍事寫人中傾向分明，而且常借「君子曰」、「孔子謂」的方式進行直接的評價。有時則在同一事件中描繪出各色人等的不同表現，讓正義和邪惡，善良和殘暴，忠直與奸佞形成鮮明的對比，這種兩極對立的鮮明人物形象劃分，雖然爲勸懲提供了標本，卻容易導致一種歷史人物黑白分明、善惡兩別的二元對立模式，將歷史演化成好人與惡人、忠臣與奸佞的鬬爭史，以至把複雜的歷史簡單化。在對人物進行評判時，作者又往往只有道德倫理的尺度而缺乏歷史的眼光，尤其注重人物品德上的個人私欲存在與否，以此作爲褒貶的標準，於是作者的評價常具強烈的道德與倫理特徵。

《左傳》作者所確立的善惡標準及其形象標準，多爲後代史傳文學或其他敍事文學所承認和引用，並以《左傳》既定的形象基調，載入後世作品之中。如齊桓公、晉文公，是封建社會人們贊頌不絕的霸主形象。管仲、子產，蓋爲人臣之極則。晉靈公、齊莊公、崔杼、費無極等人，永遠也改變不了其昏君奸臣的面目而爲人們所不齒。隨着時間的推移與封建教化的深入，《左傳》人物形象往往消失了他們具體生動的獨特性，而成爲宣揚封建倫理道德的說教偶像。人們只抽取這些人物形象所具有的思想意義，作爲他們判斷善惡是非，推行封建教化的準則。如劉向所著的《說苑》、《新序》，雖記春秋之人與事，卻只通過歷史人物來宣揚儒家的倫理道德。《列女傳》中的許多春秋時期的女性，也只是被作爲「與國顯家可法則」的「賢妃貞婦」形象，或是「孽嬖亂亡者」而加以載列，「以戒天子」。這樣，人物形象消失了他們鮮明生動的個性，成爲披上教化意義外衣的木乃伊，喪失了原有的生氣。後世有的作者甚至不惜歪曲《左傳》人物形象的本來思想意義以迎合教化觀念的需要。於是，人物形象不僅具有文學意義，更成爲封建社會中傳統文化心理標準（主要是儒家標準）的形象載體。基於這一原因，《左傳》人物形象又具有更複雜的深一層的文化意義。

（二）《左傳》人物形象的審美意義

綿延幾千年的以善爲美的民族審美心理與審美觀念，起始於先秦。《左傳》是第一部以美善統一的標準對歷史人物進行審美觀照的敍事文學作品。善的衡量標準，就在於功業上的建樹，符合倫理道德規範以及合乎禮義的言行與人格。在作者筆下，立功、立德、立言取得成就足以爲後世法的人物，是善的化身，也是美的形象。它的對立面，便是那些爲後世戒懼的昏君暗主、亂臣賊子，以及倫理道德淪喪者。《左傳》對歷史人物的審美標準與勸懲目的是一致的。作者甚至認爲美與善的統一是必然的，脫離了倫理道德上的善和自然之美反將成爲禍害。書中對於夏姬的評價就是一例。在《左傳》中，夏姬「殺三夫一君一子，而亡一國兩卿」（《左傳》昭公二十八年），可謂「淫婦」之尤。作者通過叔向之母的口認爲：「甚美必有甚惡」，「天鍾美於是，將必以是大有敗也」。由此斷定「夫有尤物，足以移人」（昭公二十八年），甚至荒謬地把三代之亡、申生之廢皆歸之於美色爲害。這種將政治倫理道德及人格上的善等同於美的觀點，在先秦美學思想中頗有代表性。

《左傳》對於歷史人物的審美標準與審美理想，對後代敍事文學作品產生了巨大影響。秦漢以後，《左傳》中的人物故事在社會上廣爲流傳。人們盡可以按照自己的需要加以誇張虛構。但人物的骨骼框架，仍離不開左氏的基調。如《晏子春秋》，作者以《左傳》中晏子的愛國憂民、節儉樸素性格爲基調，以誇張虛構的手法，創造出一個人們所喜愛的、更爲生動的審美形象來。然而其形象特徵則更符合倫理道德標準以及善良的政治行爲與風俗習慣。再如齊桓覇業、管鮑之交、趙氏遺孤、伍員覆楚、吳越之爭，都成爲後代小說的題材，儘管情節內容恢宏擴大，但人物形象，也同樣不改變《左傳》旣定的美學內涵。

《左傳》以其豐富生動的人物形象記載歷史，爲中國古代小說的發展提供了「史」的營養和審美標準。後代的歷史演義小說，多從正史中討生活，據此添枝加葉，演繹而成。明代出現的《列國志》，就是主要以《左傳》爲藍本創作的。作者所持的「總觀千古興亡局，盡在朝中用佞賢」的思想，與《左傳》對於人物的褒貶勸懲思想一脈相承。蔡元放評點本的《東周列國志》，更明言以「善足以爲勸，惡足以爲戒」的勸懲目的來演述歷史。這類小說，包括後來的《三國演義》、《水滸傳》等，人物形象常常不是紅臉便是白臉，非善卽惡。剝去它們歷史的、傳奇的外殼，人物忠奸善惡判然分明，人物動機行爲內外一致。讀者也習慣於以善惡及其效果來判斷人物的「好」與「壞」。這種審美心理上的思維定勢，與《左傳》開始以來的人物審美標準有極密切的關係。具體舉一例來說，《左傳》中對楚大夫子文出生的神異描寫，對魯國豎牛出生前夢境的醜化，反映了早在先秦時期人們便已存在着正面人物具有與生俱來的天賦之美，反面人物出自娘胎便浸透毒汁、本性乃惡的審美判斷。聯繫到後代不少小說中好人都是天上星曲下凡，壞人都是魑魅魍魎轉世的寫法，的確是淵源有自的。

《左傳》寫人藝術綜論

《左傳》作者著書的一大目的，在於「懲惡勸善」。通過人物描寫來記載歷史，並寄寓其勸懲傾向，是《左傳》的重要特徵。《左傳》全書出現的人物有三千多個，個性鮮明者不下數十人。要寫好如此衆多的人物形象，並非易事。作者創造運用了多種藝術手法，將這衆多的歷史人物生動地再現於自己的著作之中。對於《左傳》寫人藝術的研究前人已做了不少工作，只是多就某一方面加以闡發，本文試圖對《左傳》塑造歷史人物的藝術手法進行綜合論述，以探尋這一部中國敍事文學的開山之作的巨大文學價值。

一、內外並行的雙重結構

《左傳》是歷史著作，如何在總雜繁密的史料聚集之中刻畫人物，結構安排之合理與否，是成敗之關鍵。《左傳》全書的總體結構形式是按年代編次的，但是在描寫人物時，作者採用了內外並行的雙重結構方式。此所謂內，指以某一人物爲中心，圍繞某一人物集中多年事件加以總敍；所謂外，指以時間爲經，以事件爲緯而分年散見，但始終有一中心人物貫穿其間。

集中多年事件加以總敍，須打破時空的限制，以某一人物爲綱，將不同年代不同地點的歷史事件集合一處來寫，其目的在於完整地具現人物形象。如寫鄭莊公、晉公子重耳、晉靈公等人物都是這樣。鄭莊公這一人物的主要性格，在隱公元年〈鄭伯克段於鄢〉一章中基本得到揭示，其後的事跡，大體上是其性格的不同表現。晉公子重耳之亡，是僖公五年之事，作者把重耳十九年的流亡經歷，集中於僖公二十三、二十四兩年之中，用倒敍的手法加以綜述，清晰地展示了重耳性格的發展史。魯僖公二十三年是他流亡的最後一年，二十四年是他返國即位的頭一年，這樣安排，前後銜接，在時序上顯得非常條貫。晉靈公即位，在魯文公七年，至魯宣公二年已有十四年之久，《左傳》宣公元年云：「於是晉侯侈，趙宣子爲政，驟諫不入，故不競於楚。」可見晉靈公「不君」及與趙盾的矛盾，由來已久，並非只在魯宣公二年才發生。宣公元年之記，是作者的伏筆。等到宣公二年晉靈公死前來總敍其不君之狀，便顯示晉靈公之死的必然性，晉靈公與趙盾這兩個主要人物也非常突出。再如襄公二十三年寫臧紇其人，作者先寫了三件廢長立少的事，三事都與臧紇有關。先是臧紇用計幫助季孫廢公子鉏而立悼子，下來寫孟孫氏的立羯廢秩，是爲了反襯臧紇的陰謀，第三件事寫臧紇自己也是由廢長立少起來的，用一「初」字回敍前事。這樣，把發生在不同時間性質相同的三件事集中敍述，刻畫出臧紇的姦回不軌，追溯其姦回不軌之行產生的原因，完整了臧紇的形象。作爲單獨的人物故事，上述三例，其矛盾衝突組織得曲折迂迴，事件安排照應巧妙，整個故事引人入勝。集中多年事件總敍，可以把一些細小事件，尤其是一些細微末節盡收其中，使人物形象有血有肉，毫髮畢現，又將歲時和事件上承下接，條貫有序。

逐年分寫，本是編年體之成式。對於寫人來說，有的人物時間跨度大，行狀分年散見，人物活動主要反映在一些重大事件上，並與他事件有密切的關係，因此以時間爲經，以事件爲緯，逐年分記，但並不遠離中心人物。衞國的孫寧廢立，起於成公七年，終於襄公二十九年，散見於三十四年之中。作者圍繞衞獻公與孫林父、寧殖之間的矛盾鬪爭這條線索，相互銜接，蟬聯成爲一個完整的故事。塑造出衞獻公、孫林父、寧殖、寧喜等一系列人物。子產是《左傳》中寫得最有風采的人物之一，其一生事跡，從魯襄公八年第一次登場，到昭公二十年死去，歷經四十餘年。可以說鄭國這四十餘年的歷史，就是子產這一人物的活動史。子產的活動，散見於這期間鄭國的軍國大事記中。子產的政治抱負，言論才幹，記敍得娓娓不倦，風采洋溢。

上述兩種結構方式，與全書的編年結構相輔相成。在寫人時，作者並非一成不變，以此二法爲常式，根據需要交互使用，靈活多變。這種內外並行的雙重體式，實際上包孕着後代史家的兩大體例，卽編年體與紀傳體。編年體自不必說，而以寫人爲中心的紀傳體，亦可從《左傳》之中見端倪。

二、小說化的屬詞比事特色

《禮記·經解》云：「屬詞比事而不亂，則深於《春秋》者也。」此言可用於《左傳》。《左傳》作者對於屬詞比事是非常重視的。屬詞，指文詞的結構，比事，指史事的貫串，連言之，則指撰文記事。《春秋》的屬詞比事是將史事簡單地排列出來，《左傳》之「深於《春秋》者」，是用詳盡、生動的情節與細節記載人物活動，通過塑造出有血有肉的人物形象來反映歷史。《左傳》的這一特色，乃是將歷史著作文學化、小說化的開端。

小說化的體現首先是增加了大量的故事情節。作者在記敍事件和人物時總是避免平板地介紹，而採用故事化的手法。正如茅盾說過的，中國文學人物形象塑造的民族形式的一個特點，「就是使得人物通過一連串的故事，從而表現人物的性格。」❶這一點，《左傳》可謂開其端。情節是組成事件的內在機制，情節又成爲展示人物性格發展的藝術手段。在複雜的情節展開之中，人物性格得到揭示，形象也愈加鮮明。襄公二十五年崔杼弒齊莊公一事，《春秋》記曰：「夏五月乙亥，齊崔杼弒其君光。」再看《左傳》的描寫：作者先由孟公綽之口指出崔杼「將有大志」，預

❶《茅盾評論文集》。

言崔將作亂，接下來，是崔杼娶棠姜，齊莊公通棠姜，以崔子之冠賜人等一系列情節的展開與深化，揭示崔莊矛盾發展、衝突爆發的必然性。這其間，又挿入齊莊公鞭賈舉一事，看似閑筆，純屬偶然，意在說明齊莊公暴戾無道，必然多處樹敵，加速他走向滅亡的過程。於是情節發展進入高潮：崔杼稱病不朝，引誘齊莊公入崔府探視，賈舉勾結崔杼伏兵包圍齊莊公：

甲興，公登臺而請，弗許；請盟，弗許；請自刃於廟，弗許。皆曰：「君之臣杼疾病，不能聽命。近於公宮，陪臣干掫有淫者，不知二命。」公逾牆，又射之中股，反隊，遂弒之。

「崔杼弒君」這一事件，整個過程史事的排列有序不亂，情節複雜，最後結局尤其寫得扣人心弦。事件發展過程中崔杼並未直接露面，可是我們始終可以感覺到躲在幕後的直接導演這一場有聲有色的弒君鬧劇的崔杼其人。隨着情節的深入，齊莊公的荒淫和可悲，也躍然紙上。故事安排曲折起伏，人物形象栩栩如生，宛然是一篇小說的雛形。

有的情節具備激烈的矛盾衝突背景，作者把人物放在一種極端緊張而又複雜的矛盾鬬爭場合來刻畫，在激烈的衝突中塑造人物，可見作者已注意到人物形象與場景的關係。昭公二十七年鱄諸刺吳王僚，可謂驚心動魄的一幕。整個場面充滿了陰冷的殺機，殘酷的氛圍，然而鱄諸卻從容自若，在防範森嚴之中刺殺了吳王僚，在場景的描繪與氣氛的烘托中突出了鱄諸的膽量和勇敢。另一些章節之中則不但融洽地寫出人物與事件環境的關係，還寫出環境對人物性格的影響。哀公二年寫衞太子蒯聵爲趙簡子車右，將與鄭師戰。蒯聵見鄭師衆，「懼而自投於車下」，怯懦膽小如此。可是在趙簡子中肩受傷的危急時刻，他又一反怯懦之態，以戈救簡子，且代趙簡子指揮軍隊大敗鄭軍。在極其緊張尖銳的矛盾衝突的環境中，人物性格產生了突發性的改變。

小說化的另一體現，是精彩的細節描寫。《左傳》中的細節描寫，大都不重寫形而專力傳神，對於寫人達到畫龍點睛之功效。如襄公二十六年，記載「衞侯（衞獻公）入，大夫逆於竟者，執其手而與之言；道逆者，自車揖之；逆於門者，頷之而已。」作者用細膩的動作細節，寫出衞獻公對三種迎接者的不同態度，活畫出衞獻公氣量狹小、忌刻懷恨、驕橫無信的性格。其他如桓公二年，用「目逆而送之，曰：『美而艷！』」來表現華父督的貪色醜態；用「染指於鼎，嘗之而出」的細節，寫公子宋的羞怒心理；用「投袂而起，屨及於窒皇，劍及於寢門之外，車及於蒲胥之市」等動作寫楚莊王狂怒之狀，都是以細節寫人的精彩之筆。細節是人物形象的「血肉」，大量而精彩的細節描寫，使人物形象「連性情心術，聲音美貌，千載如生」❷。大量的細節描寫，使史書的敍事更富於生活化的意味，更帶上感情色彩，也更加小說化。

---

❷ 馮李驊《左繡・讀左卮言》。

豐富的情節與細節，說明作者所掌握的歷史材料的深度和廣度，並由此獲得了極大的縱橫馳騁的創作自由，表現出作者鮮明的個性特徵，同時也說明作者已經把視角深入到那些爲一般史家所不屑或未加注意的事件情節之中，通過深入的觀察分析，挖掘深層的歷史內蘊，把握歷史人物的性格特徵與精神本質。這樣的屬詞比事方式，開創了中國古典小說以故事情節見長的傳統風格，成爲歷史小說的先河。

三、「衆美兼善」的表現手法

《左傳》作者寫人的具體手法，可謂「衆美兼善」❸，限於篇幅，此舉其犖犖大者論之。

首先是獨特的人物心理活動描寫。《左傳》當然還不可能有如現代小說或外國小說那樣細膩冗長主觀評說式的心理描寫。其獨特之處，是將人物心理描寫融化於敍事之中，用細微的動作和精妙的語言刻畫人物在特定環境中的心理。襄公二十六年，公子圍（卽楚靈王）因鄭俘皇頡與穿封戌爭功，請伯州犁裁斷。伯州犁「上其手曰：『夫子爲王子圍，寡君之貴介弟也。』下其手曰：『此子爲穿封戌，城外之縣尹也。誰獲子？』」伯州犁對二人身分不同的介紹再加上微妙的

❸《藝概・文概》。

動作——「上下其手」，巧妙傳遞了他有意偏袒公子圍的心理信息。

從性格與環境的衝突中去揭示人物特定心態，也是作者所用之常法。魯莊公八年，齊襄公「游於姑棼，……見大豕。從者曰：『公子彭生也。』公怒曰：『彭生敢見！』射之，豕人立而啼。公懼，墜於車，傷足，喪屨。」齊襄公指使彭生拉殺魯桓公，爲平息魯人之怨又殺了彭生，因此潛意識中有一種犯罪者的心虛恐懼心理。朦朧之中將大豕當作彭生，雖凶相畢露地要射殺大豕，卻仍遏制不住內心的恐懼而嚇得從車上跌落下來。突然出現的事件使人物處於一種始料不及的特殊環境之中，人物的複雜心理通過特定時空的行動表現出來。

其次是對比和映襯手法的運用。對比和映襯，是中國古典敍事文學中刻畫人物的傳統手法，溯其源，亦可見於《左傳》。施氏婦是《左傳》中一個具有反抗性格的婦女形象。成公十一年，作者集中多年事總寫其人。作者從郤犨倚勢貪色而奪人之妻，聲伯息事寧人而無視骨肉之情，施孝叔怯懦膽小又自私殘忍的鮮明對比中，顯示施氏婦不畏強暴敢於反抗的性格特徵。寫衞獻公的出場，則用襯托之法。成公十四年，衞定公卒，立衎爲太子。喪禮中，衆人哀悼，唯太子衎（衞獻公）不哀不慟。作者從夫人姜氏悲嘆，衆大夫聳懼，孫文子置重器於戚等旁人一系列的言行之中，襯托太子衎的爲人，透露出人物性格發展趨勢的消息，暗示衞獻公將敗亡衞國的結局。再如襄公八年寫子產的出場，也有異曲同工之妙。在客觀的敍事之中，寫出衆多人物的神態各異的言行，用對比映襯之法，突出中心人物的特異之處，《左傳》之例甚多，不勝枚舉。

再者是頗具個性的語言描寫。傳神的語言，揭示了人物內心世界。隱公元年〈鄭伯克段於鄢〉章中，鄭莊公發誓與武姜「不及黃泉，無相見也」，可是當他饋食潁考叔時，又哀嘆：「爾有母遺，緊！我獨無。」反映了鄭莊公此時此刻複雜的心理活動與內心矛盾——既有兒子對母親感情的眞實流露，又有欲掩其棄母不孝惡名的企圖和自悔無法挽回的惋惜。潁考叔心領神會，準確地把握住鄭莊公的心理內涵，不失時機地導演了一齣母子大隧相見的鬧劇。

《左傳》以記事爲主，精彩的人物語言描寫卻比比皆是。實可謂「言事相兼」，聲情並茂。綜觀《左傳》所記人物語言，具有三種不同的風格，即既有明顯的訓誥體遺制，又已開戰國縱橫之風，兼之大量的活潑的口語化語言。

章學誠曰：「左氏以傳翼經，則合爲一矣。其中辭命，即訓誥之遺也。」❹「訓誥之遺」，最見於諷諫之辭令之中。襄公四年魏絳論和戎，就是一例。晉悼公反對和諸戎，魏絳以其高瞻遠矚的政治眼光，謂「獲戎失華」之不可爲，魏絳在論和戎之中，以有窮后羿爲題，歷數后羿、寒浞和少康、辛甲等人事跡，以正反兩方面的歷史經驗教訓，勸導晉悼公不可沉溺於田獵，不可窮兵黷武，不能失去賢人，而應以哲王爲則，昏君爲戒，滔滔不絕，反覆申說，最後歸結到和戎的五大好處。這一段話，無論從內容到體式以及風格，均酷似《尚書·無逸》。其言直貫如注，氣

---

❹《文史通義·外篇方志立三書議》。

暢勢盛，論證典雅古奧，繁富綿密，說服力很強。其他如邲之戰晉隨武子論戰，楚莊王論不爲京觀，鄢陵之戰前申叔時預言楚師之敗，師曠論衞人出其君，均有此風格。這一類人物語言的存在，一是本之於舊史之成文，二是這類語言古樸典奧，博聞強誌，雄辯有力，最合勉人君，最顯人物睿智，收記其中，可爲人物增色。

戰國策士縱橫辯難之風，如成公十三年〈呂相絕秦〉書，已具規模，前人多已論述。其他如〈展喜犒齊師〉（僖公二十六年）、〈鄭燭之武退秦師〉（僖公三十年），其言都具遊說駁難的特點。這些使者，多奉命於危難之際，身負解憂排難的重任，論辯時能準確抓住對方的心理，乘勢發揮，剛柔相濟，或夾縫中求生，或步步進逼，談鋒則時而委婉曲折，時而針鋒相對，鋪陳誇肆，馳騁捭闔，蠱服人心，以達到自己的目的。

口語化的人物語言，形象生動，最善於揭示特定場合下的人物性格，充滿生活氣息。如前所述華父督見孔父之妻曰「美而艷」，脫口而出，貪婪女色之嘴臉，如在目前。文公元年寫江羋怒罵楚太子商臣之言：「呼！役夫！宜君王之欲殺女而立職也。」用楚地方言俗語罵人，摹狀江羋盛怒之態，聲口畢肖。再如昭公三年寫盧蒲嫳以己髮之短作比，申明因慶封敗亡，自己衰老不復能爲害，哀鳴卻是奸詐語，極合盧的性格。

《左傳》記言的三種不同風格，代表了作者從三個不同角度塑造人物的手法，又爲我們勾勒出先秦敍事散文記言風格的變化軌跡。《尚書》——《左傳》——《戰國策》——《史記》，即其變化軌跡和幾個代表座標。其中《左傳》有承前啓後之功。《左傳》中三種風格並存，《戰國策》則以縱橫捭闔鋪張揚厲爲其主導，到了《史記》，生動形象的口語化語言，已是記言的主要方式。上述這一軌跡，顯示出先秦敍事文學中人物語言向更加語體化、散體化發展的歷史趨勢。

四、虛實相生的誇飾描寫

前人批評《左傳》「其失也巫」❺，「浮誇」❻，「好語神怪，易致失實」❼。「巫」、「浮誇」云云，主要指《左傳》中出現的虛構情節與夢境妖異神怪禎祥等荒誕描寫。若從文學創作與人物塑造的角度來說，巫妄浮誇之詬病，倒有必要爲之一辯。要而言之，此非左氏之敗筆，乃創作之精華。

虛飾情節，如宣公二年鉏麑觸槐而死前的自嘆。人死前的獨白，誰能聽見？當出於作者的懸想。僖公二十二年春，晉太子圉質秦，將逃歸時與嬴氏的一段對話，此乃夫妻間的密謀，外人何以知曉？無非來自作者的潛擬。但是這些虛飾的情節，並不影響史事的眞實，反而使人物形象更

---

❺〈穀梁傳序〉。

❻韓愈〈進學解〉。

❼韓菼〈左傳記事本末序〉。

加豐滿。鉏麑之言，又暗含着作者對人物的評價與感情色彩。正如錢鍾書先生所說：「史家追敍眞人實事，每須遙體人情，懸想事勢，設身局中，潛心腔內，忖之度之，以揣以摩，庶乎入情合理。」❽「懸想事勢」「以揣以摩」，則不局限於事實之中，所謂「入情合理」，卽符合人物性格邏輯之謂也。

夢境神怪等情節的運用，亦非完全出於宣揚唯心主義的荒誕迷信，而是作者塑造人物，表現作者或人物主觀意念的手段。這類描寫，在記史上看似荒誕不經，在文學上卻顯得奇幻瑰麗。如衆所熟知的燕姞夢蘭而生鄭穆公的記載（宣公三年），就是一段非常優美動人的文字。春秋中期，鄭穆公算得上是鄭國的一位賢君，作者常褒其賢。鄭穆公夢蘭而生，象徵其本性高潔。鄭文公殺了那麼多兒子，公子蘭（卽鄭穆公）卻得以嗣位而治，是所謂有天助也。燕姞夢蘭，天使贈蘭正表現了作者這種意念。這個夢幻故事給人物塗上了一層靈光。此後作者又把不凡的蘭草貫穿於鄭穆公的一生，臨終還「呼蘭」「刈蘭」而卒。這一株神奇的蘭草，成爲鄭穆公人格的象徵。魯國的叔孫豎牛，也托生於一個奇異的夢（昭公四年）。魯叔孫豹夢天壓己，得救於一個「黑而上僂，深目而豭喙」的人，遂有其子豎牛。就是這個豎牛，後來釀成大亂。這個噩夢中陰森恐怖的氣氛，夢中人的猙獰面目，給人一種形象的惡感，又暗示人物的性格基調與行爲趨向。作者借

❽〈管錐篇〉，第一册。

這種超自然超現實的夢境，將自己心中的某些意念形象化。夢境也常被作者用來展現人物心境，作爲暗示情節發展的一種方式。城濮之戰中晉文公夢與楚子搏，反映了文公優柔寡斷的心理狀態。子犯占爲吉夢，則暗示了城濮之戰的結局。夢境的暗示與預言，起到直接敍述所達不到的妙用，在結構上又顯得通體渾圓，天衣無縫。

誇飾描寫中的一些神異故事情節，意在突出人物非凡的命運和出衆的才幹。宣公四年寫楚令尹子文的誕生，頗具神話色彩。楚鬬伯比「淫於䢵子之女，生子文焉。䢵夫人使棄諸夢中。虎乳之。䢵子田，見之，懼而歸。夫人以告，遂使收之」，「故命之曰鬬穀於菟」。子文之生，頗似〈大雅．生民〉中的后稷非凡靈異。子文乃楚國有名的賢臣，毀家紓難，讓令尹之位於子玉，是個不以個人得失爲喜慍的人。子文降生的神異傳說，無疑的加重了這位傑出人物的傳奇色彩。

上述這些虛誕誇飾的描寫，對於嚴肅的歷史著作，本不屬於入史的材料，作爲藝術範疇的文學作品，卻因其奇幻的傳說，使人物形象更加生動，更加豐滿。它極大地增強了《左傳》的文學性，增強了作爲文學作品給人的審美感受與愉悅，因此更富藝術魅力。誠如劉知幾所評：《左傳》「工侔造化，思涉鬼神，著述罕聞，古今卓絕」❾。虛實相生，筆比造化，《左傳》客觀上體現了歷史眞實與藝術眞實的辯證統一。

❾《史通．雜說》。

《左傳》作者是善於寫人的。上述衆多藝術手法的運用，是《左傳》具有強烈的文學性並產生激動人心的藝術魅力的重要原因。從中國古代敍事性文學的發展歷史來看，《左傳》寫人的成功，標誌着我國敍事文學突破舊的傳統，向着「人學」的領域邁進了一大步，爲後代的史傳文學創作提供了可貴的經驗。後代的敍事文學，包括小說戲劇，塑造人物形象的衆多的藝術手法，《左傳》中都已出現。當我們對後代敍事文學藝術進行探研時，若要「尋根」，便不能不追尋到《左傳》身上來。

思涉鬼神　工侔造化

——《左傳》夢境描寫的藝術魅力

自古以來，夢就與文學結下了不解之緣。莊周的「蝴蝶夢」，給人以瑰麗奇特的神秘感受，《紅樓夢》中的夢境描寫，算得上夢幻文學的集大成之作。而《左傳》中的夢境描寫，應該是中國古代敍事文學中夢幻作品的濫觴。無論是數量之豐富，手法之多變，還是想像之奇特，都無愧於這樣的評價。筆者曾對《左傳》全書進行過粗略的統計，所寫之夢有二十七個之多。作爲一部嚴肅的歷史著作，它似失之於荒誕，然而作爲文學作品，它卻使敍事增添奇幻瑰麗的色彩，因此具有更強的藝術魅力。

一、預言與應驗、暗示情節發展的信息：夢的解釋功能

《左傳》好預言。《左傳》預言的方式，一般有如下幾種：或是借某些人物之口，預言事件的結局或人物的命運；或是以天象和妖異災變及其占驗作爲事件發展的前兆。而通過夢境與夢象揭示情節發展或人物命運的結局，也是左氏常用的手法。考《左傳》二十七夢，絕大部分都有預言的性質，讀者可以發現，《左傳》前文記夢，後文則必述其驗。

《左傳》中出現的第一個夢境是個白日夢。僖公十年秋，晉大夫狐突適下國，在途中突然見到早已爲驪姬害死的太子申生。「大子使登僕，而告之曰：『夷吾無禮，余得請於帝矣，將以晉畀秦，秦將祀余。』」白日申生的鬼魂出現，實際上是狐突因思念寃死的申生而作的白日夢。《周禮》上所謂「寤夢」。只因其離奇，所以秦穆公稱之爲「晉之妖夢」。夢中，申生告訴狐突，秦將打敗夷吾（晉惠公）。並通過巫者預告狐突，晉將敗於韓。夢中人對晉惠公的品行，秦晉兩國之關係，五年之後秦晉交戰的結局作出評價和預告。夢境直接應驗的例子，如齊晉鞌之戰（成公二年）時，晉韓厥夢父「謂己曰，『且辟左右』。」「故中御而從齊侯」，不但幸免於難，還活抓了逢丑父。鄢陵之戰（成公十六年）中，晉呂錡「夢射月，中之，退入於泥」。占之，謂「射月」必中楚王；「入於泥」，亦屬死象，預示呂錡必死。結局果然不差。此二例，前者通過夢象暗示事件的結果，後者則通過夢象的占釋，預言人物命運的結局。

利用夢境及其占釋來預言歷史事件，最典型的要數昭公三十一年的趙簡子之夢。是年「十二月辛亥，朔，日有食之。是夜也，趙簡子夢童子羸而轉以歌，旦占諸史墨。……」古人因日蝕而心中驚動，夜間作夢，本不足爲奇。趙簡子夢見一小孩光着身子一邊跳舞一邊唱出婉轉悅耳的歌。於是擔心此爲惡夢，怕有災禍加身。史墨之占，並不分析夢象，只是用占星進行占夢，以星象的吉凶爲夢象吉凶之兆，謂此夢預示六年之後的該月，吳軍將進入楚國的郢都，但是又不能勝楚。果然，事隔六年，柏舉一戰，吳人敗楚入郢。按照精神分析法來看，簡子的夢象似與日蝕驚悸無涉，而其顯相或是隱意，又均與吳人入郢搭不上邊。史墨「以日月星辰占夢」，正如杜注曰：「史墨知夢非日食之應，故釋日食之咎，而不釋其夢。」史墨何以能預測六年後之時勢？且準確無誤？此夢或得之於傳聞，但對歷史事件構成的內在機制來說，只能是作者借趙簡子之夢與史墨之占作爲預言的一種手段。即如僖公二十八年晉文公夢與楚子搏，子犯以吉夢占之，既以此堅定晉文公的決心，又透露出晉國將勝的消息，爲情節的發展設下伏筆。

古代占夢之風熾盛。「夫人在睡夢之中，謂是眞實，亦復占候夢想，思度吉凶」（《莊子・成玄英疏》）。《左傳》二十七夢，有十個夢有夢占。依據夢象和夢占作爲判斷事理，決定行動舉措，是古人的習慣。如昭公七年，楚靈王建成了章華臺，希望與諸侯們一起舉行落成典禮，並要挾魯昭公參加。前此五年，楚入侵魯國而有蜀地之盟，爲此魯昭公仍心有餘悸，不敢貿然前行。臨行前夢見先君（襄公）爲他出行祭祀路神。子服惠伯解釋說，先君祭路神是爲君王開路，有先君保護，怎能不去呢？於是昭公從惠伯之言赴楚，事後安全返回。再如昭公七年，衞襄公卒而無嫡子繼嗣，「孔成子夢康叔謂己：『立元，余使羈之孫圉與史苟相之。』史朝亦夢康叔謂己：『余將命而子苟與孔烝鉏之曾孫圉相元。』」二人夢協。爲掩人耳目，孔成子又占筮一番，於是黜庶長子孟摰而立其弟元爲國君。這是根據夢示作出廢立的決定。利用先君之靈和夢的迷信爲爭奪王權製造根據，在古代君王廢立中常見。先祖先君顯靈的重要途徑，便是托夢。孔成子與史朝二夢相協，不知是否屬於腦間遙感；然而不能不使人懷疑此乃黜摰立元而玩弄的把戲。作者之意，亦在言外，含而不露，任由讀者品味。

作爲解釋功能的夢境描寫，左氏大多採用直接預言式，如上舉各例。也用暗示象徵式。成公十七年：「聲伯夢涉洹，或與己瓊瑰食之，泣而爲瓊瑰盈其懷。」古人死後須口含珠玉。聲伯夢食瓊瑰（玉石所製之珠），夢中的意象與現實中人死時之象相似，是爲死象，暗示其將死。所以他「懼不敢占」。不久果然應驗。夢象暗示了人物的凶兆。夢象的出現，甚至可以作爲事件情節的補充。宣公十五年輔氏之役，一老人結草以亢（遮攔其路）秦將杜回，幫助魏顆擒獲杜回。夜裏老人託夢魏顆，言以報答魏之當初不以其女殉葬之恩。這個帶有因果報應色彩的夢，使整個事件更加完整。左氏記夢，或預言人物事件的結局，或暗示情節的發展趨向，或透露作者的理念，或補充情節的構成，巧妙地發揮了夢的解釋功能爲其記史服務。這些夢，有的情節未免簡單，但多數有結局，事與夢合，一一應驗，吉凶禍福，無不吻合。夢境的嵌入，預言設伏，草蛇灰線，使情節起伏跌宕，曲折變化，引人入勝。

二、人物性格和深層心理刻畫·夢思的揭示

方以智說：「夢者，人智所現。」（《藥地炮莊·大宗師》）夢是人的心智活動的一種表現。心智清醒時，各種思慮欲念都受主體意志的支配。因爲在現實社會中，人總是要受到法律的、倫理的、道德的規範與約束，情感不可能自由地毫無拘束地宣洩，否則就要受到禮法制裁與道德審判。但是，人仍有不受約束的內在天地，那就是人的心靈範疇與情感範疇。夢，就是突破一切社會秩序而進入無法無天的絕對自由的新天地，人在睡夢中，各種思慮欲念像脫繮之馬，不受控制地活動起來。人在夢中所暴露的種種欲念和感情，是白天人們精神心理活動的反映。白晝由於蟄伏着，隱蔽着，未顯現出來，主體的自我往往沒有意識到它們存在，而夢中則眞實地顯現了。正因爲如此，夢境常成爲人們刻畫人物性格和深層心理活動的重要手段。

城濮之戰中（僖公二十八年）的晉文公之夢，對於刻畫晉文公的性格有着重要的作用。晉楚城濮決戰之前，雙方對峙已久，形勢有利於晉，然晉文公總是遲疑而不敢決一雌雄。臨戰之前做了一個夢：「夢與楚子搏，楚子伏己而盬其腦，是以懼。」晉文公本是一個頗有作爲的君主，然而由於他的特殊經歷，形成了患得患失、對個人恩怨耿耿於懷等性格特徵。此時夢境的出現，符合人物性格的自身邏輯，夢中的情感欲念是現實情感欲念的下意識流露，夢象的隱意就是晉文公

憂慮於楚國恩怨、優柔寡斷的深層心理體現。這種心理狀態，對於晉國「取威定霸」的決戰，無疑是十分有害的。子犯既了解晉文公平日的性格，又深諳此刻晉文公的心理，因此占爲吉夢，並曲解爲：「我得天（晉侯仰臥向上，故云得天），楚伏其罪，吾且柔之矣。」以堅文公之意。此夢的描述儘管簡略，然安排得恰到好處，揭示了人物深層心理意識；子犯的占夢，是晉國城濮決戰的催化劑。在作品情節發展的環節上，又產生了跌宕起伏、峰迴路轉之妙趣。

《左傳》裏面有兩個故事完整、情節生動的夢，這就是成公十年的「晉侯（景公）夢大厲」與哀公十七年的「衞侯夢渾良夫之鬼魂」。成公十年記載：晉侯夢大厲，被發及地，搏膺而踊，曰：「殺余孫，不義；余得請於帝矣！」壞大門及寢門而入。公懼，入於室；又壞戶。公覺，召桑田巫。巫言如夢。公曰：「何如？」曰：「不食新矣！」接下來，作者還寫了晉侯由疾病到死去一系列的夢。哀公十七年記載：衞侯（莊公）夢於北宮，見人登昆吾之觀，被發北面而譟曰：「登此昆吾之墟，緜緜生之瓜。余爲渾良夫，叫天無辜。」這兩個夢性質相近，情節清晰，影像深刻，夢者所產生的心理感受亦非常強烈。弗洛伊德說過：「夢影像的感覺強度（鮮明度）和對應的夢思所蘊含的精神強度有關。而精神強度即相當於精神價值：即最鮮明的便是最重要的——是夢思的中心所在。」（《夢的解析》）晉侯在成公八年寃殺其大夫趙同、趙括，事後自覺有虧；衞侯食言而殺渾良夫，亦心有餘悸。這兩個夢，夢思的中心所在，便是濫殺無辜者深層意識中的精神自罪感與虛弱恐懼感。這種潛在的意識強烈地噬嚙着他們的心靈，只是白天尋常不容易表露出來，而當這種覺時有過的經歷、心境等在睡夢時經過神經系統的特殊作用後轉化變形、錯雜組合成一種恍如眞實的精神與心靈歷程——夢境，並形成了非常鮮明強烈的視覺形象。晉景公患病之後，還夢見厲鬼化爲二豎子逃入膏肓爲害，無法祛除，可見其恐懼之深。《左傳》作者通過夢境的描寫和夢思的揭示，把人物的心理潛識、內心世界眞實地展現出來，又借以表達了那些被殺屈死者的憤慨與抗議，其妙用，實非直言敍述所能奏效。

與此相類的還有一例，情節更爲奇妙。成公十六年，晉荀偃與欒書弒厲公。十八年後，卽襄公十八年秋，「中行獻子（荀偃）將伐齊，夢與厲公訟，弗勝。公以戈擊之，首墜於前，跪而戴之，奉之以走，見梗陽之巫臯。」厲公殺三郤時曾逮捕過欒、荀二人，後雖釋放，二人仍餘恨未消，反執厲公且殺了他。荀偃爲晉國重臣，事隔多年，但弒君的陰影總是籠罩着他，夢境就是這種潛意識的反映。「首墜於前」，預示荀偃有死生之災。更離奇的是巫臯之夢，竟與之相協，巫臯預言：「今茲主必死！」第二年，荀偃頭長惡瘡而亡。人物心理潛識與結局，通過夢象與巫臯的預言（等於占夢者）予以揭示。

夢中心理活動不受自我意識的控制，各種欲念、隱秘，不論美醜善惡，都會顯其本來面目，所謂「夢吐眞情」者也。哀公二十六年宋宗子得之美夢卽是。「得夢啓北首而寢於盧門之外，已爲烏而集於其上，咮加於南門，尾加於桐門（北門），曰：『余夢美，必立。』」盧門爲宋都之南門，桐門則指北門。咮爲烏嘴。《禮記・禮運》曰：「死者北首，生者南鄉。」啓北首，死象；

在門外，失國。得咮南尾北，「南鄉」必生。宋景公死後，宋國大尹密不發喪，擁戴得之弟啓繼位，引起六卿的不滿。一直在覬覦君位的得，時時伺機奪位。夢是欲望的追求與滿足，得之夢，象徵啓將失國，已將得國。得沾沾自喜稱「余夢美」，一語洩露了心中的秘密。從結構上來說，《左傳》作者在敍述事件時，突然宕開一筆，揷入夢境描寫，然後再暗合到宋國的爭嗣鬪爭中，行文富於變化，搖曳多姿，足見其運筆之巧。

三、突出人物性格、為人物形象添彩設色：夢的象徵意義

夢，是虛幻的，又是絢麗的。許多現實中不可思議、不可想像之事，在夢中卻出人意料地變爲現實，給人一種理想與現實距離縮短與願望得到滿足之後的難以抑制的激動。所以夢境常給人以自由。在文學創作中，作家利用夢境描寫，也可以獲得極大的創作自由。作家可以用夢境來預言設伏，透露人物命運，可以用夢境作爲戲劇衝突，可以用夢境作爲情節發展的轉機，更可以用夢的象徵意義來刻畫性格。《左傳》利用夢境描寫，爲人物形象設色，以夢境的象徵意義突出其既定的善惡傾向，同時把作者的理念具象化，可視化。

《左傳》宣公三年，作者以濃筆重彩描寫了一個鄭燕姞夢蘭得子的故事，留下了「夢蘭」這一著名的典故。宣公三年記載：

初，鄭文公有賤妾曰燕姞，夢天使與己蘭，曰：「余為伯鯈。余，而祖也。以是為而子。以蘭有國香，人服媚之如是。」既而文公見之，與之蘭而御之。辭曰：「妾不才，幸而有子。將不信，敢徵蘭乎？」公曰：「諾。」生穆公，名之曰「蘭」。

春秋中期，鄭穆公算得上是鄭國的一位賢君，作者常褒其賢。蘭是純潔的象徵，鄭穆公乃燕姞得神示有喜，夢蘭而生，象徵其本性之高潔，能得國人擁護。鄭文公殺了那麼多兒子，而公子蘭卻得以嗣位，是所謂有天助也。天使以蘭贈燕姞，正反映了作者這種意念。這個得蘭而生之夢，給鄭穆公塗上了一層神奇美麗的靈光。此後，作者又把不凡的蘭草貫穿於鄭穆公的一生。直到他死：「穆公有疾，曰：『蘭死，吾其死乎！吾所以生也。』刈蘭而卒。」一株不凡的蘭草，成了鄭穆公人格的化身。這是一個非常絢麗的夢，其超自然的離奇性與象徵性帶着濃重的神奇色彩，給後人留下了多少瑰奇的想像，啓發後世文人多少夢文學的靈感。

《左傳》中的人物誕生之夢，有吉夢，也有惡夢。叔孫豹夢豎牛就是一個恐怖的噩夢。昭公四年記載：魯叔孫豹「夢天壓己，弗勝，顧而見人，黑而上僂，深目而豭喙，號之曰：『牛！助余！』乃勝之。」其後，叔孫豹立為卿，召庚宗婦人，發現所夢之人，即當年與庚宗婦人之私生子豎牛。就是這個豎牛，長而治叔孫家政，與風作浪，大亂叔孫氏，甚至活活餓死其父叔孫豹，自己最後也身首異處。叔孫豹之夢，與《尚書・說命上》及《國語・楚語上》所記的殷高宗夢見傳說的情節頗爲相似，只是性質迥別。後者得良臣，前者獲逆子。作者渲染夢境中陰森可怕的氣氛與夢中人物的猙獰面目，使讀者對人物形象產生一種惡感，人物臉譜外貌的惡形描繪，透露出人物的性格本質與行爲趨向。

上述兩則夢境，與上古時期的感生神話顯然不同。感生神話帶有先民對祖先的圖騰崇拜色彩。這兩則夢境故事，在於利用夢境象徵人物的善惡，夢境描寫的感情傾斜、夢境的審美傾向與人物的善惡屬性相吻合。所以，夢境的象徵意義是顯而易見的。作者只是借夢境來更深刻、更具體、更形象地預報或勾勒人物形象特徵，並以超自然、超現實的夢境，把自己心中的意念形象化，並在這種神奇的夢境故事中貫注自己明顯的感情傾向。

四、歷史真實與藝術真實：夢境描寫的藝術辯證法

《左傳》中的夢境描寫，首先是夢境眞實，故事清晰，夢象鮮明。本來，記夢歷來是古代史官的職責之一。《左傳》除記人事之外，「天道、鬼神、災祥、卜筮、夢之備書於策」（汪中《述學・內篇》）。左氏把夢境當作歷史事件的不可分割的組成部分，加以嚴肅的記載，其中雖不免有以神道設教的目的和因果報應的宿命論觀點，更重要的是用夢境來預示情節的發展，刻畫人物形象，象徵美醜善惡。在作者筆下，這些夢中故事宛如生活實景，無一不是眞實可信，旣

沒有飄渺朦朧的模糊感，也沒有零碎竄亂的跳躍性。夢中所表現的思想也是非常淸晰的。這些夢的夢象鮮明而且強烈，夢者大都淸楚地記住夢中情景，甚至夢中人之面目特徵，也歷歷如在目前。夢境的隱意與所敍事件一一對應，所記之夢，幾乎全部應驗。所記夢占，其作用幾乎都在揭示夢的隱意。有的夢占其驗神奇無比。

其次是瑰麗多彩，意境翻新。如此衆多的夢境，故事神妙奇特，絕少雷同。以類而分，有天帝的示夢，有祖先的托夢，有厲鬼的驚夢；有的夢已不只是單一的夢象，而且有簡單的情節，氣氛的渲染，有肖像的勾勒，有心理的刻畫。有的猶如一則美麗的寓言故事。夢境描寫中蘊含着作者的感情傾向，夢中的勸懲傾向與作者的善惡觀念一致。

其三是手法多樣，變幻莫測。有吉夢，有凶夢，有妖夢；有夜間夢，有白日夢；有單夢，有協夢。夢象中有神靈，有厲鬼，有祖先之靈，有日、月、河流、城門、蟲鳥等等。托夢者有天帝、天使、河神、祖妣、鬼魂等。總之，《左傳》中的夢境，繽紛多彩，翻新出奇，形成其獨具特色的夢文學。

對於《左傳》，前人或批評「其失也巫」（〈穀梁傳序〉），或認爲「左氏浮誇」（韓愈〈進學解〉），或指責它「好語神怪，易致失實。」（淸・韓菼〈左傳紀事本末序〉）這些批評，主要是針對其中的夢境描寫以及其他一些妖異神怪等「虛飾」的情節來說的。歷史著作屬於科學的範疇，左氏以虛飾情節入史，似失之於荒誕不稽，然而作爲文學作品，卻因其奇幻瑰麗的虛構想像而更富藝術魅力。夢是假，是幻，但其中又隱含着眞，體現着眞。夢境是虛的，可是虛中有實。因此，儘管是嚴肅的歷史著作，當它所描寫的夢境成爲歷史事件中的一個有機組成，成爲揭示歷史人物的性格、命運、揭櫫歷史事件的發展趨勢的不可或缺的催化劑、顯示劑的時候，它並不損害歷史著作的科學性。再者，夢的假、幻、虛，即是藝術的想像、虛構，作爲史傳文學作品，夢境描寫的成功，無疑地提高了《左傳》作爲文學巨著的藝術品位。就像我們經常發現的那樣，一部小說出來，那些最動人的地方往往不是寫實的部分，而是想像虛構的章節，其中即包括夢境的描寫。《左傳》的夢境描寫，體現了歷史眞實與藝術眞實的辯證統一。作者借助夢境的虛、幻、假來充實情節發展的內在機制，豐富人物性格，完美地凸現歷史人物性格的眞實性。虛實相生，盡得其妙。劉知幾評論《左傳》，說它「工侔造化，思涉鬼神，著述罕聞，古今卓絕」（《史通・雜說》），是頗有見地的。

夢境描寫，成爲史傳文學的一項重要表現手法。如《史記》、《漢書》及其他史書，多有夢境入史，以豐富其史料。雖然如此，並沒有影響這些史著作爲信史的地位。《左傳》中的夢境、神怪描寫，也是志怪小說的嚆矢。正如清人馮鎮巒所說：「千古文字之妙，無過《左傳》，最喜敍怪異事。予嘗以之作小說看。」（〈讀聊齋雜說〉，見江西人民出版社《中國歷代小說論著選》）兩漢魏晉的志怪小說，有許多奇夢、怪夢的記錄，如《搜神記》中的不少故事。其實《搜神記》的作者干寶，本身就是史家，又好語鬼神怪異，被稱爲「鬼董狐」，所記《晉記》乃是史籍，《搜神記》也是作爲史籍來寫的。歷來史家爲文，不免志怪，小說家志怪，可補史籍之缺。而始作俑者，其《左傳》乎？

從《左傳》看春秋時期的文學思想

前言

春秋時期，人們尚沒有自覺的完整的文學理論著述，然而有關文學的觀念與思想卻已見端倪。這些片斷的理論，散見於先秦時期的各類著作之中，如《易》《書》《詩》《左傳》《國語》及諸子著作之中。《左傳》作為一部反映春秋時期社會面貌的歷史著作，在記錄春秋二百多年的歷史史事的同時，也保留了大量的春秋時期的文學觀念與文學思想。其中不少文學思想，對後代的文藝理論和文學創作，產生了深遠的影響。弄清這些萌芽狀態的文學觀念和文學思想，有助於正確認識中國古代文論特質的產生與形成。

一、講實用與重功利的文學觀

先秦人的文學觀念，最先是從「文」的概念中發展而來的。《說文解字》：「文，錯畫也；象交文。」《易・繫辭傳》曰：「物相雜，故曰文。」「文」，本是「花紋」的意思。「花紋」的作用在於裝飾，故又有「文飾」之稱。有「天文」，有「地文」，有「人文」。語言是表達人的內心思想的工具，對內心思想的表達有修飾作用，即如《釋名》所說：「文者會集衆綵，以成錦綉；會集衆字，以成辭義，如文綉然也。」故又稱爲「文辭」。《左傳》中說：「言，身之文也。」（《左傳》僖公二十四年。下列《左傳》，皆僅注年代。）作爲一種外在的修飾，人們當然會注意到它客觀存在的審美作用，但在春秋時期人們的觀念中，更強調的是審美客體所具備的內在道德與教化禮儀意義。「服美不稱，必以惡終」（襄公二十七年），如果內在的道德與外在的美不統一，結果適得其反，甚至會「甚美必有甚惡」（昭公二十八年）。所以，從春秋時期人們的審美取向來看，文學的觀念從它萌芽的階段開始，便帶着強烈的爲政教服務的實用性與功利性。人的語言可稱爲「文辭」，即有美化人自身的作用，但是當它的實際功用被淹沒時，文辭也就失去了意義，所以介之推說：「身將隱，焉用文之？」（僖公二十四年）在春秋時期，言辭這個「身之文」，其社會作用是巨大的。晉公子重耳要出席秦穆公的宴會，子犯說：「吾不如衰之文也，請使衰從。」因趙衰善「文」，使重耳取得秦穆公支持而回國即了君位（僖公二十三年）。鄭國獻捷於晉，因向以善辭令聞於諸侯的子產的一番宏論而免除了晉霸的責讓。所以孔子說：「『言以足志，文以足言。』不言，誰知其志？言之無文，行而不遠。晉爲伯，鄭入陳，非文辭不爲功。」（襄公二十五年）文辭之功用如此，無怪乎春秋時人特別重視它的實用性與功利性了。

春秋時期人們對文辭的重視，以至擡高到「不朽」的地位，即所謂的「三不朽」說。「三不朽」說見於《左傳》襄公二十四年，魯國的叔孫豹說：「豹聞之：『大上有立德，其次有立功，其次有立言。』雖久不廢，此之謂不朽。」「立言」與「立德」、「立功」鼎足而三，雖位居其三，但卻超出了世祿公卿之位。「三不朽」說在文學觀念上的重要意義，一是表明「立言」之不朽，應該在「立德」、「立功」的基礎之上，叔孫豹所舉的例子臧文仲，就是一個被認爲既「立德」又「立功」的人，所以「既沒其言立」。「立言」與其時代價值和社會功利是緊密相連的。二是開創了中國古代高度重視文學及其功用這一民族傳統。「豹聞之」，說明此乃當時普遍觀念，即已形成一種共識，甚至是一種思潮。這種思潮影響到人們對著述立言的重視，推動了春秋戰國時期諸子馳說、著作蜂起的局面的形成。及至漢魏，曹丕的「蓋文章，經國之大業，不朽之盛事」的理論，亦托宇於「三不朽」之說。這些理論，極大地推動了古代文學的發展。

春秋時期人們對文學講實用重功利觀念的具體實踐，最主要的體現在對《詩》、《書》的運用上。這在《左傳》有大量的記載。「詩」「書」的作用在於補察時政：「史爲書，瞽爲詩，工誦箴諫，大夫規誨，士傳言，庶人謗，商旅於市，百工獻藝。……諫失常也。」（襄公十四年）詩書禮樂，箴頌百藝，皆爲教化的工具。「詩書，義之府也。禮樂，德之則也。德義，利之本也。」（僖公二十七年）詩書與禮樂德義並枝而生，互爲表裏，詩書就是禮樂德義的載體。魯僖公二十七年，趙衰認爲郤穀「說（悅）禮樂而敦詩書」，因而推薦郤穀爲晉國中軍帥，並非認爲郤穀在文學上有很高的修養，而是由此可以看出他的德行禮義。既然這樣，在春秋時期人們的眼裏，像《詩三百》這樣的作品，就不是情感的自然流露而只是政治教化需要。於是，「賦詩言志」的功利性用詩，便常見於春秋時期的社會生活之中。

春秋時期人們的「賦詩言志」，主要遵循二條原則。一是「賦詩斷章，余取所求焉」（襄公二十八年）；一是「歌詩必類」（襄公十六年）。「賦詩斷章」，則完全不顧原詩的整體內涵，而只取迎合己意的隻言片語。「〈靜女〉之三章，取『彤管』焉。〈竿旄〉『何以告之』，取其忠也。」（定公九年）「歌詩必類」，一方面是必須與樂舞相配，另一方面是特別重在表達本人的思想。齊高厚之詩不類，引起晉荀偃之怒，諸侯將「同討不庭」（襄公十六年）；鄭伯有在宴會上賦〈鶉之賁賁〉，趙孟譏爲「床笫之言」，亦屬「不類」。在這樣的氣氛之中，所謂「賦詩言志」，只能是取其實用與求其功利了。

至於歷來爲論家所重視的「季札觀樂」篇（襄公二十九年），更是一篇完整的功利主義詩論。季札所觀之「樂」，因其「德至矣哉」而嘆爲「觀止」。季札對「樂」的評價，是「依聲以參時政」，「論聲以參時政」（杜預注），目的是依樂而「觀其興衰」。這一點，前人論之甚詳，茲不重覆。但它還能給予我們一點新的啓發，就是季札觀樂乃開創了以接受美學角度論詩的先例。從接受美學的角度來說，接受者（讀者）常以主觀的積極參與去闡釋作品的內涵。季札對所觀周樂的各篇（或詩，或樂）作品意義和審美價值的評價，溶進了自己的主觀創造與理性思辯。正如前人所說：「季札觀樂，使工歌之，初不知其所歌者何國之詩也。聞聲而後別之，故皆爲想像之辭。」（姜宸英《湛園札記》）季札這種主觀創造的原則標準，就是有關政教風化。所謂「憂而不困」，「思而不懼」、「其細已甚」，「樂而不淫」，「思而不貳，怨而不言」，皆爲各國政教美惡的評價。其文學觀已溶化於主觀功利主義的價值觀之中。這種突出接受者政教功利主觀意念的詩（樂）論，對後代產生了重大的影響，突出一例，就是漢代〈毛詩序〉的詩論。

二、「和同」與「溫柔敦厚」多樣統一的藝術辯證思想

《左傳》昭公二十年記載了晏子論「和同」的一段話，早已爲文論家與美學家所重視。晏子所論之「和」「同」，從哲學意義上來說，是具有樸素辯證法思想的一對範疇。晏子認爲，「和」與「同」異。「和」是指衆多相異事物的相成相濟，即集合許多不同的對立因素而成的統一。譬如調羹：「水、火、醯、醢、鹽、梅，以烹魚肉，燀之以薪，宰夫和之，齊之以味，濟其不及，以洩其過。君子食之，以平其心。」烹調魚肉羹湯，要用不同的佐料：醋、醬、鹽、梅，再加上水，用火煮，魚才好吃。「聲」與「味」也有同樣的道理：「先王之濟五味、和五聲也，以平其心，成其政也。」「同」是指同一事物的簡單相加，簡單的同一。「若以水濟水，誰能食之？若

琴瑟之專壹，誰能聽之？」所以「和」是對立統一，「同」則是單一。

從美學意義上來說，晏嬰所論之「和」，表現了春秋時期以「和」爲美的美學觀。「和」就是要適中，要和諧，要「濟其不及，以洩其過」。「物和則嘉成。故和聲入於耳而藏於心，心億則樂。」（昭公二十一年泠州鳩語）各種相異的對立的東西相成相濟，達到適中，才能和諧統一。量變產生質變，每一種事物都有一定量的限度，超過了這個界限，就會發生質的變化。所以中和爲度，過則生災，物皆如此。「天有六氣，降生五味，發爲五色，徵爲五聲，淫生六疾。六氣曰陰、陽、風、雨、晦、明也，分爲四時，序爲五節，過則爲災。」（昭公元年醫和語）對於詩樂來說，只有「中聲」、「和聲」才是美的。「先王之樂，所以節百事也，故有五節，遲速本末以相及，中聲以降。五降之後，不容彈矣。」（同上）違反中和之美的詩樂，使人忘卻平和，心智迷亂，甚至產生疾病：「於是有煩手淫聲，慆堙心耳，乃忘平和，君子弗聽也。」（同上）泠州鳩反對周景王鑄大鐘「無射」，因其聲音洪大，超過感官的承受能力，非和諧之音，王將不堪：「窕則不咸，摦瓜則不容，心是以感，感實生疾。今鐘摦矣，王心弗堪，其能久乎！」（昭公二十一年）在春秋時期人們的審美觀念中，「和」乃是美之極則。

晏子等人提出的「和」、「中聲」、「和聲」的美學觀念，開啓了儒家「中和之美」審美觀與「溫柔敦厚」的詩教理論的先聲。「溫柔敦厚」的詩教卽是「和」，是和諧之美，中和適度之美，在本質上與晏子等人的理論內核是一致的。「溫柔敦厚」，不論是發抒感情，還是取其諷諫，都應求其適中。抒其情志，則「發乎情，止乎禮義」；依違諷諫，則「主文而譎諫」，二者皆不能超越一定的限度，季札觀樂，贊不絕口的不就是「樂而不淫」、「怨而不言」、「哀而不愁，樂而不荒」嗎？並認爲達到了「節有度，守有序」的境界，因爲它在「樂」、「怨」、「哀」等方面非常適度，符合中和的原則。「溫柔敦厚」的詩教評價作品的典範，就是孔子評〈關雎〉的「樂而不淫，哀而不傷」。二者不論是所持的美學標準，還是語言表述方式，都不啻是一對同根並蒂之花。

晏子論「和同」的另一個重要方面，就是表現了對事物一與多、單純性與豐富性多樣性的統一的認識。這樣的看法，《左傳》桓公二年魯大夫臧哀伯的一番話已有涉及：「火、龍、黼、黻，昭其文也；五色比象，昭其物也；鍚、鸞、和、鈴，昭其聲也；三辰旂旗，昭其明也。」多樣的文采，組成衣飾之美；絢麗的色彩，繪出物色之美；紛雜的音響，奏出音樂之美；三辰旂旗，顯出日月之明。臧哀伯本來是論君王之威儀的，認爲只有用多樣而豐富的文物色彩，才能顯示出君王的威嚴與美德。而晏子論「和同」，直接運用到詩樂之上：「聲亦如味，一氣，二體，三類，四物，五聲，六律，七音，八風，九歌，以相成也。清濁，小大，短長，疾徐，哀樂，剛柔，遲速，高下，出入，周疏，以相濟也。」這就正如赫拉克利特所說：「互相排斥的東西結合在一起，不同的音調造成最美的和諧。」（《古希臘羅馬哲學》，頁一〇）不同的聲律，不同的風格組合起來，才是最美的音樂。「琴瑟之專壹，誰能聽之？」僅有單一的聲音，又何能悅耳呢？（亦如《國語・鄭語》中史伯所說：「聲一無聽，物一無文，味一無果，物一不講。」）要有豐富性和多樣性，才能反映五彩繽紛的客觀世界。我們看季札論〈頌〉樂，稱贊它「直而不倨，曲而不屈，邇而不偪，遠而不攜，遷而不淫，復而不厭，哀而不愁，樂而不荒，用而不匱，廣而不宣，施而不費，取而不貪，處而不底，行而不流，五聲和，八風平，節有度，守有序」，所論詩樂的矛盾的雙方，都是對立的統一，由如此衆多的對立統一體組成作品的豐富性與多樣性，就是最理想的作品，所謂「至矣哉！」以上所述可以看出，春秋時期人們對於藝術的辯證法，已經有了相當深刻的認識。

三、「實錄」與「懲惡勸善」

中國自古有優良的記史傳統，對於史學理論及歷史散文創作的理論探索的自覺，似乎更早於純文學理論。春秋戰國之時，「百國春秋」皆興，可見當時「著述」之事的繁榮。「著之話言」，「告之訓典」（文公六年），「言以考典，典以志經」（昭公十五年），這是王者聖哲非常重視的事情。由此也就促進了對史學理論與歷史散文創作的理論探索。

從《左傳》的記載中可以看到，春秋時期對於史官和史著的理論探索，首先是提高了史家主體素質的要求。本來上古時期的史官，職位雖然不高但都是博學淵深的知識分子。春秋時期，人們已明確認識到，作爲一個好的史官，不但要有一定的學識修養，更重要的是必須具備深厚的歷史知識。昭公十二年記載楚靈王稱贊左史倚相說：「是良史也，子善視之！是能讀《三墳》《五典》《八索》《九丘》。」《三墳》《五典》《八索》《九丘》皆上古之典籍，左史倚相精通此典，是能博古通今，殷鑒得失，唯其如此，才能成爲良史。

其次是強調「實錄」。史官要秉筆直書，書法不隱。這表現了史官主體意識的增強。晉靈公被殺，太史董狐直書「趙盾弒其君」，孔子贊之曰：「董狐，古之良史也，書法不隱。」（宣公二年）書法不隱即要堅持歷史的眞實。古希臘思想家盧奇安（約一二五——約一九二）說：「歷史只有一個任務或目的，那就是實用，而實用只有一個根源，那就是眞實。」（盧奇安《論撰史》，見章安祺編《繆靈珠美學譯文》，卷一，中國人民大學出版社，一九八七年版）對於這一點，早於盧奇安五六百年的中國春秋時期的人們已有明確的認識。「實錄」的目的在於垂訓後世（亦卽盧奇安所說的「實用」），「君舉必書，書而不法，後嗣何觀？」（莊公二十三年）「不法」，既指不符合禮法，也指不符合實錄的要求，因此不能垂戒後人。《左傳》作者刻畫了齊太史兄弟及南史氏等人「不避強御」，秉筆直書以至以身相殉的事跡，體現作者對「書法不隱」的良史的贊頌，也見出古之爲良史之不易。「實用」的精神與境界，成爲中國古代史學批評的崇高標準。班固稱司馬遷「文直而事核」，劉知幾標舉「直書」，劉勰說「騰褒裁貶，萬古魂動；辭宗丘明，直歸南董」（《文心雕龍・史傳》），都是對「實錄」精神的弘揚與發展。

《左傳》作者對《春秋》的評價，代表着當時人對歷史散文創作的理論規範。成公十四年載：「君子曰：『《春秋》之稱：微而顯，志而晦，婉而成章，盡而不汚，懲惡而勸善，非聖人，誰能修之？』」昭公三十一年又進一步申說：「故曰：《春秋》之稱微而顯，婉而辨。上之人能使昭明，善人勸焉，淫人懼焉，是以君子貴之。」杜預將「微而顯」五項細加申述，稱之爲「五例」。錢鍾書先生認爲：「五例之一、二、三、四示載筆之體，而其五示載筆之用。」（《管錐編》，第一册，頁一六二）「微而顯」四項，屬修辭學方面的特點，「懲惡勸善」，指的是社會功用。就修辭要求的四項說，作者認爲《春秋》的記述，言辭簡潔而意義顯明，善於記述而含蓄深遠，婉轉屈曲而能順理成章，窮盡其事而無所歪曲。這四項八個方面，是相輔相成的。亦如錢鍾書所說：「『微』之與『顯』，『志』之與『晦』，『婉』之與『成章』，均相反以相成，不同而能和。」（同上引）不過以《左傳》本身的特點看，左氏更重的似乎是「顯」、「志」、「成章」和「盡」。將《左傳》與《春秋》相較，距離「五例」的要求，左氏實更爲切近。誠如錢鍾書所說：「竊謂五者乃古人作史時心向神往之楷模，殫精竭力，以求或合者也，雖以之品目《春秋》，而《春秋》實不足語於此。」「較之左氏之記載，《春秋》洵爲『斷爛朝報』；徵之公、穀之闡解，《春秋》復似迂曲隱讖。烏覩所謂『顯』、『志』、『辨』、『成章』、『盡』、『情見乎辭』哉？」（同上引）

「懲惡勸善」的社會功用，與春秋時期講實用重功利的觀念是一致的。「上之人能使昭明，善人勸焉，淫人懼焉，是以君子貴之。」「勸懲」的作用是巨大的。以《春秋》《左傳》爲例，《春秋》「書齊豹曰『盜』，三叛人名，以懲不義，數惡無禮，其善志也。」魯莊公如齊觀社，《春秋》直書其事，左氏進而責之「非禮也」（莊公二十三年）。所謂「善志」，即在敢於彰善癉惡。因此司馬遷評騭說：「夫《春秋》（兼指《春秋》經、傳），上明三王之道，下辨人事之紀，別嫌疑，明是非，定猶豫，善善惡惡，賢賢賤不肖，存亡國，繼絕世，補敝起廢，王道之大也。」（《史記·太史公自序》）懲惡勸善，史家之責不可謂重大矣。自此以後，懲惡勸善的目的，不但爲歷代史家所繼承，而且成爲中國古代敘事文學的一個重要傳統與審美特質。

對於「古人作史時心向神往之楷模」的「五例」，我們不應把它割裂來看，而應視爲一個整體。它體現了春秋時期人們對史傳文學的審美意識與審美要求。作爲載筆之體，要求將細密與顯明、簡潔與含蓄、委婉與流暢、質樸與眞實完美地統一起來，這些已涉及到對歷史著作結構、布局、剪裁、取捨、敍述、文字、風格等諸多方面的美學要求，而這些要求又必須符合「實錄」與「勸懲」的原則。把「眞實之美」與「文采之美」結合起來，達到「合目的性與合規律性的統一」，這就是歷史著作應具有的審美境界。

四、文體概念的萌芽

古人認爲，文章之體，起於《五經》（顏之推曰：「文章者，原出《五經》。」）。《文心雕龍・宗經篇》論各體文章之始，皆舉《五經》爲其根源。眞德秀分文章爲辭命、議論、敍事、詩賦四大門，則選《左傳》《國語》爲其正宗。所以章學誠說：「蓋至戰國而文章之變盡，至戰國而著述之事專，至戰國而後世之體備。」「後世之文，其體皆備於戰國。」（《文史通義・詩教上》）成書於春秋戰國之交的《左傳》，已包含有衆多文體樣式的萌芽，並有若干有關文體的論述，可以看出春秋時期人們對於文體概念的認識。

《左傳》著述宏富，衆體賅備。據筆者統計，劉勰《文心雕龍》文體論二十篇，「原始以表末」，追溯各體文章之始，舉《左傳》之例者多達三十餘處，涉及樂府、賦、頌贊、祝盟、銘箴、誄碑、哀吊、諧隱、史傳、論說、檄移、章表、議對、書記各體。有的與劉勰所論之文體尚未完全吻合，劉稱之爲「變體」，但已可以看出該體之雛形。宋人陳騤在其所著《文則》中亦加以概括說：

春秋之時，王道雖微，文風未殄，森羅詞翰，備括規模。考諸左氏，摘其英華，別為八體：一曰「命」，婉而當，如周襄王命重耳（僖二十八年），周靈王命齊侯環（襄十四年）是也。二曰「誓」，謹而嚴，如晉趙簡子誓伐鄭（哀二年）是也。三曰「盟」，約而信，如亳城北之盟（襄十一年）是也。四曰「禱」，切而愨，如晉荀偃禱河（襄十八年），衞蒯贖戰禱於鐵（哀二年）是也。五曰「諫」，和而直，如臧哀伯諫魯桓公納郜鼎（桓二年）是也。六曰「讓」，辯而正，如周詹桓伯責晉率陰戎伐潁（昭九年）是也。七曰「書」，達而法，如子產與范宣子書（襄二十四年），晉叔向詒鄭子產書（昭六年）是也。八曰「對」，美而敏，如鄭子產對晉人問陳罪（襄二十五年）是也。作者觀之，庶知古人之大全。

陳騤歸爲八體，並總結各體的特點。其實除劉勰、陳騤所列舉概括的各體之外，還可以補充舉出一些，如晏子之論「和同」，叔孫豹之論「三不朽」，屬於論辯體；王子朝告諸侯，屬於詔令體；《左傳》所錄的許多古謠民諺，即是謠諺體，又具有駢儷體的特點。有的體式，乃屬首見或首創，如魯哀公孔子誄（哀公十六年），是留存下來的最早的誄文。（《禮記・檀弓上》記魯莊公誄御者，惜誄文無傳焉。）還無社求拯於楚師，喻「眢井」而稱「麥麴」（宣公十二年），叔儀乞糧於魯人，歌「佩玉」而呼「庚癸」（哀公十三年），爲最早見到的隱語。公孫夏命其徒所唱的〈虞殯〉之歌，則是最早的挽歌。而《左傳》中多次出現的「君子曰」、「君子謂」，更是開了後代史書論贊體的先河。可以說，春秋時期文體分類已初步萌蘖。如此衆多的文體有賴於《左傳》的存錄，爲後世文體的發展提供了借鑒。

上面所述文體，多屬於六朝人所謂「筆」（無韻文）的一類。作爲「文」（有韻文）的一類，主要在詩體方面。逯欽立先生《先秦漢魏晉南北朝詩》所錄《左傳》中的詩，包括「歌」、「謠」、「雜辭」、「詩」、「逸詩」、「古諺語」幾類。可見詩體一區，體裁亦豐富多采。只是詩在春秋時期人們的頭腦中，是莊嚴的政治教化工具。師曠說：「自王以下各有父兄子弟以補察其政。史爲書，瞽爲詩，工誦箴諫，大夫規誨，士傳言，庶人謗，商旅於市，百工獻藝。」(襄公十四年)《國語．周語上》也有邵公相類似的論述：「故天子聽政，使公卿至於列士獻詩，瞽獻曲，史獻書，師箴，瞍賦，矇誦，百工諫，庶人傳語，近臣盡規，親戚補察，瞽史教誨，耆艾修之，而後王斟酌焉。」師曠、邵公的話，本意在說明詩這一文體「補察時政」的作用，以及公卿大夫瞽史百工諫議國君的職責，但是從側面也可以看出春秋時期對詩體概念的區分。在有韻的「文」這一類中，包括「詩」、「曲」、「箴」、「賦」、「誦」等類體裁。身分不同的人，所用的文體一般不同。考之《左傳》，大體如此。貴族之作，則稱「詩」，稱「賦」，如祭公謀父作〈祈招詩〉(昭公十二年)，鄭莊公姜氏之賦(隱公元年)，士蔿之賦(僖公五年)。而下層人民之作，多稱「謳」、「謠」、「誦」、「諺」，如宋城者之謳(宣公二年)，輿人之誦(僖公二十八年)，等等。從內容及風格看，貴族之作，多從容典雅，溫柔敦厚，鄭莊公之賦曰：「大隧之中，其樂也融融！」雖矯情僞飾，卻貌似溫文爾雅。庶人百工之作，則辭淺會俗，詼諧尖刻，如〈宋城者謳〉：「睅其目，皤其腹，棄甲而復。于思于思，棄甲復來。」〈野人歌〉：「既定爾婁豬，盍歸吾艾豭。」(定公十四年)前者刺華元，後者刺南子與宋朝，皆入木三分。春秋時期對上述各類詩體的「囿別區分」尚處於朦朧的階段，但無疑的影響了後代各體詩的發展和後人對各種不同的體裁的總結與探討。

五、結　語

《左傳》中還有一些涉及文學思想的記載，如「味以行氣，氣以實志，志以定言，言以出令」（昭公九年），是關於氣、味、言、志關係的論述，認爲外界事物之味，使人的氣血流通，氣血流通，才能意志充實，意志充實，則發口爲言，言之運用，便可發布命令。（說到「言」，又是重其實際功用。）「從其有皮，丹漆若何？」（宣公二年）「服美不稱，必以惡終」（襄公二十七年），則表明了人們對文質關係的看法，要求文與質的統一。子產說：「節宣其氣，勿使有所壅閉湫底以露其體，茲心不爽，而昏亂百度。」（昭公元年）運用於創作上，卽主張保持旺盛的創作精神，不可操之過急而使「神疲氣衰」，劉勰在《文心雕龍・養氣篇》中說「吐納文藝，務在節宣，清和其心，調暢其氣；煩而卽舍，勿使壅滯」，「節宣」之論，本之於子產而又加以闡揚。昭公八年師曠論石言時說：「作事不時，怨讟動於民，則有非言之物而言。今宮室崇侈，民力彫盡，怨讟並作，莫保其性，石言，不亦宜乎？」認爲統治階級濫用民力，民不堪命，必然引起百姓的怨懟。這段話的理論內核，啓迪了後世所謂「不平則鳴」的理論的產生。這一些論述，都可以反映出春秋時期的文學思想。總之，《左傳》中反映的春秋時期的文學觀念與文學思想，儘管在認識和表達上還不是那麼清晰，但已經顯示出非常活躍的趨勢，對某些問題已進行了有目的的總結與探索，這是非常可喜的。在學習和掌握中國古代文學理論的過程中，能較深入地了解春秋時期的文學思想，對全面認識中國古代文論的特質是有幫助的。

筆舌之妙　微婉多切

——讀〈燭之武退秦師〉

《左傳》既長於記事，也善於記言，尤其是大夫行人辭令，膾炙人口。《史通・申左》說：「尋左氏載諸大夫辭令，行人應答，其文典而美，其語博而奧，述遠古則委曲如存，徵近代則循環可覆。必料其功用厚薄，指意深淺，諒非經營草創，出自一時，琢磨潤色，獨成一手。」此話說得不錯。《左傳》辭令之美，以委婉有力見長，這表現了時代的特徵，反映了當時的政治需要。〈燭之武退秦師〉是《左傳》中的名篇，也是一篇著名的外交辭令。我們且將該篇作一點分析，以見左氏行人辭令之美。

燭之武退秦師，事在《左傳》僖公三十年。在春秋時期諸侯爭奪霸業的鬭爭中，晉楚兩國鬭爭最爲激烈。而地處晉楚中間地帶的鄭、宋、陳、蔡等國，是他們爭奪的對象。其中鄭國尤爲關鍵。鄭國在今河南省中部，北臨晉國，南接楚地，西經周王室可達於關西秦地，東邊是陳國。控制鄭、陳，既可北上，又可南下，同時又便於對東西方諸侯的控制。鄭國的向背，往往關係到霸權的歸屬。鄭國是個小國，鄭莊公之後，國勢日削，無力與大國爭雄。它介於晉楚的爭奪之中，受制於大國的威懾之下，處境非常尷尬。親晉則楚怨，與楚則晉討。不論倒向哪一國，立卽引來第三國的問罪之師。晉楚城濮之戰時，鄭文公把軍隊交給楚國，準備和楚聯合攻晉。雖然後來鄭國參加了晉文公主持的踐土之盟，但已結怨於晉國。因此晉國在城濮敗楚之後，便聯合秦國圍鄭。說圍鄭是「以其無禮於晉，且貳於楚也。」要言之，「貳於楚」是最根本的原因。但是，在秦晉兩國強兵壓境的危急關頭，燭之武挺身而出，折之以理，懼之以勢，誘之以利，終於說服秦穆公退兵，使鄭國轉危爲安，免除了一場兵燹之災。

《左傳》結構謀篇頗具匠心。作者寫燭之武退秦師，卻先從佚之狐向鄭文公薦人寫起。強兵壓境之時，鄭國滿朝文臣武將束手無策，唯佚之狐一人推薦已經投閒置散的燭之武，並斷言他必能退秦師。此乃先聲後實之法，以暗示燭之武之才幹，表明燭之武出山與否，舉足輕重，直接關係著鄭國的存亡。此法之妙，在於使文章造成突兀之勢和強烈的懸念。然而緊接下來的文章卻爲之一折，是燭之武的拒不從命。情節的發展產生跌宕，出人意表。只是當鄭文公表示歉意並曉以利害時，燭之武才慨然應允，夜奔秦師。「文似看山不喜平」，此篇的開頭一波三折，引人入勝，足見左氏敍事之妙。

《左傳》記言的一個重要特點是委婉而有力量。《史通・言語篇》稱之爲「語微婉而多切，言流靡而不淫。」〈燭之武退秦師〉這一篇卽是如此。燭之武見秦穆公的第一句話是：「鄭旣知亡矣。」作爲一個兵臨城下被圍之國的使節，他的使命是要說服秦國退兵，解救鄭國於危難之中，然卻不從正意說起，反而先承認鄭將亡國這一事實。燭之武可謂用心良苦：先投其所好，以解除秦穆公思想上的戒惕。此在章法上是用逆敍法，在結構上是從開處入手，先開後合，爲燭之武的切入正題留有餘地。同時，這也是鄭國面臨的現實，符合實際，讓人覺得燭之武誠實可信，爲燭之武下面的議論張本。眞可謂立巧言以居要，設儁語而活全篇。

燭之武下面的話，可分三層意思。第一層，燭之武從亡鄭說起。此是正敍，承接自然，不露痕跡。「亡鄭而有益於君」一句，是正話反說，體現出外交辭令的委婉。但卻振聾發聵，它提醒秦穆公：亡鄭於秦無益。無益的道理，在於：㈠「越國以鄙遠」，難以實現，所以「勞師以襲遠」，必「勤而無所」。㈡卽使亡鄭，得利的不是秦國而是晉國。「焉用亡鄭以陪鄰」一句，要言不煩，擊中要害。春秋時期，諸侯征戰，其根本目的，是爲自己擴張領土，稱霸中原。與此有利則干，無利則否。現在秦晉聯盟伐鄭，晉國本爲了一己之利益。秦國雖參與其事，恐爲他人作嫁。不唯如此，燭之武進一步指出：「鄰之厚，君之薄也。」亡鄭之後，晉國強大，秦國必然削弱。從秦晉爭霸的戰略利益上看，於秦不利。這對於久懷稱霸中原野心的秦穆公來說，此話不啻是一副清醒的良藥，使他馬上醒悟自己爲晉愚弄和爲晉役使，因而不能不考慮他助晉伐鄭的後果。以上只是就亡鄭這一面設局，下面再從不亡鄭發揮。若不亡鄭，不但於秦無害，反可坐享其利，

「舍鄭以爲東道主」，秦之利夥矣。兩相比較，孰優孰劣，顯而易見。而且燭之武的弦外之音，乃在譏秦國受晉役使，實有受辱之嫌。燭之武之談說，懼之以勢，曉之以理，誘之以利，頗有煽動性。第三層，爲了加深秦晉兩國間的矛盾，燭之武利用兩國間的舊怨，進一步挑撥秦晉間的關係，瓦解秦晉聯盟。晉國背信食言，歷來如此。「許君焦、瑕，朝濟而夕設版焉」，指的是晉惠公受恩報怨，秦穆公記憶猶新。而今，晉國以圍鄭爲餌，意在「闕秦」，「闕秦」之目的，猶在獨霸中原。對於秦國，這可是舊恨未了，又添新仇。問題的實質一挑明，秦穆公必定是羞憤交加，怒從中來。這一層，燭之武難免有著意誇大、聳人聽聞之嫌，然卻可徹底摧垮秦穆公的心理防線，使他幡然醒悟。亡鄭唯有一利，卻有三害，秦穆公不能不重新考慮伐鄭的利弊。最後燭之武說：「唯君圖之。」何去何從，請秦伯定奪，事實上，秦穆公還有選擇的餘地嗎？「秦伯悅」，一個「悅」字，言簡意賅，表明燭之武取得了極大的成功，照應了開頭佚之狐之言。

燭之武憑三寸不爛之舌退秦師，首先在於他有強烈的愛國熱情，又洞察形勢，對秦、晉、鄭三國的歷史和現狀以及秦晉之間愛愛仇仇的關係瞭若指掌，準確地抓住對方的心理特徵和心中的欲望進行剴切的分析。燭之武是作爲一個挨打的弱國使臣來說服對方的，沒有強國壯兵充當後盾，僅憑巧舌如簧要完成使命，誠非易事。在這樣的場合，除了膽識和勇氣，立言的巧妙，是成敗的關鍵。燭之武之言，全篇不見「退師」二字，而是擺事實，講道理，進行絲絲入扣的分析，揭示事物發展的內在邏輯，從正反利害幾方面曉以大義，終於使秦伯明白過來，自行退兵。談說之術，在因時制宜，因人制宜，隨事施化。在秦晉加兵圍鄭的危急關頭，既要卑辭有理，說服對方，又不能奴顏獻媚，乞憐求勝。燭之武立言之巧，在於辭謙而不鄙賤，委婉而有力量，有禮而不辱沒國格。他善設機巧，欲擒先縱，貌似謙恭，實乃針鋒相對。所以談說之時，從容不迫，口似懸河，一氣呵成，中間全無停頓，容不得秦穆公插話，造成一種銳不可擋之勢，使對方不得不爲之折服。所以淸人馮李驊譽之爲「筆舌之妙，眞爲國策開山」。

左氏在遣辭造句上也頗具特色。寫燭之武辭卻鄭伯之請，用了「也、猶、矣、也已」等嘆詞虛詞，口氣舒緩，把燭之武那種不滿、牢騷、使性、不得見用的神貌描摹得非常逼眞。而寫鄭伯之言，全不用虛詞作停頓，一氣說完，急促緊張，把鄭文公的後悔、歉意和急於用人解難的焦急心情和盤托出，給人如聞其聲，如見其人之感。

《左傳》戰爭描寫論析

《左傳》並不是一部專門的戰爭史。但是春秋時期的人們認爲：「國之大事，在祀與戎。」因此戰事在《左傳》中占據著重要地位。《左傳》對當時各種戰爭反映之全面，以及對各次重大戰爭描述之詳盡，是歷史上其他史書所不能企及的。它所描寫的鬪爭之複雜，場面之壯闊，人物之生動，使得其中的許多篇章，均可作戰爭小說或是準戰爭小說來讀。所以，從這個角度來研讀《左傳》的戰爭描寫，似乎更使人與味盎然。下面就其中的六大戰役——秦晉韓原之戰、晉楚城濮之戰、晉楚邲之戰、齊晉鞌之戰、晉楚鄢陵之戰、吳楚柏舉之戰——略作概括分析。

一

《左傳》描寫戰爭，並不把它當成單純的戰爭史來記載，而是把戰爭放到整個社會環境的大背景中觀察，作爲春秋時期政治鬪爭的一部分來表現。作者寫某一個戰役，總是先詳細地寫出當時的政治形勢，各諸侯國之間的錯綜複雜的關係，交戰國雙方君臣的思想動態、精神面貌。把決定戰爭勝負的政治背景交代得一淸二楚，然後再以精練之筆敍述戰鬬的經過，從而全面地反映出戰爭前後的這一段廣闊複雜的社會歷史面貌。

以晉楚邲之戰(宣公十二年)爲例，邲之戰直接的原因，實由鄭國而起。鄭國在當時是晉楚兩國爭覇爭奪的對象。作者在大戰爆發之前，不厭其煩地記載晉楚兩國爲稱覇而多次伐鄭、平鄭、棄鄭等一系列行動，展示了諸侯國之間你爭我奪的複雜的政治關係和鬬爭形勢，最終爆發邲之戰。齊晉鞌之戰（成公二年），起因是齊國首先入侵魯國，魯求救於晉。晉國主帥因出使齊國曾受婦人之辱，報仇心切，加速了這場戰爭的爆發。而實質是，邲之戰後，晉敗於楚，晉國的力量削弱，引發了齊國的爭覇野心，所以齊晉爆發一場爭覇戰爭，勢所必然。這就是鞌之戰的背景。在寫鞌之戰之前，作者並沒有忘記對這一背景的敍述。吳楚柏舉之戰，發生在定公四年，究其原因，可以追溯到昭公十三年，甚至更早的成公七年。作者借助編年記史這一有利條件，將吳楚兩國幾十年間鬬爭的來龍去脈，一一敍來，到了定公四年的柏舉之戰，成爲兩國鬬爭形勢發展的一個高潮。所以，讀者讀《左傳》中的戰爭篇章，切不可只盯住戰爭爆發那一兩年的內容，而應該「溯洄從之」，全面了解諸侯國之間鬬爭形勢的發展過程，才能正確的把握住作者戰爭描寫的精髓。作者也正是以此立意、剪裁和組織它的戰爭篇章，讓讀者感受到更爲深廣的歷史氛圍。

《左傳》作者認爲，戰爭的勝負決定於國家的政治狀況。正如晉楚邲之戰前晉國的士會所說：「德、刑、政、事、典、禮不易，不可敵也。不爲是征。楚軍討鄭，怒其貳而哀其卑。叛而伐之，服而舍之，德、刑成矣。……昔歲入陳，今茲入鄭，民不罷勞，君無怨讟，政有經矣。荆尸而舉，商農工賈，不敗其業，而卒乘輯睦，事不奸矣。……德立，刑行，政成，事時，典從，禮順，若之何敵之？」一言以蔽之，政通人和者勝，人心歸向者勝。作者認爲，國與國之間要以誠相見，作戰要靠德、禮、義、信，所謂「師直爲壯，曲爲老」。因此作者在每次戰役中都著力描寫交戰國雙方所具備的政治因素，顯示出戰勝國之所以取勝的主客觀原因，失敗者之所以失敗的必然趨勢。這樣，具體的戰鬥過程和結局，在作者的筆下只成了這些政治因素實現的一種驗證。

城濮之戰(僖公二十七、二十八年)，作者在交戰前特地概敍晉文公如何發憤圖強，治國強兵的情況，如何聽從子犯、先軫的意見，以禮、義、信敎民，使得國內安定，上下團結，奠定了戰勝楚國的基礎。作戰時，又「退避三舍」以兌現對楚子的諾言，處處表現出晉文公的「有德」。晉文公一戰而取威定霸，不僅是軍事上的勝利，更重要的是政治上的勝利。

韓原之戰(僖公十五年)，晉惠公背施、幸災、貪愛、怒鄰、食言、違德，一系列背信棄義的行爲，使晉侯失盡人心，再加上君臣不和，導致了韓原之戰的失敗。反之，秦穆公多次助晉，奉行仁義，在道義上占優勢，因此獲得了取勝的決定性條件。「有德」者勝，也可以從楚莊王身上得到體現。楚莊王滅陳復陳，伐鄭復鄭，爭取了許多諸侯小國的支持。這大概是他觀兵周疆問鼎周室時王孫滿說的「在德不在鼎」對他的震動。所以他力圖以德服諸侯。開戰之前，作者又由欒書之口陪敍楚莊王在國內訓民治軍的成就。戰爭結束後，又由楚莊王拒絕筑武軍京觀表現他以德爭諸侯的主張。這些描述，目的都在暗示楚莊王取勝的必然趨勢。把晉文公、秦穆公、楚莊王、晉惠公諸人一加比較，左氏的戰爭思想不就昭然若揭了嗎？

《左傳》敍戰事，每對戰前之蘊釀，曲盡其詳。尤喜於戰前安排某一人物對戰事的剖析。如韓原之戰中慶鄭、虢射等人的議論，城濮之戰中楚成王規勸子玉的一番話，邲之戰前士會、欒書的分析，鄢陵之戰前申叔時對子反的規勸等等。這些刻意安排的篇章，有兩方面的作用，一是表現了作者一個很重要的戰術思想，卽「知己知彼者勝」。那些對形勢、道義、民心的深刻分析，皆知己知彼之論，據此制定出的作戰方案，多有取勝的把握。第二個作用，卽這些分析，無疑的也代表了作者的看法，代表了作者對戰爭形勢的分析，也是作者給予讀者的暗示，爲作者的戰爭觀與軍事思想服務。

上述《左傳》描寫戰爭的這一特點，並不難被人們發現。但是，人們往往忽略了《左傳》作者之所以這樣描寫戰爭的動因。愚意以爲，作者這樣寫戰爭，與全書的寫作目的有關。首先，《左傳》是一部歷史著作，記錄的是春秋時期二百多年的歷史史實。春秋時期，是一個王權旁落，諸侯稱霸的時代。這個時期，篡弒攻伐叠起，兼併戰爭不斷。諸侯大國依恃自己的地位和力量，侵吞弱小，爭奪盟國，消滅異己。作爲爭霸政治的需要，結盟是他們常用的手段；戰爭，更是爭霸的重要方式。戰爭，是錯綜複雜的政治鬪爭的繼續，是政治鬪爭的重要組成部分。作者不是專寫戰爭史，更不是兵書。有鑒於此，作者常常是有意的不去鋪敘戰鬪場面的刀光劍影，廝殺鏖戰，而是從刀光劍影之外作冷靜的觀察，從戰爭的性質，爆發的原因，揭示戰爭勝負的底蘊。同時，作者所表現的軍事思想、戰爭觀念，與其貫穿全書的「民本」思想、崇尙禮、義的思想是緊密聯繫的。所以，從統觀全書的角度來看《左傳》的戰爭描寫，更能深刻領會作者描寫戰爭的藝術匠心。

二

《左傳》作者描寫戰爭，重在寫人，寫出人在戰爭中的活動。這就使他的戰爭描寫更具有小說意味。托爾斯泰在談到他寫《戰爭與和平》時說：藝術家要寫戰爭，就應「描寫千萬個人的動作」。《左傳》作者正是這樣的藝術家。在這些戰爭篇章中，作者描繪了衆多栩栩如生的人物，塑造了一系列鮮明的性格，展示了人物性格在情節發展中的作用。這樣，就突破了史書專記歷史事件的局限，而以寫人爲其主要內容，增強了作品的文學性。

就六大戰役來看，以粗略的統計，作者筆下出現的人物大約有二百六十多個。每個人物都是單個的「這一個」，每個人物都有自己的行動邏輯。有的人物固然只有簡單的一兩句話，卻顯出鮮明的個性。在這些人物中，如重義戒愼的晉文公，背信棄義的晉惠公，用心深邃的秦穆公，深謀遠慮的先軫、子犯，剛而無禮的子玉，忠心耿耿的慶鄭，輕脫浮率的子反，審時度勢的申叔時，自私偏激而又英勇頑強的郤克，儒雅而有君子風度的韓厥，機智而有心計的逢丑父，昏庸誤國的子常，逞能冒進而膚淺短見的先穀，胸懷雄才大略的闔廬，皆躍然紙上，千載如生。這些人物都不是靜止的，而是按照自己所處的地位行事。作者往往用非常精鍊之筆，勾畫出他們的性格。因此整個戰爭場面就是一幅活動著的人物圖畫。

作者在描繪人物時，始終把握著人物性格同戰爭的關係。戰爭的勝負，在於政治、經濟、人和諸因素，也決定於戰爭雙方君臣將帥軍事指揮水準的高低，於是戰爭描寫成爲刻畫人物的手段。秦晉韓原之戰，就與晉惠公自私、貪婪、猜忌、好勝、自食其言、恩將仇報的性格有關。城濮之戰，楚國本來可以避免與晉軍爭鋒，子玉的剛而無禮，使楚國陷入這場戰爭。晉國的先軫、子犯恰恰是利用了子玉這一性格，不斷的激楚決戰。柏舉之戰中楚軍大敗，吳師入郢，與楚令尹子常的性格有密切關係。子常於昭公二十三年爲楚令尹，時楚昭王年幼，大政皆決於子常。子常的狹隘、自私、貪鄙、信讒，造成了國內的混亂，削弱了楚國的國力。軍事上的無知，使楚國屢失邊邑，財貨上的貪鄙，又失去了與國的支持。子常的這些劣行，導致楚國內政外交上的失敗。直到臨戰時，子常還爲爭功而拒納左司馬戌的忠諫，幾至斷送了楚國。戰爭的緊張時刻，正是人物性格表現最眞實最充分的時候，《左傳》作者抓住這個時機來描繪人情，必能窮形盡相，情態俱出，實乃寫生之高手也。

作者在描寫戰爭時還特意記載了一些出奇制勝的妙計。如城濮之戰中的輿人「舍於墓」之計，先軫的「釋宋，執曹怒楚以邀齊秦」之計，楚子玉爲破先軫此計而定的「一言以定三國」之計及先軫反破子玉的「私許復曹衞以携之，執宛春以怒楚」之計，欒枝「使輿曳柴僞遁以誘敵」之計，柏舉之戰中吳公子光奪餘皇乘舟之計，伍子胥「亟肄以罷之，多方以誤之」之計，鄢陵之戰中范匄的「塞井夷竈，陣於軍中而疏行首。」之計等等。這些妙計，不但使故事情節顯得更加曲折複雜，生氣盎然，同時寫出雙方在智力上的較量，膽略上的爭勝，渲染了將帥之智。把這些章節與《三國演義》中的類似篇章加以比較，有異曲同工之妙且毫不遜色。

三

《左傳》的戰爭描寫，反映了廣闊複雜的社會生活，作者在描述這一歷史畫面時，有整體性的概述，也常通過一系列的細節來加以補充。這樣，把對歷史的整體勾勒與細節的工筆描繪結合起來。細節的描繪同樣具備歷史的眞實和人物個性的性格邏輯。這就打破了單純記史的局限而使之更富小說趣味。

這裏可舉齊晉鞌之戰爲例。作者是這樣來安排情節的：晉軍三軍部署就緒，韓厥斬人，郤克分謗。齊高固挑戰且賈其餘勇。齊侯「滅此而朝食」，不介馬而馳。戰鬭開始，郤克傷於矢而不絕鼓音。解張、鄭丘緩鼓勵郤克，逐齊師。齊君射韓厥，綦毋張請寓乘；韓厥失其車左車右。逢丑父與齊君易位；韓厥禮執齊頃公；頃公取飲而逃。逢丑父免戮，齊頃公三入三出求逢丑父。這裏沒有採用如後來的古典小說那樣的「話分兩頭，先表一枝」的手法，而是用一系列的細節，以繇細之筆一一臚列，用這些細節組成一串鏈式結構。每一個鏈珠，就是一個細節，串聯起來，組成戰爭的全過程。再如邲之戰，先寫晉軍大敗濟河前的一系列事件，嗣後，又寫了屈蕩不讓楚王乘右廣，楚人教晉人逃亡，逢大夫乘趙旃而喪二子，荀首不求子而射連尹襄老、公子穀臣，晉軍夜渡等，這種種情事雜入其中，使文章更增璀璨陸離、五光十色之美。

作者的史料主要來源於各國史書和傳聞。細節的眞實性和豐富性，意味著作者所掌握的歷史材料和歷史知識的廣度和深度。作者以這種鏈條式的結構來組織細節，就使得作者在自己掌握的題材範圍內有極大的縱橫馳騁的創作自由。可以根據需要來安排次序，決定棄取，掌握詳略。作者的細節描寫又是巧妙多變的。有的是正面敍述，這是左氏之常法，有的是側面的描寫，如鄢陵之戰中楚子登巢車以望晉軍，別出心裁地避開了傳統的敍述方式，借乙口敍甲事。錢鍾書先生謂之「不直書甲之運爲，而假乙眼中舌端出之，純乎小說筆法矣」❶。有的是所謂「閒中著色」，

❶ 錢鍾書《管錐編》，第一册，頁二一〇，中華書局，一九七九年版。

著意於「不經意處」。如鞌之戰後齊侯朝於晉，郤克趨進曰：「此行也，君爲婦人之笑辱也，寡君未之敢任。」以洩當年受辱於婦人之恨。這些細節都寫得極爲生動、傳神。作者捕捉住對某個人物的觀察和感受，把戰爭寫成了充滿個別印象和具體動作的戲劇性場面，使細節描寫充分表現出它的藝術魅力。

巴爾札克認爲，小說創作的規律與歷史著作的規律不同，歷史記載過去發生的事實，而小說應描寫一個更美滿的世界。正是在這個意義上，他把小說稱作「莊嚴的謊話」。《左傳》本是史書，但又有不少非記史所必需的生動的細節描繪，這就把「記載過去發生的事實」和「描寫一個更美滿的世界」結合起來，成爲一部具有很強文學性的歷史著作。《左傳》敍寫戰爭的篇章，成爲後代中國古典戰爭小說的嚆矢。范甯說《左傳》是「艷而富」，韓愈說「左氏浮誇」，只是從史書的角度來批評它的細節描寫，而沒有看到這些細節描寫正是起到「莊嚴的謊話」的作用，而使《左傳》具備更高的價值。

四

《左傳》戰爭篇章中的戰狀描寫，特點是簡煉、緊湊，虛實相生，濃淡有致，疏而不漏，弛張結合，具備生動傳神、波瀾壯闊又驚心動魄的效果。

韓原之戰和城濮之戰，戰鬪的過程寫得很簡略。然而僅從這些簡略的文字中可以想像出戰鬪的激烈。韓原之戰，先敍晉惠公乘小駟「還濘而止」，「號慶鄭」，可知晉侯已陷入困境。這邊韓簡、梁由靡、虢射遇秦伯，正要俘獲秦伯，卻遇慶鄭呼救，結果誤了戰機，不但沒有抓住秦伯，反讓秦軍把晉惠公俘去。書中只扼要地敍寫秦晉交鋒時雙方君臣和主帥的行爲，由此展現戰鬪的全過程。城濮之戰，分三層分別敍述晉楚雙方三軍的出擊與狙擊。三層各只用二十幾個字，便完成了從開始到結束的波瀾壯闊的戰鬪。邲之戰，用「中軍、下軍爭舟，舟中之指可掬」，極寫晉軍敗逃之狼狽。用「晉之餘師不能軍，宵濟，亦終夜有聲」一句話，活畫出晉軍驚慌、嘈雜潰不成軍的慘狀。這些都是簡潔傳神之筆。

鞌之戰中，作者先寫郤克傷於矢，流血及屨而未絕鼓音。然後由張侯和鄭丘緩的對話中側敍戰鬪的緊張激烈。這是寫得詳實的地方，渲染了戰鬪場面和氣氛。接下來寫張侯「左並轡、右援枹而鼓，馬逸不能止」，「齊師敗績，逐之，三周華不注」。這是寫得疏略之處，然由前文的渲染仍可想像出晉軍以排山倒海之勢壓倒齊師之壯觀。邲之戰寫楚軍出擊是「疾進師，車馳卒乘，乘晉軍」，寫晉軍敗績爭舟而渡是「舟中之指可掬」，都只一句話，言簡意賅，恰到好處，既驚心動魄又意趣盎然。作者之筆，時而在劍拔弩張之際，又透出輕鬆活潑之氣。如鞌之戰中，高固挑戰，桀石以投人，氣氛緊張，而「欲勇者賈余餘勇」一句，便產生了喜劇效應。時而在波譎雲詭之中，變幻無窮。如寫韓厥中御從齊侯，因其有君子風度而免於齊侯之箭；韓俯定車右之尸，逢丑父乘機得以與齊侯易位；韓厥執縶馬前，齊侯本可手到擒來，卻又因修臣僕之禮讓齊侯取飲而逃。逢丑父即將被戮，卻因代君任患感動郤克而免於一死。這些描寫，忽而緊張，忽而從容，忽而山窮水盡，忽而柳暗花明，讀者之心情，亦隨之弛張起伏，跟著作者的筆端而進入勝境。

五

《左傳》作者在戰爭描寫的架構和謀篇布局上，剪裁合理，詳略得當。正敍、插敍、補敍、側敍兼而有之。伏筆照應，針腳緜密。

前文已論及，作者於戰鬥的描寫，有詳略濃淡的結合，這是就局部情況說。從整體的謀篇架構上看，作者對戰爭的起因、形勢的分析，總是不厭其詳，而戰鬥經過大都簡略。有論者以爲，左氏之敍戰，詳於謀則略於事，詳於事則略於謀，大抵不差。這種安排，當然源於作者描寫戰爭的指導原則。作者的敍述，基本上是單線式的，但也用插敍和補敍。邲之戰，戰事結束之後又補敍了五件小事，是對戰事的補充，如此運筆，不但情狀愈加詳明，在謀篇上又有餘霞散綺之妙。城濮之戰，寫晉文公蒐於被廬，作三軍，其中插敍文公始入而教其民、示民以禮義信，揭示城濮之戰晉軍取勝之原因，橫波廻折，文章有跌宕翻騰之美。

《左傳》行文，最喜設伏和照應。戰爭描寫中更爲顯見。這裏有大情節的設伏和照應，也有局部情節的設伏和照應。《左傳》是「以事記年」的編年體史書，作者以年代的推移記事，大情節上的前呼後應，把全書勾聯為一個整體，所謂「血脈一貫」。如城濮之戰中晉救宋，伐曹衞，免僖負羈，為楚君退避三舍，都是呼應僖公二十三、二十四年重耳出亡過宋、曹、衞、楚的恩怨報應。戰爭描寫中的設伏，有的設在明處，有的設在暗處。譬如戰爭爆發前，借戰局的分析預言戰事的結局，或是作明白的預言。昭公三十一年趙簡子夢童子贏而歌，占諸史墨，對曰：「六年及此月也，吳其入郢乎，終亦弗克。」這是對柏舉之戰的預言。最妙者，是作者潛藏於情節發展中的伏筆，所謂「閒閒下筆」如「草蛇灰線」，藏而不露。鞌之戰，逢丑父與齊頃公逃至華泉。點出華泉這一地點，乃為頃公取飲而逃設伏。無泉則不得取飲，不取飲則無由逃遁。華泉之妙，卽在於此。柏舉之戰前，寫子常欲立子西為王，子西怒而不許，必立昭王。昭王是秦哀公外甥，甥舅關係，畢竟更深一層，這就為吳師入郢後申包胥乞師秦庭成功增加了可能性。這一類暗中所設之伏線，常在「人不經意處」，猶見左氏文心之細。在戰爭描寫中，作者還注意到主要人物情節的完整性與整體性。如作為城濮之戰的尾聲，作者詳敍了晉文公稱霸的威勢。楚國戰敗，子玉應其責，子玉最後自殺，人物形象自身也有了完整的結局。總之，作者在情節與人物形象方面的整體性架構，使《左傳》中的戰爭描寫都可獨立成章，成為一個完整的故事，這對後來中國古典小說尤其是戰爭題材小說的結構，產生巨大影響。

莊子的文學

探索《莊子》一書的文學性，前人已做了許多工作，從文章的「汪洋恣肆，風譎雲詭，富有想像力」，語言藝術的「汪洋辟闔，儀態萬方」，談到章法結構的轉換多變，千姿百態等等。這些，都是《莊子》文學性的突出表現。但是，我認爲這些還只是《莊子》一書文學性的表象而已。只停止於第一步，還不能從文學的本體特徵（指作家和作品的結合）中來揭示《莊子》更深一層的文學價值。「文學是人學」。人學，要探索人的靈魂，人的心靈，人的性格，人的感情。評價古代作家作品，離不開作品本身，也不免要「知人論世」，但如果簡單地只把它歸結爲階級性的體現，便容易忽視人物活生生的個性，忽視作爲創作主體的作家的心靈和情感特徵及其所產生的效應。在用傳統的詮釋法、歸納法和軒輊法去分析作品時，也往往使人只抓住一些文學技巧上的表現予以分析，而未能深入到作者的心靈的奧區中去。歷來對《莊子》文學性的分析，似乎也有此弊。因此，本文想著重從文學的主體性方面對《莊子》作些粗淺的探索，以求對其文學價值的更深一層的認識。

一

不少人指出，《莊子》的不朽價值，在於用文學寫哲學，將哲學文學化。因此，《莊子》的文學性與其哲學思想有不可分割的關係。莊子的哲學思想，衝決傳統的思想束縛，獨闢蹊徑，表現出自我獨特的哲學思考與見解。依附於莊子的哲學思想表現出來的個性特徵，是追求精神的絕對自由和人格的完全獨立。李澤厚先生提出：莊子思想的實質，是突出個性的存在，其哲學主體是人的最大自由二者合成其哲學核心：人格獨立和精神自由（〈漫述莊禪〉，《中國社會科學》，一九八五年，第一期）。思想實質指導着它的藝術追求和藝術表現。莊子的哲學思想，是追求獨立人格的實現，作爲文學作品，同樣顯示了這種實現自我的不懈追求。因此，從創作主體的角度入手分析，我認爲，《莊子》的文學性，首先在於它體現了創作主體的表現自我，抒寫心靈，追求自由人格的鮮明特徵。司馬遷說：（莊子）「其言洸洋自恣以適己」，「洸洋」就是不受約束；「適己」就是隨心所欲，表現自我，揭示個性，抒寫心靈。《莊子》文章雖變幻瑰瑋，總有一個「自我」貫穿其中。

文學是思想文化的載體，也是心靈個性，感情性格的載體。創作應是作家的一種自我實現，作家的精神世界通過作品得到充分展示。作家把自己對生活的認識表達出來，同時，作家的全部心靈，全部人格，以至作家的意志、能力、創造性，也得以全面實現。但是，在我國古代社會中，由於儒家的道統和文統的形成以及它的牢不可破，這種在創作上表現自我，實現自我的創作特性，並未得到充分的發揮。作家總是通過自省進行殘酷的自我抑制，窒息自己精神上的自由意識和創造意識，這就使創作主體的自我實現造成了最大的障礙。這種現象，在莊子則不然。或許有人會說，莊子的時代，還未有刻意進行自覺的文學創作的作家，《莊子》一書，並不是有意進行文學創作的碩果。但是，作爲文學作品的《莊子》，它已經表現出與儒家傳統完全不同的功利目的。它在表現自己對現實生活的認識和態度的同時，追求自我的充分表現，追求「適己」，反對窒息精神上和人格上的自由意識和創新意識，反對殘酷的自我抑制，這已是在客觀上充分顯示了它的獨特的藝術個性。

莊子追求人格獨立和精神自由以實現自我，常體現在他所創造的藝術形象中。爲了表現他的理想，作者採用了典型的文學手法，極盡誇張描繪之能事，把自己的哲學思想和心靈追求寄寓於極生動的文學形象中。

大家最熟悉的是〈逍遙遊〉。鯤鵬展翅，藐姑射之山的神人，御風之列子，它們衝決羅網，排除束縛，翺翔無拘，追求自由的形象，不就是莊子追求人格獨立和精神自由的象徵嗎？不單單是一篇〈逍遙遊〉，莊子所虛構的那些「體道」人物，如南郭子綦、王駘、哀駘它、子桑戶、孟子反、子琴張、溫伯雪子、齧缺、牧馬童子等，一個個都是如此超脫，如此的達觀，齊生死，泯是非，心虛神凝。他們或不受世俗名利毀譽的束縛，或不計較形殘貌醜的缺憾，完全是一種人格獨立和精神自由的形象。這些形象，是莊子人格的外化。它們構成了作爲《莊子》文學對象主體的一系列人物形象。這些形象，不受某種社會屬性的限制，不受環境束縛。它們或許不免給人空靈飄忽之感，卻是莊子理想人物的標本。其形象以表現自我精神爲滿足，因此常忽視了形象的質感和實體感。

特別突出的，是《莊子》中多次描繪的「眞人」「至人」「神人」的形象。〈齊物論〉寫「至人」是：

大澤焚而不能熱，河漢沍而不能寒，疾雷破山、飄風振海而不能驚。若然者，乘雲氣，騎日月，而游乎四海之外。死生無變於己，而況利害之端乎？

〈田子方〉中說它是「上窺青天，下潛黃泉，揮斥八極，神氣不變。」最詳細的是〈大宗師〉：

古之真人，不逆寡，不雄成，不謨士。若然者，過而弗悔，當而不自得也；若然者，登高不慄，入水不濡，入火不熱。是知之能登假於道者也若此。

古之真人，其寢不夢，其覺無憂，其食不甘，其息深深。真人之息以踵，衆人之息以喉。

……古之真人，不知說生，不知惡死；其出不訢，其入不距；翛然而往，翛然而來而已矣。不忘其所始，不求其所終；受而喜之，忘而復之，是之謂不以心捐道，不以人助天。是之謂真人。

若然者，其心志，其容寂，其顙頯；凄然似秋，煖然似春，喜怒通四時，與物有宜而莫知其極。……

古之真人，其狀義而不朋，若不足而不承；與乎其觚而不堅也，張乎其虛而不華也；邴邴乎其似喜乎！崔乎其不得已乎！滀乎進我色也，與乎止我德也；厲乎其似世乎！謷乎其未可制也；連乎其似好閉也，悗乎忘其言也。

從哲學意義上說，這些「眞人」「至人」，就是莊子所說的「道」，是「道」的人格化。我們暫且避開它的哲學內涵來領會它的形象意義，「眞人」和「至人」貫注着莊子的理想人格和心靈特質。它擺脫了一切「物役」而獲得絕對自由，相對世界的一切變化對他毫無影響，它逍遙遊於絕對世界之中。這樣的「眞人」，死生如一，來去自由，不知憂慮；它不自伐其功，不自悔其過，心胸廣濶，神態巍峨；其額頭寬大恢宏，其容貌靜寂安閑，其情感雖有淒然似秋，煖然似春的變化，但永遠「與物爲春」，青春常駐。它登高不發抖，下水不覺濕，入火不覺熱，能乘雲氣，騎日月，遨遊於四海之外。一句話，「將磅礴萬物以爲一」（〈逍遙遊〉），這個「眞人」的個性，氣質和性格內蘊，與整部《莊子》中所表現出來的莊子的個性，氣質，人生觀，生死觀，以至於興趣追求，喜怒哀樂完全一致。莊子的心靈和個性，精神特質，全都濃縮在「眞人」的形象之中。它的精髓，就是徹底擺脫一切束縛，追求人格的獨立和精神自由，這是莊子看透了那個黑暗社會之後幻想出來的美好的，然而卻是不切實際的理想形象。「眞人」者，「至人」者，乃莊子其人也！要說浪漫主義，這才是《莊子》浪漫主義最鮮明的表現。把「眞人」形象連綴起來，一個表現莊子心靈和個性的藝術羣象鮮明地活現在我們面前。

應該注意的是，莊子在塑造這一系列形象時，並不汲汲於它的形似，不汲汲於形象的外觀形態的可視可感，而是追求它的「神」的逼眞，追求它的心理——精神的理想人格的內在逼眞。「形若槁木，心如死灰」，就是莊子準確生動而又極其簡潔地概括出來的藝術形象的形神兼備的總體特徵。當然，我們也不會忘記那藐姑射山上的神人，它可以說是莊子筆下一個最有血有肉的具體可感的形象：「肌膚若冰雪，綽約若處子。」然而它仍然只是一個理想的精靈：「不食五穀，吸風飲露；乘雲氣，御飛龍，而遊乎四海之外。其神凝，使物不疵癘而年穀熟。」它看似有血肉肌膚，貌似飲食男女，卻仍然是絕對世界裏的「眞人」。讀者對於它只能以神遇而不能窮其貌。這在這些「眞人」「至人」身上，作者傾注了自己的全部熱情，傾注了自己的全部理想和追求。這種藝術追求和藝術表現，正是作者表現自我，抒發心靈世界的必然產物。

出於這種對人格獨立和精神自由的追求，出於對現實的超越，在《莊子》裏爲數不多的自然景象的描寫，同樣是作爲獨立的寄託作者心靈的物質表現，是莊子人格精神的物化，它表現出作者不受景物所具有的一般意義束縛的想像力和宇宙感。看看〈齊物論〉中對「三籟」的描寫：

子綦曰：「夫大塊噫氣，其名為風。是唯無作，作則萬竅怒號。而獨不聞之翏翏乎？山陵之畏佳，大木百圍之竅穴，似鼻，似口，似耳，似枅，似圈，似臼，似洼者，似污者；激者，謞者，叱者，吸者，叫者，譹者，宎者，咬者。前者唱於而隨者唱喁。泠風則小和，飄風則大和，厲風濟則衆竅為虛。而獨不見之調調之刁刁乎！」

子游曰：「地籟則衆竅是已，人籟則比竹是已。敢問天籟。」

子綦曰：「夫天籟者，吹萬不同，而使其自己也，咸其自取，怒者其誰邪？」

衆竅之狀，千姿百態，風發之響，奇詭瑰偉，這種厲風作而萬竅怒號的情狀，作者寫得千變萬化，模形擬聲，形神俱現，充滿了奇巧的想像，爲宋玉寫風之嚆矢。然而作者僅爲寫風發之狀嗎？莊子寫「三籟」之不同，是爲了說明相對世界與絕對世界的「差別」。「地籟」吹萬不同，非有成心，咸其自取。「天籟」，則達到了自然無爲的境界。可見，作者描寫「三籟，仍然要表現追求自然，排除束縛的理想境界，以借喻的手法來表現」人的本體存在與宇宙自然存在的同一性（李澤厚《漫述莊禪》）。大家熟悉的「庖丁解牛」也是如此。把繁重的宰牛勞動描寫得像詩一般美妙，如音樂舞蹈一樣動人，目的是要闡述處世當「因其固然」「依乎天理」。唯其如此才能得到絕對自由，在技巧上才能達到出神入化的純妙境界。其他如佝僂承蜩，輪扁斫輪，呂梁丈夫蹈水，梓慶鹵鐻，匠石運斤等寓言，皆有異曲同工之妙。它們都被用來體現莊子的思想，這些寓言人物，也是作者人格、精神和心靈的承受者，是「適己」的產物，貫注着作者的哲學追求和美學追求。

二

文學最根本的原動力，就是情感。莊子是帶着自己獨特的個性感情去感受生活，認識生活的。他的感情抒發，也帶上了明顯的個性特徵，表現爲不受傳統和習俗的成規所拘限，也不爲狹隘的功利目的所束縛，只求「適己」罷了。

劉熙載說，莊子「寓實於誕，寓實於玄」（《藝概》）。《莊子》不是以創造藝術形象爲其主要目的的敍事性文學作品，而是哲學著作。作者不是用純粹的觀念和抽象的哲學思辨來寫作，而是用文學手段進行形象性的表現，這就必然貫注着自己的感情。事實上，作者是用他的整個心靈和全部感情去「創造」這一文學傑作的。他的感情蘊藏在波譎雲詭的描述中，寄寓於哲學化的形象中。也就是寓眞情於荒唐之言，寓實情於玄妙之語。它與後代的一些爲了某種需要而屈心抑志地表現不眞實的感情的作品不同，《莊子》中的感情，與作者的個性、心靈是相通爲一的，是創作主體的深層精神意識的揭示，是感情上的「適己」。

《莊子》一書對於「道」作了熱情的描寫和贊頌。在莊子筆下，「道」是人體感官所不能察知的，無形的，不可捉摸的。〈大宗師〉說：

> 夫道有情有信，無為無形，可傳而不可受，可得而不可見。自本自根，未有天地，自古以固存。神鬼神帝，生天生地。在太極之先而不為高，在六極之下而不為深，先天地生而不為久，長於上古而不為老。

表面上看，「道」多麼冷峻、無情，超然絕世。其實這只是一個方面。這方面的感受，來源於作者對現實世界的冷峻觀察和冷靜的哲學總結。另一方面，又洋溢着作者追求理想的精神境界的全部熱情。「道」無所不在，永恒不滅，是那樣的具體可感：

> 狶韋氏得之，以挈天地；伏戲氏得之，以襲氣母；維斗得之，終古不忒；日月得之，終古不息；堪坏得之，以襲崑崙；馮夷得之，以遊大川；肩吾得之，以處大山；黃帝得之，以

登雲天；顓頊得之，以處玄宮；禺强得之，立乎北極；西王母得之，坐乎少廣，莫知其始，莫知其終；彭祖得之，上及有虞，下及五伯；傅說得之，以相武丁，奄有天下，乘東維，騎箕尾，而比於列星。（〈大宗師〉）

「道」是經天緯地、治國平天下的憑藉和工具，力量無窮。它是人們可以親近的東西，同人的力量和幸福密切相關。它看似虛幻，又無所不在，甚至「在螻蟻」、「在稊稗」、「在瓦甓」、「在屎溺」（〈知北遊〉）。如果不是對「道」充滿了感情，作者可能對這種玄虛的「道」作出如此切實具體的想像嗎？在莊子的絕對世界裏，「道」將「磅礴萬物」、「與物爲春」，它完全不是一個毫無感情而冰冷怪物，它向我們展示的是作者充滿感情的豐富的內心世界。

莊子對於自己筆下的「體道者」的形象，同樣傾注了滿腔的熱情。〈德充符〉中描寫了幾個形殘德全之人的形象。他們雖然形殘貌醜，卻具有「至美」的德行和心靈。尤其是哀駘它，你看他：

丈夫與之處者，思而不能去也。婦人見之，請於父母曰「與為人妻，寧為夫子妾」者，十數而未止也。未嘗有聞其唱者也，常和人而矣。無君人之位以濟乎人之死，無聚祿以望人之腹。又以惡駭天下，和而不唱，知不出乎四域，且而雌雄合乎前。是必有異乎人者也。

哀駘它「以惡駭天下」，卻吸引了那麼多的男女，使天下人都覺得他是一個「至美」之人。可見這種美感，並非取決於貌，而在於德行之美而產生的精神上的相通和吸引。再如〈大宗師〉中，子桑戶、孟子反、子琴張三人，「莫逆於心，遂相與爲友」：

莫然有閒而子桑戶死，未葬。孔子聞之，使子貢往侍事焉。或編曲，或鼓琴，相和而歌曰：「嗟來桑戶乎！嗟來桑戶乎！而已反其真，而我猶為人猗！」

這些人如此放達，如此超脫，沒有一點對生的眷戀，對於死的憂傷。這種活潑可愛、樂觀達生的態度，足以感染讀者而產生輕死生的人生態度。莊子對於理想人物的感情，主要不在於用贊賞的語言直接抒發自己的情感傾向，而是重在突出他們精神和人格上的可愛，使人們在理解他們的精神實質和人格的同時，對他們產生濃厚的喜愛之情。我們讀〈逍遙遊〉之鯤鵬，常因其氣勢磅礴、雄偉壯美而心胸爲之開闊，精神爲之振奮，心志更加高遠；讀藐姑射山上之神人，又因其冰晶玉潔，秀美剔透而心靈因之淨化，思慮爲之純潔。這些，都是通過莊子飽含感情的描寫所得到的陶染。

作者本意是要闡發他的哲學思想，如果用純思辯的論述以抽象思維的方式表達，必然乾澀枯燥。其高妙之處，是作者把抽象思維與自覺表象運動融合起來，結出豐富而生動的藝術形象的碩果。而聯結抽象思維與自覺表象運動的紐帶，便是情感。莊子對他理想的「道」充滿感情，當他以藝術形象來表現他的「道」時，其個性情感便明顯地貫注在對這些形象的描繪之中。我們看到，在莊子的寓言中，游魚、蝴蝶、澤雉，櫟樹，甚至髑髏，都被人格化，都寄託作者的眞感情，賦以作者的性格和精神狀態。而對那些非「道」者，則比之爲鴟梟、腐鼠、蚊虻，其愛憎感情是非常分明的。

有的論著說：「『重生』、『養生』、『保身』是貫徹《莊子》全書的基本思想，人的生命的價值在莊子思想中占有崇高的地位。」（李澤厚、劉綱紀《中國美學史》卷一）莊子主張「自然無爲」、「安時處順」、「天人合一」，他要排除榮辱，名利，是非，壽夭，仁義禮制等一切束縛人們延長生命的桎梏，追求生命的永恆和無限。「道與之貌，天與之形，無以好惡內傷其身」（〈德充符〉），這是他一生奉行的戒律。他所稱道的「天地與我並生，萬物與我爲一」，是他對生命永恆的追求與贊嘆。但是，這只是理想世界的一方面。現實社會是殺生、傷生，是束縛人格的獨立，窒息精神的自由。因此，憤世嫉俗的感情必然毫無遮攔地流露於《莊子》全書中。這是互爲補充的兩個方面。

憤世嫉俗是莊子對現實生活的認識態度，也是他對現實生活的基本感情的態度。這主要表現在兩方面：一是對現實黑暗的深刻揭露，一是對諸子各家，主要是對已成爲統治工具的儒家仁義道德的批判和嘲諷。

〈人間世〉中，作者揭露了人世間慘不忍睹的險惡面貌。在莊子眼裏，統治者都是如衞君那樣獨斷專橫、「輕用其國，輕用民死」。君臣之間疑心重重，難以相處，臣屬動輒得咎。世間「災人災於人」之事屢見不鮮。像關龍逢、比干這些「修其身以下傴拊人之民」，反因「以下拂其上」而「身爲刑戮」，可見統治者的暴戾和殘忍。無辜者慘遭殺戮，橫屍遍野，整個社會成了一個紛爭擾攘、人吃人的陷阱。在〈山木〉篇中，作者用了一個非常生動的「螳螂捕蟬，黃雀在後」的寓言，比喻這種你爭我奪，弱肉強食的社會現實。在這樣的社會中，甚至像惠施這樣的摯友，也懷著猜忌、狹隘的小人之見，如鴟得腐鼠一樣，生怕別人奪其相位而猜忌莊子（〈秋水〉）。這就暴露出，在這樣的社會中，連人性都被改變、被扭曲了。

作者把他的鋒芒直指最高統治者。「竊鉤者誅，竊國者爲諸侯。諸侯之門而仁義存焉！（〈胠篋〉）統治者的虛僞醜惡畢露。作者借市南宜僚之口，點出統治者的權位之爭，是一切禍殃的根源（〈山木〉），憤怒地揭露「今處昏上亂相之間，而欲無憊，奚可得邪？此比干之見剖心，徵也夫！」（〈山木〉）諸侯之間的不義戰爭，如在蝸牛的左右角落裏進行的無謂的廝殺，統治者「時相與爭地而戰」，結果是「伏屍數萬」，生靈塗炭。莊子要求得全身遠害，要「處乎材與不材之間」，拒楚聘，「將曳尾於塗中」，正是他對現實有着清醒的認識。以莊子的精神性格來說，他要求徹底的自由，要求「適己」；從現實生活來說，他要反對壓迫，鬆開束縛，解除「倒懸」。因此，與其說他是混世主義，滑頭主義，毋寧說是以不合作的態度對現實社會黑暗的一種抗議。

戰國時期，是諸子百家爭鳴的時代。儒家以其「仁義禮制」爲中心內容的思想，更適合統治者的需要。儒家的仁義道德已明顯成爲統治階級的「君人南面之術」。當它的統治工具性質日益起作用時，其虛僞性和幫兇性質也日益明顯。莊子以其犀利的目光，在冷靜的觀察和思考中，給予辛辣的嘲諷和無情的揭露。在莊子的筆下，孔子、顏回、子貢、魯哀公、伯夷、叔齊等儒家聖賢，都消逝了他們頭上的靈光圈。作者或投以蔑視，或加以挖苦，或予以醜化，表現出強烈的批判精神。〈盜跖〉篇中寫盜跖見孔子，「大怒，目如明星，髮上指冠」、「兩展其足，案劍瞋目，聲如乳虎」。這種稍帶誇張的描寫，發自作者充滿着強烈愛憎感情的內心，特別入木三分的是〈外物〉篇：

儒以詩禮發冢，大儒臚傳曰：「東方作矣！事之何若？」小儒曰：「未解裙襦，口中有珠。」《詩》固有之曰：「青青之麥，生於陵陂，生不布施，死何含珠為？」接其鬢，壓其顪，而以金椎控其頤，徐別其頰，無傷口中珠。」

多麼絕妙深刻的諷刺：這一則寓言，宛如一把靈巧犀利的手術刀，一下子挑開了儒家罩在臉面上的輕紗，露出了貪鄙，兇狠、污濁的本性和崇尙詩禮的虛假面目。無怪乎作者在〈田子方〉中寫到，在儒家的發祥地魯國，衆人皆是身着儒服的僞儒，一旦生死攸關之時，連儒服這一虛僞的外衣也不要了。所以，仁義成爲「禽貪者器」（〈徐無鬼〉），是「重利盜跖」，「聖人不死，大盜不出」（〈胠篋〉）。聖人設仁義以治民，猶伯樂爲馬「加之以衡扼，齊之以月題」（〈馬蹄〉），是加在人民身上的「桎梏鑿枘」（〈在宥〉）。天下人「莫不奔命於仁義」（〈駢拇〉），結果是弄得「殘生傷性」，「以身爲殉」，仁義之設，束縛了人性，扭曲了人的自然之性，最爲莊子所深惡痛絕，因此其批判也最爲激烈。

莊子的憤世嫉俗之性，同樣是建立在對現實社會的敏銳觀察、冷靜的分析和深刻的揭露之上的。作者表達自己的整個認識並探索其前因後果時，都帶上自己的感情色彩。我們若遠距離的宏觀作品，似乎覺得《莊子》的感情抒發不免有「渾沌」之狀，然而近距離的透視，卻發現作者的感情又是如此纖細，尤其是對於人間的痛苦、黑暗和不合理，有一種特別的敏感，能敏銳地感受天下的細微的憂思和極微小的痛苦。正因如此，可以說，莊子還沒有完全躲進自己所建構的絕對世界的眞空罩裏，他的心靈與人民的心靈有相通的一面，與人民一起承擔着人間的痛苦。所以，他的筆端常帶着感情：有尖刻的諷刺，辛辣的嘲笑，也有強烈的不滿，憤激的抨擊。胡文英說：「莊子眼極冷，心腸極熱。眼冷故是非不管；心腸熱故感慨無端。」（《莊子獨見・莊子注略》）《莊子》的抒情寫性，不論是冷眼，或是熱心，都只求直抒胸臆，一吐爲快，不受約束。它絕沒有某些諸子散文那樣，只是在某種道德規範裏面發發感慨，寄託胸臆，絕不脫離這種道德規範的軌道而給人小心翼翼不越雷池之感。之所以有這樣的區別，就在於莊子所追求的精神境界，只是一個理想世界，然而他又是在現實之中，不可能拔着自己的頭髮離開地球，因此他不免看到虛僞，看到汚濁。他對理想世界的強烈的愛和追求，必使他對現實黑暗產生刻骨的恨和批判。這個矛盾，通過作者的創作得到了心理上的解決。作者放言無憚，汪洋恣肆，盡情宣洩，感慨無端，非使整個情感世界得到實現不可。

三

《莊子》的抒寫心靈，表現自我，又體現在它獨具一格的具有鮮明藝術個性的創作方法上。莊子的創作實踐，與其他優秀作家一樣，表現出一種超常性。他們常超越世俗的觀念、生活的常規、傳統的習慣、偏見的束縛，有一般人所沒有的超常的智慧力量和人格力量，有強烈的超於常人的審美意識。因此，他不屑於重覆前人已有的構思，不願落入前人的窠臼和重覆前人習慣使用的思維方式甚至語言方式，而獨意追求「人人意想不到，人人筆下所無」的新方式，新語言，新境界，可以說，莊子的散文，在先秦時期的傳統表現方式上，是一個很大的突破。

《莊子・天下》篇說：

以謬悠之說，荒唐之言，無端崖之辭，時恣縱而不儻，不以觭見之也。以天下為沈濁，不可與莊語，以巵言為曼衍，以重言為真，以寓言為廣。獨與天地精神往來而不敖倪於萬物，不譴是非，以與世俗處，其書雖瓌瑋而連犿無傷也。其辭雖參差而諔詭可觀。

這一段話具體地闡述了莊子的創作個性和藝術特徵。莊子的個性是「獨與天地精神往來而不敖倪於萬物，不譴是非，以與世俗處」，他要求徹底的精神解放而遨遊於絕對自由的逍遙境界。但是，「天下沈濁，不可與莊語」的現實，以及作爲統治階級精神支柱的儒家禮制嚴重地束縛了個性的發展，使莊子陷入個性表現與現實壓抑的尖銳矛盾之中。但是，莊子根本不屑於像儒家學者那樣，屈心抑志，強作「莊語」以爲說教，抑制自我感情，窒息精神上的自由和人格的獨立，禁錮自己思想的闡發。因此莊子「恣縱而不儻」的性格與反抗矛盾束縛的頑強性，使他不得不採用「謬悠之說，荒唐之言，無端崖之辭」，「以巵言爲曼衍，以重言爲眞，以寓言爲廣」的創作方法。從哲學思想的表達來說，這是一種變形了的扭曲了的表述，從文學上說，卻是一個石破天驚的創舉。「其書雖瓌瑋而連犿無傷也。其辭雖參差而諔詭可觀」，它把抽象的哲學道理寄寓於生動的藝術形象中，人們在感受其意象特徵的同時，也具體形象地領會了它所包容的哲理。眞個是「隨風潛入夜，潤物細無聲」。李白贊之爲「吐峥嶸之高論，開浩蕩之奇言」（〈大鵬賦〉），就在於它構思之奇特，章法之多變，想像之豐富，語言之儀態萬方，都表現出超乎常人、一反傳統的新面貌，爲傳統的文學表現方法帶進了一股清新的新鮮空氣。

這裏要特別再談談《莊子》的想像藝術的表現手法。莊子通過藝術形象來闡述他的深湛的哲理，把一切自然物人格化，把哲學概念和範疇形象化，都不離開豐富的想像。

莊子散文的想像藝術，首先給人以雄渾壯闊，新奇奔放之感，產生「壯美」的審美效果。〈逍遙遊〉之鯤鵬展翅，水擊三千里，凌雲九萬里；〈齊物論〉之「至人」，磅礴萬物，乘雲氣，騎日月而遊於四海之外；〈秋水〉篇中百川灌河，浩浩蕩蕩，奔騰直下，氣象萬千；〈外物〉篇中任公子釣魚，以五十頭犍牛爲餌，大魚「鶩揚而奮鬐，白波若山，海水震蕩，聲侔鬼神，憚赫千里。」如此種種，無不給人一種驚天動地，雄渾壯偉的藝術享受。這種想像的新奇奔放，來源於作者思維方式的大膽，超常和超人。「天之蒼蒼，其正色邪？其遠而無所至極邪？其視下也，亦若是則已矣。」（〈逍遙遊〉）這種思維，已超出當時常人的科學認識而給人以超現實的想像。道無所不在，竟然「在螻蟻」，「在稊稗」，「在瓦甓」，「在屎溺」，這樣的想像，也超出了常人的認識範圍和思維範圍。作者卻以自己超常獨特的思維方式加以想像，產生了「壯美」的藝術效果。

想像手法的第二個特點是奇異詭譎，神妙莫測，有奇譎之美。〈大宗師〉中寫「大冶鑄金，金踊躍，曰我且必爲鏌鋣。」作者借「金」之口以批評世人不安天命。一般化的物理性生產過程，卻被擬人化爲生命之物的活動，出人意表。〈至樂〉篇想像莊子與空髑髏對話，渲染一種陰冷的氣氛，以襯托出人生的種種累患，未免奇詭荒唐。這些，讀起來令人感覺怪生筆端，意出塵外，神妙莫測，又使人嘆服其表達思想的形象入微。「儒以詩禮發冢」，「舐痔者得車五乘」（〈列御寇〉），蠻觸交戰（〈則陽〉），在譎怪之中，含有更多的辛辣諷刺和嚴峻的剖析。〈齊物論〉中一連用了一二十個比喻形容風的動態，繪形繪聲；「罔兩問景」，作「無待」與「有待」之辯，則在新奇之中體現出作者對生活和客觀事物的細緻入微的觀察。

想像手法的第三個特點是秀美活潑，具有濃厚的浪漫情調。藐姑射山上之神人，充滿浪漫的情愫；庖丁解牛，不啻爲一齣美妙的舞蹈。莊周夢爲蝴蝶，醒後不知周之爲蝶，蝶之爲周，物我同一（〈齊物論〉），以幻想的手法，調動讀者的藝術思維，通過形象化的聯想，去理解物我界限消除，萬物融化爲一的至妙境界。這種境界由於莊周夢蝶的形象暗示，非常富有浪漫色彩。儵、忽爲渾沌鑿竅的故事，更是大膽而奇特。一個「南海之帝」，一個「北海之帝」滙聚於渾沌那裏，二人爲報渾沌之殷勤而爲之鑿竅，結果鑿死了渾沌（〈應帝王〉）。作者寫出了渾沌的眞樸，儵、忽的善意，結果事與願違。字裏行間流露出作者的感情。讀它的時候，常使人忘記作者用來揭示「無爲名尸，無爲謀府，無爲事任，無爲知主」的主旨，只是就形象的客觀意蘊馳騁遐想，感受着這一優美動人故事的情趣和「渾沌」形象的深遠意境。

可以說，莊子的「汪洋恣肆」和「恢詭譎怪」，主要表現在想像的豐富上，而奇特豐富的想像最能體現莊子的創作個性。這些想像，時而違世異俗，時而超聖絕外，時而煙雨迷離，然仔細一咀嚼，便會發覺它無一不契合作者的人格和個性，無一不寄託着他理想境界的幻景與對現實的認識。用理想化的虛構形象來表現作者的哲理，追求形象與哲理之間的和諧與理想的統一，這也是《莊子》文學浪漫主義的最顯著特徵之一。〈秋水〉篇中「莊子與惠遊於濠梁之上」一則寓言，很能說明莊子的創作個性與審美經驗的關係。莊子觀魚而知魚樂，是其個人情感對客觀外物的反映，這種藝術心態，即所謂「以我觀物，物皆著我之色」（王國維語）。作者以自己的創作個性、藝術心態和主觀情感進行藝術創作，必然深深地烙上個性和心靈的印記。在莊子筆下，萬物都賦予了作者的性格和情感，表現作者的精神狀態，甚至那些抽象的哲學範疇，也一一給予擬人化的想像，讓他們一個個活起來，以形象思維代替枯燥的說教。總之，「繆悠之說，荒唐之言，無端崖之辭」，是作者表現個性，抒寫心靈，實現自我的手段和需要。作者的個性和心靈也由此得到深刻和生動的再現。

《莊子》對於後世文學的影響是巨大的。然而它絕不是止於文學表現手法，它的思維方式，感受生活的特徵，審美經驗，抒發心靈，表現自我的個性，對後世文學產生了巨大的滲透作用。因此，從文學的主體性來認識《莊子》，對於考察它的影響和滲透，也許會有更大的幫助。

情深而文摯　氣積而文昌

——《史記》文氣例說

歷來論司馬遷之文，莫不推崇《史記》的文氣。蘇轍說：「太史公行天下，周覽四海名山大川，與燕趙間豪傑交游，故其文疏蕩，頗有奇氣。」❶宋人李塗說：「《史記》氣勇，《漢書》氣怯。」❷明胡應麟說：「《史記》之於《漢書》，氣勝也。」❸他們都指出了《史記》的文氣的特徵。關於文氣，從曹丕到桐城派文論家，論述甚豐。其實用我們現代的話說，所謂文氣，就是文章的氣勢，即文章的內容與作品的情感相統一，通過語言形式表現出來的一種氣度和氣韻。從文章中可看出作者的氣質，才性，貫注著作者的思想感情，表現出獨特的藝術手法和風格特徵，這就是文氣。〈項羽本紀〉是《史記》中最精彩的篇章之一，也最能體現司馬遷的文氣特

---

❶轉引自李長之《司馬遷的人格與風格》，頁二九三。
❷宋・李淦《文章精義》。
❸胡應麟《少室山房筆叢・卷一三・乙部・史書占畢一》。

徵。本文擬就〈項羽本紀〉一文從三個方面來談談《史記》的文氣，以求窺一斑而見全豹。

一

劉大魁說：「文章最要氣盛，然無神以主之，則氣無所附，蕩乎不知其所歸也。神者氣之主，氣者神之用。神只是氣之精處。」❹按照劉大魁的意思說，氣是文章的氣勢，神則是統攝氣而表現在作品中的作者的精神和情感。《史記》的文章氣勢旺盛，如長江大河，正是由豐富生動的內容和強烈的情感所決定的。一篇〈項羽本紀〉，很可以見出作者精神之所在。

在反抗暴秦的鬪爭中，在秦漢之際的政治舞臺上，項羽堪稱一位英雄。司馬遷對於項羽的歷史功績，給予極高的評價。尤其對項羽的英雄氣概，過人的才氣，豪爽磊落的品格，給予熱情洋溢的歌頌。這不但在全篇的情節、事件的總體結構上可以看出來，在細節描寫上也同樣貫注著作者的這種感情。項羽一生的事業，在鴻門宴之前，是奮發有爲的上升時期，在這一時期內，司馬遷著力表現項羽馳騁疆場，叱咤風雲的英雄氣概，「力能扛鼎，才氣過人」是其主線。司馬遷極力渲染「項氏世世將家，有名於楚。今欲舉大事，將非其人不可」。說明他深得衆人擁護。又寫

❹ 劉大魁《論文偶記》。

項羽欲「學萬人敵」的大志；觀秦始皇出游，「彼可取而代也」的奇志。「籍長八尺餘，力能扛鼎，才氣過人，雖吳中子弟皆已憚籍矣。」這就是司馬遷展示在讀者面前的蓋世英雄的總體特徵。以後，寫項羽殺會稽守起事，攻城略縣；殺宋義，救鉅鹿，「威震楚國，名聞諸侯」。作者無不以飽醮贊許之情的筆墨，刻畫出項羽英武豪邁，所向無敵，叱咤嗚喑的英雄形象。

鴻門宴之後，由於客觀的和項羽本人性格上的原因，戰略策略上的錯誤，在爭奪帝位的鬪爭中，項羽逐漸處於劣勢，終至自刎烏江，兵敗身亡。司馬遷對於項羽的缺點雖作了批判，卻仍然掩蓋不了他對項羽人格的贊頌，表明他仍不失爲一個眞正的英雄。正直、磊落、英雄失路是其基調。而其中又不乏深情的唱嘆。鴻門宴中的仁慈不忍、坦蕩正直；垓下之圍時窮途末路，然而「拔山之力」、「蓋世之氣」猶存，即使處於劣勢，仍不失英雄本色：「樓煩欲射之，項王瞋目叱之，樓煩目不敢視，手不敢發，遂走還入壁，不敢復出。」「項王瞋目而叱之，赤泉侯人馬俱驚，辟易數里。」垓下之圍中潰圍、斬將，刈旗，無不一一成功。「身七十餘戰，所當者破所擊者服，未嘗敗北。」縱觀全篇，司馬遷始終是把項羽當作一位氣吞萬里如虎、令人欽佩的英雄來刻畫，而不是一個失敗的儒夫孬種。司馬遷最善於把文章的風格和文章中的人物性格統一起來。因此，〈項羽本紀〉充滿了慷慨激昂、英勇超邁、雄渾酣暢、深沉壯烈之氣。文章如長江大河，渾浩流轉，又如風雲際會，變幻無窮。這就是由於作者鮮明的思想感情所決定了的文章氣勢的總特徵。其實，不單是〈項羽本紀〉，凡是《史記》中作者包含著感情所寫的人物傳記，其文章的氣勢，無不切合於作者的感情起伏和人物性格特徵。

二

但是，司馬遷的文章風格又不是一成不變的。前人有太史公之文，韓愈得其雄奇，歐公得其情韻的看法。這就說明太史公之文，兼有雄奇和富於情韻的特點。〈項羽本紀〉也兼備這樣的特色。鉅鹿之戰、鴻門宴、垓下之圍是其中最精彩的三個部分。這三個部分，從文章氣勢上說，鉅鹿之戰見其雄壯，鴻門宴標其奇峻，垓下之圍則富於情韻。

鉅鹿之戰，是項羽一生中最光輝的業績。在他反抗暴秦的戰爭中，這一事件最足以引爲自豪而彪炳於史册，也最能體現項羽的偉大英雄氣魄。司馬遷用雄壯之筆，奔騰之勢，描述了這一戰役。

鉅鹿之戰殺宋義之前，作者用了幾個伏筆來暗示項羽和宋義之間的矛盾。宋義使齊，道遇齊使者高陵君，預言武信君項梁必敗，說明了宋、項之間的矛盾。懷王封宋義爲上將軍，位在項羽之上，使宋、項之間的怨隙加深。這些草鞋灰線式的伏筆，爲項羽殺宋義作了鋪墊，殺宋義前項羽與宋義兩人之間的對照，也是精彩之筆。這不啻爲一次戰略智謀的比量，勇氣膽識的搏鬪。宋義的話，表現他的自私、無謀略，目光短淺而又自信自負。項羽的回答，無論在道義上、心理上、氣勢上都壓倒了對方。「將戮力而攻秦，久留不行」，說明攻秦事急，形勢迫使楚軍不可久留，宋義留四十六日不進是貽誤軍機。「今歲飢民貧」，「軍無現糧」，以楚軍現狀上說明不可久留不進，只有與趙並力攻秦，才是上策。否則，新趙對強秦，必敗。這是從敵我雙方力量的對比上駁斥了宋義「承其敝」的迂腐。國家安危，迫在眉睫，宋義竟久留不行，飲酒高會，「不恤士卒而徇其私」，宋義當殺無赦。項羽的話，義正辭嚴，有理有據，因此力重千鈞。這樣寫，不但寫出項羽的正氣、豪氣，也寫出了他的韜略，顯示出英雄氣概。「凡作文，落想要高，設勢要曲。」❺這裏設勢雖然並不廻曲，但落想設筆甚高，因此文氣也顯得健壯有力，有不可阻擋之勢。

接下來破釜沉舟救鉅鹿，是極有生色的一段文字：

> 項羽乃悉引兵渡河，皆沉船，破釜甑，燒廬舍，持三日糧，以示士卒必死，無一還心。於是至則圍王離，與秦軍遇，九戰絶其甬道，大破之，殺蘇角，虜王離。涉閒不降楚，自燒殺。當是時，楚兵冠諸侯。諸侯軍救鉅鹿下者十餘壁，莫敢縱兵。及楚擊秦，諸將皆從壁上觀。楚戰士無不一以當十，楚兵呼聲動天，諸侯軍無不人人惴恐。……

❺ 朱宗洛《古文一隅》。

李長之先生說，項羽的「作戰完全以氣勝」❻。司馬遷這段描寫戰鬪的文字，如黃河之水天上來，激流浪湧，奔騰澎湃，使人如聞戰場上排山倒海的廝殺吶喊聲。這與其說是寫戰鬪經過，毋寧說是在寫項羽軍的士氣，寫項羽的豪氣。項羽作戰以氣取勝，史遷文章以氣逼人。「無不一以當十」，「諸侯軍無不人人惴恐」，諸將「無不膝行而前」，三個「無不」，把項羽的勇猛豪壯寫盡筆端。整個鉅鹿之戰，氣勢是筆酣墨飽，雄奇豪壯，奔騰直下。司馬遷一支筆，同樣有橫掃千軍如捲席的威力。這段文字，行文短促有力，不用或少用虛詞。如寫項羽言：「疾引兵渡河，楚擊其外，趙應其內，破秦軍必矣。」「疾、擊、破、必」，都是短促有力的字眼。破釜沉舟一段，多用三字句或四字句，讀起來如急管繁弦、馬蹄聲疾，「如有百萬之軍藏於隃麋汗青之中，令人神動」❼。爲了表現出項羽的狂飈突起的精神，司馬遷的筆端凝聚著千軍萬馬，縱橫捭闔，氣勢磅礴，充滿著雄渾壯偉之美。

鴻門宴，是項、劉從聯合反秦轉化爲爭奪天下的轉折點。鴻門宴上，由於項羽的仁慈和不忍，放走了劉邦，暴露了曹無傷。這實際上是項羽失敗的開始，也暴露了他在政治策略上的幼稚。然而司馬遷對於項羽是過於偏愛了，因此在鴻門宴的描寫中，不但沒有對項羽的弱點給予過多的批評，反而有意識地對他的「磊落氣魄」加以贊揚。項羽的失策和失誤是明顯的。由於項羽

---

❻ 李長之《司馬遷的人格與風格》。
❼ 吳見思《史記論文》。

的仁慈和愚蠢，劉邦的奸詐狡黠，使鴻門宴這一齣戲增加了神奇的色彩。司馬遷描寫這場曲折複雜的鬪爭，也多用奇筆。所謂文章「頗有奇氣」，「其文洸洋瑋麗，無奇不備」❽是也。

鴻門宴之前，司馬遷先用兩段文字，渲染了不尋常的奇險氣氛。一是項羽聞曹無傷之言後「大怒」，令「旦日饗士卒，爲擊破沛公軍」，恨不得馬上打敗劉邦。然而聽了范增的實際上是勸他以行刺手段殺掉劉邦的一番話後，卻毫無反應（司馬遷有意識的不寫項羽的反應），這就爲後來放走劉邦伏下契機。二是劉邦聞知項羽將舉兵來擊，便「大驚」，後又「默然」，連說了兩個「爲之奈何」，顯出慌亂失措的神態。但是，當項伯進見時，他又是「兄事之」，「奉卮酒爲壽」，又是「約爲婚姻」；井然有序，侃侃而談。可見他不是軍事上的行家，卻是籠絡人的老手。這又爲鴻門宴上能巧妙脫逃作了鋪墊。此二者，正是司馬遷著墨設局之奇。鴻門宴會，本身就充滿著奇險緊張的氣氛。整個宴會就像裝上引信，點燃導火索的一包炸藥，只要引信一爆，馬上就會釀成一場大爆炸，一場大廝殺。只因張良的奇計，項羽的「不忍」，樊噲的勇猛，才卡斷了導火索，化險爲夷。范增的設計殺劉邦是奇；項羽勇猛如虎，眞正敵手已入彀中唾手可殺又不忍下手，是奇；張良的運籌有方，是奇；樊噲的勇猛無畏，是奇；劉邦這塊俎上肉卻從容走脫，也是奇。事件的發展，如人登山崖峭壁，險峻奇崛，如船行急流險灘，兇險莫測。司馬遷正是歷

❽ 轉引自李長之《司馬遷的人格與風格》，頁二九四，引姚祖恩語。

歷如繪地寫出這些奇人奇事的性格特徵和細節，因此構成了鴻門宴的奇峻的特色。

整個鴻門宴是波瀾起伏，大起大落。文章多用奇警的語句，渲染這一扣人心弦的氣氛。「良曰：甚急。」「噲曰：此迫矣。」「噲卽帶劍擁盾入軍門」，「側其盾以撞」，「衞士仆地」，樊噲「瞋目視王」，「頭髮上指」，「目眦盡裂」，項王「按劍而跽」，樊噲「拔劍切而啗之」等等。這些奇險精警峻切的詞句，把宴會上的刀光劍影，緊張氣氛，非常生動地表現出來。內容之奇帶來了表現風格之奇，由此增強了文章的藝術魅力。如果說鉅鹿之戰以雄壯威武、叱咤風雲感染讀者，那麼鴻門宴則是以奇險峻峭曲折起伏而扣人心弦。

不少論者認為，〈伯夷列傳〉是富於情韻的抒情散文，這話固然不錯。這是指文章婉轉曲折，且具有柔婉的風格。其實，垓下之圍又何嘗不是一段極富情韻的文字。這裏所說的情韻是指寫出人物、事件的光彩風韻的同時，又飽含著作者深深的感情傾向。垓下之圍，項羽遭到了徹底的失敗。司馬遷對項羽窮途末路的神情表態刻畫得極為細致，在悲涼慷慨之中表現出作者對英雄末路的無限惋惜和同情。一個因人成事的劉邦奪取了天下，一個才能出衆的項羽反自刎而死，司馬遷心中有多少感慨！這種不平之氣，融化在這富有情韻的筆墨之中。

「四面楚歌」一幕，氣氛猶為慷慨悲壯。「漢軍圍之數重」，「四面皆楚歌」，「夜起」，「飲」，「悲歌慷慨」，「美人和之」，這些氣氛渲染，把一個英雄末路之時，壯氣猶存、時不我助的感慨盡情托出。美人「常幸從」，駿馬「常騎之」，兩個「常」字，增加了一旦失去之時而不忍訣別的痛感和悲哀，以至讀至「項王泣數行下，左右皆泣，莫能仰視」之處，無不爲之擊節嘆息，爲之嗚咽噓吁。垓下突圍，司馬遷通過「快戰」的描寫，突出項羽的勇猛。即使敗亡在即，潰圍，斬將，刈旗，還是如此英勇。拔山之力尙在，蓋世之氣猶存。且看下面一段文字：

項王謂其騎曰：「吾為公取彼一將。」……項王乃馳，復斬漢一都尉，殺數十百人。復聚其騎，亡其兩騎耳。乃謂其騎曰：「何如？」騎皆伏曰：「如大王言。」

項王斬一漢將，殺數十百人，易如反掌。身陷重圍之中，仍勇不可當，所向披靡。「何如」二字，聲口畢肖地把項王那種臨危不懼，蔑視一切，自信自豪的英雄氣質，十分形象地表現出來。作者把項王的光彩照人的風姿神貌，嵌綴在敍事之中，文章也顯得雋永而有風韻。

尤其值得注意的是，司馬遷連續三次寫出項羽「天之亡我」的悲嘆。作者如此寫來，雖然是對項羽「奮其私智而不師古」，失敗之後又委罪於天的批評，實際上包含著作者深深的感慨和嘆惋之情。錢鍾書先生說項羽是「心已死而意猶未平，認輸而不服氣，故言之不足，再三言之也。」❾正道出了項羽此刻的心情和司馬遷用墨的目的。如此的回環往復來寫，司馬遷自己心中也「意

❾《管錐編》，第一册，頁二七三。

猶未平」啊！只是這種意思作者並不直露出來，而是借用這種「再三言之」的手法，使文章顯得曲折委婉，紆徐委迤。讀者讀至「項王乃曰：『吾聞漢購我頭千金，邑萬戶，吾為若德。』乃自刎而死」，無不為其英雄壯舉而驚嘆。讀至「項王已死，楚地皆降漢，獨魯不下。漢乃引天下兵欲屠之，為其守禮義，為主死節，乃持項王頭視魯，魯父兄乃降」，無不為之嘆惋。行文至此，使人一唱三嘆，不覺悲從中來。

三

太史公之文，樸素、明淨、深刻、生動，是其本色。但行文又多有變化，設局謀篇，起伏跌宕，搖曳多姿，增強了文章的氣勢。以〈項羽本紀〉為例，有如下特點。

（一）順逆結合，開合有效。

〈項羽本紀〉的開頭，司馬遷有意識地描寫了項羽年輕時的行狀，來表現他與衆不同的過人之處。從敘事的順序來看，作者採用了順逆結合的手法。「學書」，是順寫；「不成」，是逆寫。「去學劍」，是順寫，「又不成」，是逆寫。「項梁乃教籍兵法，籍大喜，略知其意」，是順寫；「又不肯竟學」，是逆寫。「文字順易而逆難」⑩，順逆結合有致，更是上乘。這樣一順一逆，

⑩ 宋・李淦《文章精義》。

在氣勢上如水流而下，突然衝擊礁石，捲起浪頭漩渦。其中「項梁怒之」又是一頓，引起懸念。「籍曰：學萬人敵」又是釋念。順寫重在交代事件，逆寫表現奇異出衆之處，如逆流而上，衝破一個浪頭，造成文勢的振起。加上頓宕的安排，使文勢跌宕起伏，造成奇驚之勢，很準確生動地表現出項羽的奇志與過人才氣，又引人入勝。此段又有開合的結合。作者本意在寫項羽，寫項羽學書，學劍，學兵法，這是合。中間又宕開一筆，寫項梁櫟陽逮之事，這是開。下來寫見秦始皇游會稽，曰：「彼可取而代也。」歸結爲「籍長八尺餘，力能扛鼎，才氣過人」，又是合。這樣有順有逆，有開有合，文勢如「一路無數峰巒，層層起伏」，奇特多變。

(二) 歛氣蓄勢，回環映襯。

項羽見秦始皇曰：「彼可取而代！」這是鴻鵠之志。前面寫其學書學劍不成，學兵法不終，正是爲此立大志蓄勢。同時又寫要學萬人敵，反覆申說，這是盤旋作勢。因此最後說「力能扛鼎，才氣過人，雖吳中子弟皆已憚籍矣」，便如盤弓滿月，一瀉而出，顯得有力可信。鉅鹿之戰中，作者寫懷王稱贊宋義「可謂知兵矣」，又置爲上將軍，「號爲卿子冠軍」。寫宋義的凶狠和威焰，這是欲擒先縱的寫法。下來寫項羽義正辭嚴的駁斥和殺宋義，在對比中見出宋義的懦弱、卑屑、自私和色厲內荏，突出項羽的智勇和氣魄。寫宋義是爲表現項羽蓄勢。

回環映襯，又是一法。作者先直敘「項氏世世爲楚將」，又通過陳嬰之口曰：「項氏世世將家，有名於楚。」對項羽的出身作多重的渲染。殺會稽守起事，寫「籍遂拔劍斬宋頭」，「籍所擊殺數十百人」，「一府中皆慴伏」，「衆乃皆伏」。連用兩個「皆伏」反襯項羽威振千軍的力量。鉅鹿之戰中，連用三個「無不」，極寫項羽的威勢和氣魄。這些回環渲染的手法，對刻畫項羽的英雄形象，起了極佳的效果。正如錢鍾書先生所說：「馬遷行文，深得累迭之妙。」⓫

（三）善設眼目，帶動全篇。

司馬遷在謀篇之時，常以一個或幾個關鍵字眼作爲眼目，以突出全篇旨意。在殺會稽守這一節中，作者先以「誡籍」、「召籍」、「眴籍」爲線，寫項梁的設計誘會稽守，這是起事前的準備。下面以「斬頭」、「擊殺」爲眼目，把事件的緊張激烈氣氛貫串起來。而「慴伏」二字，又表明了事件的結果：起事成功。整個事件因這樣巧設眼目，一線貫穿，使人非一氣讀完不可，顯得飽滿酣暢。鴻門宴中，更是以「急」、「迫」二字爲眼，通貫全場。抓住此二字作文章，展示出矛盾的步步激化，形勢的起伏變化，場面的緊張險惡，產生了「其文洸洋瑋麗，無奇不備」的藝術效果。

與此同時，司馬遷往往巧用一兩個字眼，寓寄深意。表面看似不經意處，卻包含著作者的良苦用心。垓下決戰前，「項王謂漢王曰：『天下匈匈數歲者，徒以吾兩人耳。願與漢王挑戰決雌雄，毋徒苦天下之民父子爲也。』漢王笑謝曰：『吾寧鬪智，不能鬪力。』」著一「笑」字，刻畫

⓫《管錐編》，第一册，頁二七二。

出漢王那躊躇滿志、穩操勝劵的得意神態。鬪力，非漢王所能勝者，而項羽敗就敗在只知鬪力不善鬪智上。這一「笑」，是劉邦對項羽的譏笑和蔑視，也多少暴露其流氓嘴臉。烏江邊上，烏江亭長請項羽渡河，「項王笑曰：『天之亡我，我何渡爲！』」這一「笑」，是英雄窮途末路有愧於心的冷笑，其中包含多少悲憤與感慨。這一笑，不啻爲失敗者的歌哭。這樣的用筆，可謂曲折精省，尤見司馬遷文心之細。

(四)抑揚頓挫，疾徐有致。

司馬遷行文，很講究語句的長短錯落，音節的參差有致，項羽見秦始皇出游，曰：「彼可取而代也」一個長句，並用一個「也」字結尾，在語氣上顯得穩重、堅定，矢志不渝，使人體會到項羽的壯心、氣魄以及渴望實現壯志的感嘆。項梁「掩其口」，「曰：『毋妄言，族矣！』」用一系列節奏簡短、聲口急促的語氣，表現出驚慌、恐懼的心理狀態。前面已論述到的鉅鹿之戰中破釜沉舟一段描寫，多用動詞和短句，讀起來如弦管急奏，節奏沉重而短促，聲調激昂而緊張，如千軍萬馬在廝殺，這不但在讀者頭腦中產生戰場鏖戰的意象效果，也產生了鮮明的聽覺形象。

在太史公曰的論贊中，司馬遷用「難矣」、「過矣」、「謬哉」三個短句，對項羽在政治理想、戰略策略、個人性格上的錯誤和弱點進行了批評。這三次批評，都是在一連串的長句之後，用極短的兩個字作頓挫，不但見出作者的批評和惋惜，也使人觸摸到作者自己心中的壘塊和鬱勃之氣。此外，已有論者談到，「雖吳中子弟皆已憚籍矣」中的「雖」、「矣」二字之妙，強調了項羽的勇氣和才氣，《漢書》省去這兩字，使語言缺少頓宕之勢，語氣也因此而減弱⑫。《管錐編》論鉅鹿之戰中三個「無不」迭用時轉引陳仁錫曰：「迭用三『無不』字，有精神；《漢書》去其二，遂乏氣魄。」這些都是司馬遷用詞精妙以加強文氣的精彩之筆。所以，從聲調的高下緩急，語句的長短，可以體會到司馬遷文章的氣勢。所謂「氣盛則言之短長與聲之高下者皆宜」⑬。這個氣勢裏面包含著作者的感情。反過來，作者的感情決定了氣勢的高下。我們誦讀其文，常感受到那種高下、緩急、抑揚頓挫、疾徐有致的參差錯落之美，得到聲情並茂的藝術享受。

司馬遷的散文，歷來被古文家奉爲散文之極則。尤其是唐代古文運動以後，司馬遷的散文產生了更大的影響。其中重要的原因之一，是其文章的氣勢產生了極大的感染力，其表現手法和語言風格產生了極大的魅力。因此，探索《史記》的文氣特點，對於深入理解《史記》的文學價值，有極大的幫助。只是我們不能爲求文氣而尋文氣，只有認眞深入的體會司馬遷的思想感情，才能眞正把握文氣的精髓所在和藝術魅力產生的根本原因。另一方面，須認眞地通讀《史記》全書，才可能發掘出更多的令人贊嘆不絕的瑰寶來。

⑫ 郭雙城《史記人物傳記論稿》，頁三一五。
⑬ 韓愈〈答李翊書〉。

讀《文心雕龍》札記

——從〈神思〉〈物色〉篇談劉勰對陸機藝術構思論的繼承和發展

關於藝術構思問題，早於劉勰一百多年前的陸機在〈文賦〉中作了一番闡述。〈文賦〉中對於藝術構思的論述，有的方面講得很精巧，有的還是首創。劉勰寫作《文心雕龍》，很注意吸取前人理論的精華。雖然〈文賦〉被他稱爲「巧而碎亂」，但在關於藝術構思的理論中，包括構思前的準備，構思中的想像，想像與現實的關係，作家感情的作用等問題，劉勰繼承並發展了〈文賦〉中所提出的理論。

一

關於作家創作的動機，陸機認爲一是感於物，所謂「佇中區以玄覽」，「遵四時以嘆逝，瞻萬物而思紛；悲落葉於勁秋，喜柔條於芳春」（〈文賦〉），立於適中之地，深察萬物，引起文思。二是本於學，「頤情志於典墳」，「誦先人之清芬，遊文章之林府」，從古籍中吸取營養來豐富自己。三是要培養高潔的志向，「心懍懍以懷霜，志眇眇而臨雲。」具備這三者，才能寫出好文章。陸機的這些理論是有道理的。他論述了創作前所必備的先決條件，說明在藝術構思前要有一定的準備和積累，這是作家本身所應具備的能力和修養。問題在於，陸機雖提出了這些理論，但還不理解進行創作的能力和修養來源之所由，因此對創作中有時「思風發於胸臆，言泉流於唇齒」，有時又「兀若枯木，豁若涸流」的現象感到困惑，對於「應感」（即創作中的靈感）的產生，感到「未識夫開塞之所由也」。

劉勰接受了陸機「感於物，本於學，潔志向」的主張，又進一步意識到作家本身的氣質、修養，是進行創作的先決條件，所謂「馭文之首術，謀篇之大端」（〈神思〉）。這是在陸機及以前的文論家所不曾接觸到的。劉勰提出，作家在進行創作時，是「神居胸臆，而志氣統其關鍵」（〈神思〉），即精神的活動是由「志氣」來決定的。這裏說的「志氣」，便是指作家的意志和氣質。這種「志氣」是由作家長期的修養、閱歷所形成的，決定了作家的創作能力，怎樣來培養這種「志氣」呢？劉勰論述得很清楚：「積學以儲寶，酌理以富才，研閱以窮照，馴致以懌辭」（〈神思〉）。這樣就把陸機感於物本於學的理論闡發得更加全面：不是簡單的感於物，而是在對客觀事物進行觀察時，還要培養分析判斷的能力，並產生獨立的見解。要加深生活閱歷，並研究觀察它來擴大眼界，加深對事物的理解。在學習前人的著作時不單單頤養自己的情志，更重要的是要積累豐富的多方面的知識。「博見爲饋貧之糧，貫一爲拯亂之藥，博而能一，亦有助乎心力矣」（〈神思〉）。有意識的訓練和培養自己的高潔的思想情操和藝術修養，才能很好地掌握和運用語言，駕御文字，產生出好文章。作家可以從上述四個方向來培養自己的創作能力，只有具備了這樣的能力，才能順利地進入構思階段。劉勰的這些論述對陸機的理論是非常可貴的發展，解決了陸機所感到困惑的問題，說明了作家如何才能使自己的想像常新、文思不竭的道理。

二

關於構思中的想像，〈文賦〉的描述非常生動：「其始也，皆收視反聽，耽思傍訊，精騖八極，心游萬仞。其致也，情曈曨而彌鮮，物昭晰而互進。傾羣言之瀝液，漱六藝之芳潤，浮天淵以安流，濯下泉而潛浸。」想像開始時，視聽都應收歸，集中精神凝思，心不外用；想像可以翺翔於八極之間，飛騰於萬仞之上，又可不受時間和空間的限制，可以「觀古今於須臾，撫四海於一瞬」。在作家的感情和想像的相互作用下，所要描寫的藝術形象會越來越鮮明，以致於產生一個飛躍，達到如日之欲明，噴薄而出的地步。這時構思便進入成熟的階段。同時，昔日的那些佳詞麗藻，也一一浮現在腦海裏爲我所用。陸機已認識到創作中想像的功用，藝術想像是借助於具體形象的形式進行的。這實際上已初步接觸到形象思維的過程。

關於構思中的想像，劉勰基本上繼承了陸機的理論。他在〈神思〉篇中論述道：「文之思也，其神遠矣。故寂然凝慮，思接千載；悄焉動容，視通萬里；吟詠之間，吐納珠玉之聲，眉睫之前，捲舒風雲之色，其思理之致乎！」「故思理為妙，神與物遊；」所以「登山則情滿於山，觀海則意溢於海」。在〈物色〉篇中說：「是以詩人感物，聯類不窮；流連萬象之際，沉吟視聽之區。」這些描述，與〈文賦〉基本一致。但劉勰又有補充。他進一步探討後提出，在想像開始時，作家思想上首先要「虛靜」，「虛是不主觀，靜是不躁動」，就是虛以待物，靜以觀物，作家在想像時要排除干擾，摒棄成見，應該依照客觀事物的規律行事，不能單憑主觀成見來行事。因為外物是以它的客觀存在反映在人的頭腦中的，所以想像也必須依照客觀外物進行。想像開始時要「虛靜」，就是在形成形象時，要「規矩虛位，刻鏤無形」（〈神思〉），即在未定形的文思中來刻鏤，在還沒有形成的文思中來「規矩」其內容。正因為在想像中有一個「虛位」與「無形」的客觀先兆，所以作家在構思開始時要「虛靜」，這兩方面的精神是一致的。以「虛靜」的思想狀態，在「虛位」與「無形」中去規矩鏤刻內容，這樣表現出來的形象當然更符合客觀實際了。

三

劉勰關於構思中的形象化和典型化的問題，比陸機探索得更深，雖然在劉勰那個時代並沒有這樣的概念和術語，但其所接觸的實際上是這個問題。劉勰認爲，隨著形象的活動，「神與物游」，作家可以從衆多的事物中經過選擇提煉，把那些含有「珠玉之聲」和「風雲之色」的形象表現出來，這就是典型化的過程，而不是自然主義地一一羅列。「以少總多」，通過概括化和典型化手法，達到「情貌無遺」。劉勰把這稱之爲「思理之致」。這在陸機的〈文賦〉中還沒有明確提出。

關於形象化的問題，劉勰特地舉了《詩經》中的例子加以說明：「灼灼狀桃花之鮮，依依盡楊柳之貌，杲杲爲出日之容，瀌瀌擬雨雪之狀，喈喈逐黃鳥之聲，喓喓學草蟲之韻。」劉勰用這些例子來說明《詩經》的作者能抓住事物的具體特徵加以描寫，這樣表現出來的形象，既能「窮理」，又能「窮形」。這就是形象化的特徵，通過形象化的描寫，表現出來的事物便具有具體、可感、生動、並能喚起人們思想感情的特性。正因爲劉勰在想像的特徵、形象化與典型化等問題上比陸機認識得更深透，所以他概括出的形象思維的特徵就比陸機更全面。陸機說「情瞳矓而彌鮮，物昭晰而互進」，看出了想像中「情」與「物」的不可分割性，藝術想像是形象的活動。劉勰的概括是：「神用象通，情變所孕，物以貌求，心以理應。」（〈神思〉）他指出整個思維過程不但不脫離具體的形象，並且伴隨着「情」的作用，又不排斥邏輯思維的作用。作家對外物的認識，其中也包含着對外界事物的規律的探索和對本質的認識，「心以理應」，就是指的這種邏輯思維的作用。其實就在「酌理以富才」這個要求上，也已包含著劉勰關於邏輯思維對培養作家創作能力所起的作用的認識了。

四

在想像和現實的關係問題上，陸機認爲文思的產生有感於物，物的變化引起文思的變化。劉勰同意這樣的看法，說：「物色之動，心亦搖焉。」「物色相召，人誰獲安？」（〈物色〉）「人稟七情，應物斯感，感物吟志，莫非自然。」（〈明詩〉）又指出想像建立在對客觀事物的認識基礎上，而且在整個想像活動中也必須與外物相聯繫，相融合，想像活動才能夠充分發揮它的妙用。劉勰在〈神思〉篇中說：「拙辭或孕於巧義，庸事或萌於新意，視布於麻，雖云未貴，杼軸獻功，煥然乃珍。」他進一步把想像和現實的關係，比之於「布」與「麻」的關係，麻通過加工製作，變得可貴，作家運用想像，對現實進行加工，使「拙辭」孕含着巧義，使「庸事」萌生出「新意」，而且能「因方以借巧，卽勢以會奇，善於適要，則雖舊彌新矣。」這裏講的是想像在現實中進一步加工提煉，實際上也包含典型化概括化的問題。

陸機在〈文賦〉中把創作過程概括爲「物—→意—→言」的過程，說「恒患意不稱物，文不逮意」，這是創作過程中從生活實際到藝術構思到藝術表現的過程。劉勰也把它歸納爲「物—→思—→言」這樣一個過程。而且把這三者的關係概括得更清晰：語言是表達作品內容的，所以「辭令」是起作主要的作用，它決定外物能否清楚地表現出來。而「辭令」又決定於作者的構思，構思進行得如何，又是「志氣統其關鍵」，「志氣」又是可以通過「積學、酌理、研閱、馴致」等方面來培養的。劉勰還說：「寫氣圖貌，旣隨物以婉轉；屬釆附聲，亦與心而徘徊。」（〈物色〉）對此，王元化曾解釋說：「劉勰以此表述作家的創作實踐過程，其意猶云：作家一旦進入創作的實踐活動，在模寫並表現自然的氣象和形貌的時候，就以外境爲材料，形成一種心物之間的融滙交流的現象，一方面心旣隨物以婉轉，另一方面物亦與心而徘徊。」（《文心雕龍創作論》，上海古籍出版社）所謂「隨物婉轉」，「目的正是爲了說明作家在模寫並表現自然的時候，必須克服自己的主觀隨意性，以與客觀對象婉轉適合。」（引文同上）據此可以理解劉勰提出「隨物婉轉」，旣與想像前「貴在虛靜」的要求一致，又說明物對心產生感應時作家思想活動的要求。關於「屬釆附聲，亦與心徘徊」，王元化解釋說：「與心徘徊卻是以心爲主，用心去駕馭物。換言之，亦卽以作爲主體的作家思想活動爲主，而用主體去鍛鍊，去改造，去征服作爲客體的自然對象。」這就說明作家在描述時又可以用自己的感情來駕馭和表現物，這也是在語言表達時對辭令的具體要求。

所以，劉勰的這兩句話，說明「物→思→言」的過程，在第一階段中（卽「物→思」）心是被動的，心要服從於物，要遵循客觀物的規律而活動；而在第二階段（卽「思→言」），則要求以心爲主，用心去駕馭物，發揮作家創作的主觀能動性。這樣具體周密的闡述，確實是超出陸機甚遠。

五

關於「情」在創作過程中的作用問題。陸機是很強調「情」的作用的。作家在「遵四時、瞻萬物」時，會引起「嘆、悲、喜」等感情的變化，強調作家在藝術構思和創作過程中要動「情」。在想像中「情」與「物」不可分割；在創作時，作家的感情也會在文章中自然流露：「信情貌之不差，故每變而在顏：思涉樂其必笑，方言哀而已嘆。」陸機並因此提出了著名的「詩緣情」說。在作品的內容與形式關係上，陸機也注意到文章如果不注意義理而求奇尚巧，結果是「言寡情而鮮愛，辭浮漂而不歸」，使得文章沒有感情。陸機強調「情」的作用，從文學發展的時代特點上來說，說明此時的作家與理論家已注意到文學作品不同於一般學術著作，具有自己獨特的特徵；從創作規律上來說，也說明陸機懂得了作家的感情對於創作的重要作用是文學創作規律中的一個不可或缺的重要部分。劉勰對陸機的這個理論進行了繼承和發揮，在〈物色〉等篇中更精細地論述了「情」的作用。

首先，劉勰也論述了物的變化對作家感情的影響。他在〈物色〉篇中說：「是以獻歲發春，悅豫之情暢；滔滔孟夏，鬱陶之心凝；天高氣清，陰沉之志遠；霰雪無垠，矜肅之慮深。歲有其物，物有其容；情以物遷，辭以情發。」創作是緣情而發。同時，人的感情由於景物不同而不同，描述出來的景物又因人的感情不同而各異，這就要求「情景交融」。而如《詩經》中的「灼灼桃花」「依依楊柳」等，便是情景交融的典範。又作家因受景物的影響，會有感而發，「目既往還，心亦吐納」，那麼發出來的文章便能含情，所以「情往似贈，興來如答」，這就是情景交融。

在作品的表現上，劉勰還認爲作家的情志要深，「吟詠所發，志惟深遠」（〈物色〉），在情景交融上要達到「情貌無遺」。陸機說：「體有萬殊，物無一量，紛紜揮霍，形難爲狀。」（《文賦》）劉勰也說：「物有恒姿，而思無定檢。」（〈物色〉）但劉勰認爲，只要有情，能情景相生，就可以把事物描繪得各具情態，並能達到「物色盡而情有餘」的境界。在對具體的作家作品進行評價時，劉勰認爲「詩人麗則而約言」，正是情注其中的結果；而「辭人麗淫而繁句」，是無情之作的表現。在〈情采〉篇中，劉勰還明確提出了「爲情而造文」的主張。但是在「情」的作用問題上，陸劉兩人又稍有差異。陸機把情看成是主宰創作的主導作用，而劉只是把它看成是很重要的一個方面。陸機把「情」強調到過分絕對化是不對的，容易引向唯美主義形式主義的歧路。在這一點上，劉勰的目光是比陸機犀利的。

劉勰在〈序志〉篇中說：「及其品列成文，有同乎舊談者，非雷同也，勢自不可異也；有異乎前論者，非苟異也，理自不可同也。」正是本著這樣的精神，劉勰對陸機〈文賦〉中的構思理論作了很好的繼承和發展。並因爲劉勰能如自己所說「因方以借巧，即勢以會奇，善於適要，則雖舊彌新矣」（〈物色〉），把藝術構思理論發展得更系統更完整。應該承認，陸機對於藝術構思的論述，很多是有創見的，如把想像提到理論上來論述，陸機是第一個。其中如「感應」之通塞的論述，非常精巧。但總的來說還不夠系統化，其原因也主要是還「不知其所以然」。而單從〈神思〉、〈物色〉兩篇來看，劉勰對藝術構思論的闡述，恢宏光大，嚴密精細，前呼後應，深刻得多。就這點來說，〈文賦〉未免有「巧而碎亂」之感，而《文心雕龍》確具「體大慮周」之奇。當然，要全面了解劉勰的藝術構思論，單看〈神思〉、〈物色〉兩篇還是不夠的。

後記

中國古代文學博大精深，源遠流長。我從中學的時代起，便對中國古代詩文有極大的興趣，但只是一知半解而已。大學畢業之後，再做中國古代文學專業的研究生，於是稍知讀書治學之門徑，才從一般的涵詠欣賞，轉而爲有目的的學習與研究。我所學專業爲先秦兩漢文學，其中對《詩經》《左傳》尤多花費了一些時間。不過由於教學和科研的需要，也兼及魏晉南北朝。在教學與科研中，每有點滴心得，輒隨手記之，然後綴而成篇。於是有了集子中的這一些文章。其中的一部分曾在大學學報和其他刊物上發表過。經過這幾年的教學與研究，吾深感學海之無涯，治學之艱辛。然孜孜矻矻，焚膏繼晷，夜以繼日而不怠者，冀學問之有成也。然而慚愧得很，回顧這本集子裏的文章，實不能算是什麼成績。俗語云，探龍宮者得驪珠，涉淺灘者拾貝殼。探驪得珠，乃吾願也。然今之所得，卻不敢謂之驪珠，或許只是一堆用處不大的貝殼而已。每思至此，誠感汗顏。

我於一九九二年的八、九月間赴臺灣探親，拜會了同鄉賢達著名學者臺灣師範大學國文系主任兼國文研究所所長邱燮友教授。邱教授的淵深學識與大家風範，令我欽仰。我所面呈的幾篇習作，得到邱教授的首肯。不惟如此，邱教授並鼓勵我將論文集結付梓。尤其令我銘感於心的是，邱教授還應允爲我的這本集子作序，這不啻是對我的極大鼓舞與鞭策。所以，這本集子的出版問世，我該衷心的感謝尊敬的邱教授。當然，在這本集子編成之時，我同樣也不會忘記在學業上於我有諸多幫助的師友們，心裏對他們同樣充滿了尊敬與感激之情。是爲記。

作者謹記

一九九四年三月

滄海叢刊書目㈠

國學類

中國學術思想史論叢㈠～㈧	錢　穆　著
現代中國學術論衡	錢　穆　著
兩漢經學今古文平義	錢　穆　著
宋代理學三書隨劄	錢　穆　著
論語體認	姚式川　著
西漢經學源流	王葆玹　著
文字聲韻論叢	陳新雄　著
楚辭綜論	徐志嘯　著

哲學類

國父道德言論類輯	陳立夫　著
文化哲學講錄㈠～㈤	鄔昆如　著
哲學與思想	王曉波　著
內心悅樂之源泉	吳經熊　著
知識、理性與生命	孫寶琛　著
語言哲學	劉福增　著
哲學演講錄	吳　怡　著
後設倫理學之基本問題	黃慧英　著
日本近代哲學思想史	江日新　譯
比較哲學與文化㈠㈡	吳　森　著
從西方哲學到禪佛教——哲學與宗教一集	傅偉勳　著
批判的繼承與創造的發展——哲學與宗教二集	傅偉勳　著
「文化中國」與中國文化——哲學與宗教三集	傅偉勳　著
從創造的詮釋學到大乘佛學——哲學與宗教四集	傅偉勳　著
中國哲學與懷德海	東海大學哲學研究所主編
人生十論	錢　穆　著
湖上閒思錄	錢　穆　著
晚學盲言(上)(下)	錢　穆　著
愛的哲學	蘇昌美　著
是與非	張身華　譯

邁向未來的哲學思考	項退結 著
逍遙的莊子	吳 怡 著
莊子新注（內篇）	陳冠學 著
莊子的生命哲學	葉海煙 著
墨子的哲學方法	鍾友聯 著
韓非子析論	謝雲飛 著
韓非子的哲學	王邦雄 著
法家哲學	姚蒸民 著
中國法家哲學	王讚源 著
二程學管見	張永儁 著
王陽明——中國十六世紀的唯心主義哲學家	張君勱著、江日新譯
王船山人性史哲學之研究	林安梧 著
西洋百位哲學家	鄔昆如 著
西洋哲學十二講	鄔昆如 著
希臘哲學趣談	鄔昆如 著
中世哲學趣談	鄔昆如 著
近代哲學趣談	鄔昆如 著
現代哲學趣談	鄔昆如 著
現代哲學述評㈠	傅佩榮編譯
中國十九世紀思想史(上)(下)	韋政通 著
存有・意識與實踐——熊十力體用哲學之詮釋與重建	林安梧 著
先秦諸子論叢	唐端正 著
先秦諸子論叢(續編)	唐端正 著
周易與儒道墨	張立文 著
孔學漫談	余家菊 著
中國近代新學的展開	張立文 著
哲學與思想——胡秋原選集第二卷	胡秋原 著
從哲學的觀點看	關子尹 著
中國死亡智慧	鄭曉江 著

宗教類

天人之際	李杏邨 著
佛學研究	周中一 著
佛學思想新論	楊惠南 著

現代佛學原理	鄭金德 著
絕對與圓融——佛教思想論集	霍韜晦 著
佛學研究指南	關世謙 譯
當代學人談佛教	楊惠南編著
從傳統到現代——佛教倫理與現代社會	傅偉勳主編
簡明佛學概論	于凌波譯註
修多羅頌歌	陳慧劍 著
禪話	周中一 著
佛家哲理通析	陳沛然 著
唯識三論今詮	于凌波 著

自然科學類

異時空裡的知識追逐——科學史與科學哲學論文集	傅大為 著

應用科學類

壽而康講座	胡佩鏘 著

社會科學類

中國古代游藝史——樂舞百戲與社會生活之研究	李建民 著
憲法論叢	鄭彥棻 著
憲法論集	林紀東 著
國家論	薩孟武 譯
中國歷代政治得失	錢穆 著
先秦政治思想史	梁啓超原著、賈馥茗標點
當代中國與民主	周陽山 著
釣魚政治學	鄭赤琰 著
政治與文化	吳俊才 著
世界局勢與中國文化	錢穆 著
海峽兩岸社會之比較	蔡文輝 著
印度文化十八篇	糜文開 著
美國的公民教育	陳光輝 譯
美國社會與美國華僑	蔡文輝 著
文化與教育	錢穆 著
開放社會的教育	葉學志 著

大衆傳播的挑戰	石永貴 著
傳播研究補白	彭家發 著
「時代」的經驗	汪琪、彭家發 著
書法心理學	高尚仁 著
清代科舉	劉兆璸 著
排外與中國政治	廖光生 著
中國文化路向問題的新檢討	勞思光 著
立足臺灣，關懷大陸	韋政通 著
開放的多元化社會	楊國樞 著
臺灣人口與社會發展	李文朗 著
財經文存	王作榮 著
財經時論	楊道淮 著

史地類

古史地理論叢	錢穆 著
歷史與文化論叢	錢穆 著
中國史學發微	錢穆 著
中國歷史研究法	錢穆 著
中國歷史精神	錢穆 著
憂患與史學	杜維運 著
與西方史家論中國史學	杜維運 著
清代史學與史家	杜維運 著
中西古代史學比較	杜維運 著
歷史與人物	吳相湘 著
共產國際與中國革命	郭恒鈺 著
抗日戰史論集	劉鳳翰 著
盧溝橋事變	李雲漢 著
歷史講演集	張玉法 著
老臺灣	陳冠學 著
臺灣史與臺灣人	王曉波 著
變調的馬賽曲	蔡百銓 譯
黃　帝	錢穆 著
孔子傳	錢穆 著
宋儒風範	董金裕 著
增訂弘一大師年譜	林子青 著
精忠岳飛傳	李安 著

唐玄奘三藏傳史彙編	釋光中 編
一顆永不殞落的巨星	釋光中 著
新亞遺鐸	錢穆 著
困勉強狷八十年	陶百川 著
我的創造・倡建與服務	陳立夫 著
我生之旅	方治 著

語文類

文學與音律	謝雲飛 著
中國文字學	潘重規 著
中國聲韻學	潘重規、陳紹棠 著
詩經研讀指導	裴普賢 著
莊子及其文學	黃錦鋐 著
離騷九歌九章淺釋	繆天華 著
陶淵明評論	李辰冬 著
鍾嶸詩歌美學	羅立乾 著
杜甫作品繫年	李辰冬 著
唐宋詩詞選——詩選之部	巴壺天 編
唐宋詩詞選——詞選之部	巴壺天 編
清眞詞研究	王支洪 著
苕華詞與人間詞話述評	王宗樂 著
元曲六大家	應裕康、王忠林 著
四說論叢	羅盤 著
紅樓夢的文學價值	羅德湛 著
紅樓夢與中華文化	周汝昌 著
紅樓夢研究	王關仕 著
中國文學論叢	錢穆 著
牛李黨爭與唐代文學	傅錫壬 著
迦陵談詩二集	葉嘉瑩 著
西洋兒童文學史	葉詠琍 著
一九八四	George Orwell原著、劉紹銘 譯
文學原理	趙滋蕃 著
文學新論	李辰冬 著
分析文學	陳啓佑 著
解讀現代・後現代——文化空間與生活空間的思索	葉維廉 著

中西文學關係研究	王潤華 著
魯迅小說新論	王潤華 著
比較文學的墾拓在臺灣	古添洪、陳慧樺主編
從比較神話到文學	古添洪、陳慧樺主編
神話卽文學	陳炳良等譯
現代文學評論	亞菁 著
現代散文新風貌	楊昌年 著
現代散文欣賞	鄭明娳 著
實用文纂	姜超嶽 著
增訂江皋集	吳俊升 著
孟武自選文集	薩孟武 著
藍天白雲集	梁容若 著
野草詞	韋瀚章 著
野草詞總集	韋瀚章 著
李韶歌詞集	李韶 著
石頭的研究	戴天 著
留不住的航渡	葉維廉 著
三十年詩	葉維廉 著
寫作是藝術	張秀亞 著
讀書與生活	琦君 著
文開隨筆	糜文開 著
印度文學歷代名著選(上)(下)	糜文開編譯
城市筆記	也斯 著
歐羅巴的蘆笛	葉維廉 著
移向成熟的年齡——1987～1992詩	葉維廉 著
一個中國的海	葉維廉 著
尋索：藝術與人生	葉維廉 著
山外有山	李英豪 著
知識之劍	陳鼎環 著
還鄉夢的幻滅	賴景瑚 著
葫蘆・再見	鄭明娳 著
大地之歌	大地詩社 編
往日旋律	幼柏 著
鼓瑟集	幼柏 著
耕心散文集	耕心 著
女兵自傳	謝冰瑩 著

戰日抗記	謝冰瑩 著
給青年朋友的信(上)(下)	謝冰瑩 著
冰瑩書柬	謝冰瑩 著
我在日本	謝冰瑩 著
大漢心聲	張起鈞 著
人生小語㈠～㈥	何秀煌 著
記憶裏有一個小窗	何秀煌 著
回首叫雲飛起	羊令野 著
康莊有待	向陽 著
湍流偶拾	繆天華 著
文學之旅	蕭傳文 著
文學邊緣	周玉山 著
文學徘徊	周玉山 著
種子落地	葉海煙 著
向未來交卷	葉海煙 著
不拿耳朵當眼睛	王讚源 著
古厝懷思	張文貫 著
材與不材之間	王邦雄 著
忘機隨筆——卷一・卷二	王覺源 著
詩情畫意——明代題畫詩的詩畫對應內涵	鄭文惠 著
文學與政治之間——魯迅・新月・文學史	王宏志 著
洛夫與中國現代詩	費勇 著

美術類

音樂人生	黃友棣 著
樂圃長春	黃友棣 著
樂苑春回	黃友棣 著
樂風泱泱	黃友棣 著
樂境花開	黃友棣 著
音樂伴我遊	趙琴 著
談音論樂	林聲翕 著
戲劇編寫法	方寸 著
戲劇藝術之發展及其原理	趙如琳譯著
與當代藝術家的對話	葉維廉 著
藝術的興味	吳道文 著
根源之美	莊申 著

扇子與中國文化	莊　申　著
水彩技巧與創作	劉其偉　著
繪畫隨筆	陳景容　著
素描的技法	陳景容　著
建築鋼屋架結構設計	王萬雄　著
建築基本畫	陳榮美、楊麗黛　著
中國的建築藝術	張紹載　著
室內環境設計	李琬琬　著
雕塑技法	何恆雄　著
生命的倒影	侯淑姿　著
文物之美——與專業攝影技術	林傑人　著

滄海美術叢書

儺ㄋㄨㄛˊ史——中國儺文化概論	林　河　著
挫萬物於筆端——藝術史與藝術批評文集	郭繼生　著
貓・蝶・圖——黃智溶談藝錄	黃智溶　著